KB033035

음악의 신

음악의 신 14

이창연 장편소설

초판 1쇄 찍은 날 | 2018년 2월 20일
초판 1쇄 펴낸 날 | 2018년 2월 27일

지은이 | 이창연
펴낸이 | 예경원

기획 | 위시북스
편집책임 | 이규재
편집 | 이즈플러스

펴낸곳 | 예원북스
등록번호 | 제396-2012-000132호
등록일자 | 2012. 7. 25
KFN | 제1-220호

주소 | 경기도 고양시 일산동구 호수로 646-24 위너스21 II 빌딩 206A호 (우)10401
전화 | 031-819-9431 팩스 | 031-817-9432
E-mail | yewonbooks@naver.com

ISBN 979-11-6098-827-7 04810
      979-11-5845-408-1 (set)

음악의 신

이창연 장편소설

WISHBOOKS MODERN FANTASY STORY

14

CONTENTS

음악의 신

1화
비가 내리다

"공연팀의 팀장이라……."

최경호 사장은 잔을 손가락으로 빙글빙글 돌렸다. 고민이 있을 때 나오는 그만의 버릇이었다.

문화회관 사장의 직위에서 엔터테인먼트 팀장 제의를 받다니, 누가 들으면 기분 나쁠 제의였을지 몰랐다.

하지만 그는 부드럽게 미소 지으며 차분히 답했다.

"요새 월드에 대해 좋은 말은 많이 들었습니다. 이런 제안을 해주니, 감사합니다."

강윤으로서도 쉽지 않은 제안이었다.

아무리 최경호라는 사람에 대해 철저히 조사해 갔지만, 긴장이 안 될 수는 없었다.

지금부터가 중요했다. 상대는 서울 문화회관을 국내에서 손꼽히는 문화회관으로 탈바꿈시킨 능력 있는 사람. 지금의 월드에서 꼭 필요한 사람이었다.

"사장님께서 그렇게 평가해 주시니, 감사하면서 민망합니다."

"하하하."

잔을 돌리던 손길이 멈췄다. 그와 함께 최경호 사장은 얼굴에서 웃음기를 지웠다.

"사장에게 팀장을 제의한다라. 강윤 사장님은 참 재미있는 분입니다."

"사장님이 그런 직위에 연연하지 않는다는 걸 알고 있기 때문입니다."

"후, 비행기 타는 기분이 나쁘진 않군요. 좋습니다. 나에게 기대하는 건 무엇입니까?"

강윤의 눈이 강하게 빛났다.

"소통입니다."

"소통? 모호하군요."

프로젝트를 기대했던 최경호 사장의 눈빛이 의문으로 가득 찼다.

"전 어느 단체든 가장 중요한 것이 생각을 자유롭게 이야기할 수 있는 것이라고 생각합니다. 사장님은 이를 위해 가장 적합한 분이라고 판단했고, 제가 직접 모셔가기 위해 오게 되었죠."

"전 옛날사람입니다. 그래서 일할 때는 권위적이죠."

그 말에 강윤은 고개를 절레절레 흔들었다.

"모두를 고른 시야로 바라보시잖습니까. 귀를 열어두고. 그건 언제나 이야기를 듣겠다는 신호죠."

"고른 시야라……."

"예술인들을 위해 공연 후원회를 조직한 것, 서울예술단을 위해 공연장 내부에 획기적인 연습실을 만들어 공연의 퀄리티를 올리는 데 기여했으며, 해외로 이들을 내보내 큰 이익을 냈다는 걸 압니다. 이를 위해서는 예술단원들의 생각, 고충을 세세히 알아야 가능했겠죠."

"하하하. 그때 주명호 장관이나 다른 공무원들에게 미운털이 단단히 박혔죠. 소통이라니."

"전 그런 재미없는 공무원하고는 다릅니다."

강윤의 자신감 어린 말에 최경호 사장의 눈매에 감탄이 물들었다. 부드럽게 이야기하는 듯하다가 확실히 자신을 어필하는 남자다운 모습은 믿음을 주기에 충분했다.

"저에 대해 조사를 많이 하셨군요."

"중요한 분이니 열심히 조사했습니다."

윗사람에게는 미운털, 아랫사람에게는 신뢰와 존경을 받는 남자. 강윤은 최경호를 그렇게 정의했다.

비록 월드가 서울문화회관 사장에 비해 직위나 위치로 모자랄지 모르지만 난 당신이 하는 모든 일을 인정하고, 믿음으로 전폭적인 지지를 보내겠다.

이게 강윤의 스카웃 조건이었다.

'예술인들에게는 두터운 신뢰를 얻었지만 웃전의 미움을

받았지. 정년이 되자마자 요상한 이유로 물러난 후 업계에 다시 복귀하지 못했어. 아까운 인재야.'

최경호 사장은 지금 업계에 안 좋은 이야기들이 돌아 갈 곳이 없다. 웃전의 미움을 샀기 때문이었다.

하지만 강윤은 그런 것 상관없다는 듯 그를 끌어들이고 있었다.

"흠……."

최경호 사장은 빈 잔을 빙글빙글 돌렸다. 생각이 복잡해졌다.

30대의 젊은 사장이 패기로만 이야기하는 것 같지는 않았다.

그는 쉽사리 흔들리지 않는 50대 남자였지만 강윤은 그런 그를 뒤흔들어놓고 있었다.

"솔직히 말하겠습니다."

한참이 지나서야 최경호는 씁쓸한 얼굴로 말을 이어갔다.

"제안은 정말 감사합니다. 하지만 이직을 고려하기는 어려울 것 같습니다. 죄송합……."

"문체부 때문이라면 괜찮습니다."

"그건……."

강윤이 정부기관을 언급하자 정곡을 찔린 최경호 사장은 입을 꾹 다물었다.

"제가 한 가지 분명히 말씀드릴 수 있는 게 있습니다. 외부의 압력으로 사람을 포기하지 않는다는 것입니다. 저를 믿어주신다면, 저도 사장님과 끝까지 함께하겠습니다."

"……."

"사장님, 월드로 와주시겠습니까?"

최경호 사장은 멍하니 눈을 껌뻑이며 강윤을 바라보았다.

이 사람, 뭔가 빛나는 무언가를 가진 것 같았다.

"후우. 졌습니다."

"그럼……."

"주변을 정리한 후, 연락드리겠습니다. 오래 걸리지 않을 겁니다."

복잡한 생각을 정리하자 마음이 편해졌다.

강윤이 미소를 지으며 손을 내밀자 그도 주름진 눈매로 그의 손을 맞잡았다.

"잘 부탁합니다."

"후후. 늙었다는 소리 안 들도록 철저히 준비해서 가겠습니다."

굳게 잡은 두 손.

월드엔터테인먼트의 공연팀 팀장.

가수 전문 공연 컨설팅 회사, 월드 클래식의 사장, 최경호의 시작이었다.

계절의 여왕 봄은 순식간에 가버리고, 따가운 햇살이 작렬하는 6월의 어느 날.

K대학 학생식당에는 이상한 풍경이 연출되고 있었다.

"야야! 떴어!"

"에? 아직 10시밖에 안 됐잖아?"

남학생들은 알 수 없는 소리를 하며 학생식당으로 몰려들었다.

갓 오픈 시간이 지났을 뿐인데 어디서 몰려들었는지 학생식당 창가는 사람들로 바깥 풍경이 보이지 않았다.

"저것들 또 왔네, 또 왔어."

"냅둬유. 한창 때 애들이 다 그렇지."

"햇살 안 드니 좋긴 하구먼."

학생식당에서 일하는 종업원들은 뭔가에 들떠 있는 학생들을 보며 웃을 뿐이었다.

그런데 신기하게도 학생식당 안으로 들어오는 학생들은 거의 없었다. 여학생들도 식당에 들어갈라 치면 무언의 압박에 찔끔하며 옆 건물에 매점으로 향해야 했다.

"저 사람들 무섭다. 진서야. 진짜 아무렇지도 않은 거야?"

사람 하나 없는 고요한 식당 안에서, 창밖을 살짝 보던 지윤선은 가늘게 어깨를 떨었다.

"익숙해지면 괜찮아져."

수많은 사람들의 눈길에 몸서리치는 친구와 달리, 맞은편의 민진서는 편안하게 수저를 들고 있었다. 그녀는 오히려 힘들게 일을 하고 있는 학생식당의 아주머니들에게 일을 방해해서 미안하다며 고개를 숙이고 있었다.

"진서야. 너…… 볼수록 대단해……."

이런 여유와 친화력은 어디서 나오는 건지.

그녀는 이 와중에 조심스럽게 다가온 아주머니에게 사인까지 해주는 민진서가 존경스럽기까지 했다.

"이 정도는 감수해야지."

민진서는 학교에 다닐 수 있어서 행복했다.

멀지 않은 곳에서 최근 입사한 매니저가 걱정스럽게 지켜보고 있어도, 자신을 동물원 원숭이 보듯 하는 사람들의 시선에도, 또래들과 같이 대학생활을 할 수 있다는 게 그저 행복할 뿐이었다.

식사를 마친 후, 두 사람은 함께 교양수업에 들어갔다. 식당에 있던 수많은 사람들이 잠시 따라오다가 각자의 강의실로 흩어졌다.

"다음 주까지 기말과제 제출인 거 알고 있지? 과제를 위해 구도를……."

교양수업을 강의하는 여교수는 카메라의 구도에 대해 상세하게 설명했다. 2학점짜리 사진수업을 들으며 민진서는 깔끔하게 필기를 해나갔다.

'사진의 구도와 영상의 구도는 차이가…….'

사진 교양수업을 들으니 화보 촬영할 때 들었던 F값이 어쩌니, 셔터스피드가 어쩌니 하는 말들이 외계어같이 들리지 않았다. 간간히 나오는 전문용어들을 적어가며 강의에 집중하다 보니 2시간은 훌쩍 지나갔고, 시계는 1시를 가리키고 있었다.

"그럼 다음 주, 기말과제 기대할게요."

여교수는 안경을 고쳐 쓰며 강의실을 나섰고, 학생들도 누구 먼저 할 것 없이 강의실을 뛰쳐나갔다.

민진서도 짐을 싸고 학생들 틈에 섞여 나가려는데, 강의실 밖에서 탄성소리가 들려왔다.

"오오오."

복도가 울릴 정도의 소리에 두 사람은 의아해하며 짐을 쌌다.

"무슨 일 있나?"

"그러게."

연극영화과나 다른 과에 다른 연예인들도 꽤 많았다.

탄성 소리가 나도 이상할 것이 없었다.

대체 누구를 봤기에 그런 걸까?

"선생님?!"

아무 생각 없이 복도로 나섰는데, 민진서는 복도에서 학생들에게 둘러싸여 있는 강윤을 보고는 눈이 휘둥그레졌다. 특유의 어색한 미소가 빼도 박도 못하게 딱 강윤이었다.

"하하…… 그게…….”

"부탁드려요. 네?"

그런데 누가 봐도 예쁘다고 할 법한 고양이 눈매를 한 여학생 하나가 강윤의 팔을 붙잡고 가볍게 흔들고 있었다.

'저, 저게?!'

민진서의 눈가에 불꽃이 올라오는데, 옆의 지윤선도 그걸 봤는지 뚱하게 말했다.

"저 사람 너희 사장님 아니…… 야?"

지윤선이 말릴 틈도 없이, 민진서는 사람들 틈을 비집고 강윤에게 다가갔다.

살짝 파인 가슴을 그의 팔에 대고 흔드는 꼴이 딱 봐도 여우, 그것도 불이 제대로 붙은 여우였다.

그런데 저 남자는 왜 저리 헤실대는지?!

"선생님!"

모두가 들으라는 듯, 민진서는 강윤에게 외쳤다. 그러자 옆에 붙었던 불여우부터 강윤, 사람들 모두가 민진서에게로 시선을 돌렸다.

그러나 민진서는 한껏 눈웃음을 지으며 강윤에게 다가가 손을 잡았다.

"진서야."

"에이 참. 찾았잖아요."

"응? 어……? 어."

사람들은 난데없는 민진서의 난입에 눈이 휘둥그레졌지만, 그녀는 자연스럽게 강윤의 손을 잡고 사람들 틈새를 빠져나가려 했다.

"진서야."

간혹 보이는 민진서의 돌발행동에 당황할 법도 했지만 그는 능숙했다. 두 여자에게서 자연스럽게 팔을 풀고, 민진서의 등을 다독였다.

"왔구나. 갈까?"

"……아. 네."

"미안해요. 지금 진서 스케줄 때문에 데리러 온 거라……
다음에 봐요."

강윤은 아쉬워하는 여학생을 뒤로하고 민진서와 함께 학
생들을 헤치고 주차장으로 향했다.

정신없이 학교를 벗어나자, 그제야 민진서는 한시름 놓았
는지 의자에 깊이 몸을 묻었다.

"강의실까지는 안 오셔도 되는데……."

강윤이 반가웠지만, 민진서는 조금 전 일이 불만이었는지
투덜거렸다. 그녀도 강윤에 대한 이미지가 어떤지 잘 알았다.

음악도, 사업도 잘하는 꽃중년.

성공에 성공을 거듭하는, 청년들의 롤모델!

바닥부터 시작해서 실패하던 가수들을 성공으로 끌어올리
는 마이더스의 손.

남자에게는 닮고 싶은 모델, 여자에게는 기대고 싶은 남자
로, 특히 대학생들 사이에서 인기가 높았다.

하지만 언제나 그렇듯, 강윤은 훅 치고 들어왔다.

"오늘이 너 첫 촬영이잖아."

"아. 그렇…… 죠?"

한참을 쉰 이후, 시작하는 첫 촬영. 당연히 불안했다.

그런데 강윤이 그걸 기억하고 와줬다.

그 무심한 듯한 말 한마디에 민진서의 마음이 사르르 녹아

버렸다.

'……하여간.'

고개를 살짝 숙인 민진서는 부끄러운 듯 얼굴을 손으로 감쌌다. 그걸 아는지 모르는지 강윤은 차를 몰아 촬영이 있는 학교 근처 폐건물로 향했다.

민진서와 강윤, 매니저가 촬영장에 도착하자, 먼저 도착해 있던 스태프들과 김장선 PD가 그들을 반갑게 맞아주었다.

"어서 와요. 어? 사장님."

"안녕하십니까."

투자자이기도 한 강윤을 보니 스태프들의 어깨에 힘이 잔뜩 들어갔다.

민진서는 분장을 위해 분장팀과 함께 가고, 강윤은 김장선 PD와 함께 모니터 앞에 앉았다.

"리딩을 할 때만 해도 실감이 안 났는데…… 드디어 촬영이군요."

"다 사장님 덕분입니다."

김장선 PD의 감격 어린 말에 강윤은 고개를 흔들었다.

"모두가 노력했잖습니까."

"아닙니다. 정말 크랭크를 올리게 되니…… 눈물이 다 납니다."

눈가를 닦는 시늉을 하는 김장선 PD의 모습에 강윤은 어깨를 으쓱였다.

30분 후.

분장을 마친 민진서와 진길성이 촬영장에 나타나자 현장은 분주하게 움직였다. 전선이 어지러이 깔리고, 배우들 머리 위에 붐 마이크가 세팅되었다.

"시작합니다!"

AD의 외침과 함께 모든 스태프들이 입을 꾸욱 다물었다.

고개를 돌려 주변을 돌아본 김장선 PD는 모니터를 보며 외쳤다.

"액션!"

힘없는 표정으로 민진서와 진길성은 계단 난간에 철푸덕 주저앉았다. 말없이 감정을 잡은 민진서는 어깨를 들썩이며 눈물을 터뜨렸다.

"……야. 힘드냐?"

"흑, 흑흑…….."

"그래. 힘들겠지."

진길성은 민진서의 들썩이는 어깨에 손을 올리며 풍성한 저음의 어조로 말을 이어갔다.

"우는 게 당연해! 씨벌! 사람 죽은 건 언제 봐도 적응이 안 되는 거야. 우리도 사람인데! 그게 적응이 되는 새끼가 이상한 거지. 안 그래?"

"흑, 흑흑…… 으아아앙…….."

민진서는 오열하며 무릎에 고개를 묻었다.

"……어어? 야. 강채연!"

"으앙…… 흑, 흑흑!"

촬영장은 흐느끼는 소리 외에 쥐 죽은 소리 하나 나지 않았다.

진길성의 절제된 감정, 민진서의 터져 나오는 감정은 모니터를 타고 절묘하게 대비되며 김장선 PD를 만족시켰다.

'좋아! 이대로만……'

그때였다.

쌔애애애애애애애애액~

제트기의 찢어지는 듯한 소음이 촬영장을 거세게 가르며 지나갔다.

"컷, 컷!"

김장선 PD는 자리에서 벌떡 일어나 컷을 외쳤고, 음향감독은 귓가로 타고 들어오는 강렬한 소음에 놀라 헤드셋을 벗어던졌다.

'Take 1'은 난데없는 제트기 소음 때문에 NG가 나버렸다.

"감정 좋았는데……"

눈물을 닦는 민진서를 보며, 김장선 PD는 아쉬움을 진하게 드러냈다. 슬픈 감정을 담는 신은 첫 신이 가장 좋은 게 보통이다.

NG 없이 잘 되고 있었는데, 갑자기 제트기라니.

"아우……"

제트기 소리가 심하게 들어왔는지 음향감독은 귀를 매만지며 인상을 찌푸렸다. 몇몇 스태프가 괜찮냐고 묻자, 그는 손을 들며 괜찮다는 제스처를 취했다.

감정이 끊어진 후유증은 상당했다. 배우들이 다시 감정을 잡기 위한 시간이 필요하니까.

"저, 선생님."

"왜 그러니?"

민진서가 강윤의 팔을 손가락으로 찌르며 작게 속삭였다.

"감정이 안 잡혀서 그러는데 조금만 도와주세요."

"어떻게?"

강윤이 고개를 끄덕이자 민진서는 김장선 PD와 스태프들에게 이야기했다.

"잠깐 사장님하고 이야기 좀 하고 올게요."

"그래."

흔쾌히 허락을 얻은 민진서는 강윤과 함께 밴으로 향했다.

두 사람이 있기에 널찍한 밴은 아무도 없었다.

마주 앉은 민진서가 강윤의 얼굴에 손을 올렸다.

"진서야."

"아무 말도 하지 말고 저만 보세요."

"응."

"제 눈, 눈만 보세요."

"이렇게?"

강윤은 그녀의 말대로 눈을 마주쳤다. 자칫 빠져들 것 같아 부담이 되었지만 강윤은 그윽하게 그녀를 바라보았다.

1분 남짓 지났을까.

강윤의 얼굴에 손을 올린 민진서의 눈이 붉어지더니 뚝뚝,

눈물이 떨어지기 시작했다.

'무슨 생각을 하는 거지?'

궁금해졌지만 강윤은 아무 말도 하지 않았다.

눈물이 그녀의 볼을 타고 흐르기 시작하더니 이내 그녀의 가는 어깨가 들썩였다. 조금 전보다 더더욱 가라앉은 민진서는 아무 말 없이 밴을 열고 나가버렸다.

강윤은 잠시 멍해졌다가 곧 그녀의 뒤를 따라 촬영장으로 향했다.

"액션!"

두 번째 테이크가 시작되었다.

촬영은 처음부터 다시 진행되었다.

"우는 게 당연해! 씨벌! 사람 죽은 건 언제 봐도 적응이 안되는 거야. 우리도 사람인데! 그게 적응이 되는 새끼가 이상한 거지. 안 그래?"

"흑, 흐흑…… 으흑……."

김장선 PD는 턱에 손을 올렸다.

민진서의 오열이 좀 더 진해진 것을 느낀 것이다.

'오우. 뭐가 어떻게 된 거지?'

민진서의 슬픔에 빠져들기라도 한 듯, 진길성의 몰입도 점점 강해졌다.

"힘들어 해! 아파해! 하지만 기억해야 해. 우리 마음도 찢어지지만 죽은 사람의 가족들은 더더욱 조각난다는 걸."

"……흑, 으흑흑."

민진서의 눈빛, 몸짓이 그녀의 대사를 대신하고 있었다. 이미 촬영장의 모두가 그녀의 제스처 하나하나에 숨을 죽이고 있었다.

그때 깊이 몰입한 진길성이 손을 들어 그녀의 어깨에 손을 올렸다.

'어?'

대본에 없는 애드리브였다.

민진서도 자연스럽게 붉어진 눈을 올려 진길성과 눈을 마주했다.

"꼭, 잡자. 그 새끼. 잡아서! 법정에 세우자."

진길성의 굵직한 목소리가 터져 나오자 김장선 PD는 손가락을 튕기며 외쳤다.

"오케이! 좋아요! 최고였어!"

그와 함께 스태프들 사이에서 박수가 터져 나왔다.

눈물만으로 모두를 빠지게 만든 민진서나, 그 눈물에 시너지를 더한 진길성까지.

동시녹음을 하는 장태영 감독이 엄지손가락을 들었다.

"최고입니다, 최고. 소리는 거의 완벽해요."

"그래? 어디."

첫 신부터 엄청난 몰입감에 현장의 분위기는 더더욱 달아올랐다. 그렇게 뜨거워진 분위기로 첫 신 촬영을 모두 마친 후, AD는 휴식을 선언했다.

"잠깐 쉬었다 가겠습니다!"

AD의 외침과 함께 민진서와 진길성은 주연 배우들이 앉는 의자에 나란히 앉았다. 모니터를 해야 했지만 혼까지 빼며 연기했기에 잠시 쉬고 싶었다.

물을 벌컥벌컥 마시는 그녀에게 김장선 PD가 다가왔다.

"진서야."

"네?"

"아까 연기 좋았어. 무슨 마법을 부린 거야?"

첫 번째 테이크와 두 번째 테이크는 비교가 되지 않았다. 그는 그 노하우가 궁금했다.

그러나 민진서는 웃으며 손가락을 흔들었다.

"비밀."

"궁금해지게. 밀당하는 거야?"

"하하하. 저하고 밀당하면 오빠 영혼까지 녹아버릴걸요?"

민진서와 진길성이 농담을 주고받으며 친해지고, 현장 분위기도 갈수록 화기애애해졌다.

의자에 앉아 쉬던 그녀는 어느새 스태프들에게 음료수를 돌리고 있는 강윤을 바라보며 부끄러운 듯 미소 지었다.

'선생님이 떠나는 생각을 했다고 어떻게 말해……'

그녀는 가볍게 몸을 떨며 의자에 몸을 묻었다.

장맛비가 한창인 7월.

SBB에서 야심차게 준비한 블록버스터 드라마, '탈리스만'이 처음으로 전파를 탔다. 많은 예산을 투입한 드라마라며 사람들의 기대를 받더니, 첫 방송부터 15%라는 높은 시청률을 보이며 산뜻하게 출발했다.

주연 오종민과 이민혜의 캐미와 고예산 투자에 따른 드라마 퀄리티는 사람들을 즐겁게 했지만 시도 때도 없이 나오는 PPL은 시청자들의 눈살을 찌푸리게 만들었다.

그 때문이었을까. 2회에는 16.2%로 높아진 시청률을 기록했지만, PPL 문제가 불거지며 인터넷은 더더욱 시끄러웠다.

"돈은 거저 버는 줄 아나."

PPL 관련 기사들을 보던 강시명 사장은 눈살을 찌푸리며 자리에서 일어났다.

배우에 대한 이야기보다 수풀에서 뜬금없이 나오는 오렌지 쥬스라던지, 군대에서 녹즙기가 웬 말이냐면서 기사와 댓글들이 탈리스만을 끊임없이 공격했지만 그는 전혀 개의치 않았다.

"윤 비서. 그 케이블 드라마, 다음 주부터지?"

"네. 그렇습니다."

강시명 사장은 추적추적 내리는 비를 바라보며 피식 웃었다.

"허, 이강윤 그놈도 참…… 돈은 땅 파면 나오는 줄 아나. 광고가 돈이 엄청나게 된단 말이지. 그런데 그걸 버려? 허, 참. 안 그래?"

"맞습니다. 사장님."

"더 메시지? 조기 종영의 메시지나 보내지 않았으면 좋겠군. 종편에 PPL도 없이 손익분기점이나 넘길 수 있을까? 다음 주가 기대되는군. 하하하하."

드라마에게 PPL은 생명줄과 같다. 초기 투자만으로 투자 금액을 회수한다는 건 말도 안 되는 이야기니까.

그런데 그런 PPL을 일체 투입하지 않고 드라마를 촬영한다니, 현장을 몰라도 너무 모르는 것 같았다. 이번에는 강윤의 실패가 훤히 보이는 것 같아 강시명 사장은 크게 웃어댔다.

♪ ♩♩♩ ♪♫ ♪♪

"군대에 녹즙기가 왜 있어?"

이현지는 SBB 수목드라마 탈리스만 2회의 기가 막힌 장면을 보며 한숨을 내쉬었다.

군대에 녹즙기가 등장한 것도 이해가 안 가는데 선임이 후임에게 녹즙 내야 한다며 산에서 나물을 뜯어오라고 명령하는 부분은 도무지 이해가 가지 않았다. 거기에 어떤 풀이든 갈아 넣기만 하면 건강을 뽑아준다는 광고성 멘트까지!

"하아."

이현지는 고개를 절레절레 흔들며 자리에서 일어났다. 그러자 그녀 옆에서 함께 드라마를 보던 강윤이 의아해하며 물었다.

"왜 그러십니까?"

"도저히 못 보겠네요. 몰입이 안 되네요. 군대에 무슨 녹즙기야!"

시청자를 우롱하는 것도 정도가 있다며 이현지는 넌더리를 쳤다. PPL을 드라마의 숙명이라고 생각하던 강기준도 이건 심했다며 고개를 흔들었다.

탈리스만은 드라마의 퀄리티는 높았지만 PPL이 너무 과했다. 드라마 작가가 PPL 상품을 억지로 끼워 넣은 느낌이 들 정도로.

이게 세 사람이 1회와 2회를 모두 보고 내린 결론이었다.

"예랑, 돈독 제대로 올랐네요. 아무리 첫 제작이라지만 너무하네요."

TV를 끈 후, 이현지가 입꼬리를 올렸다.

지나친 PPL은 몰입을 방해한다. 제품이나 회사야 이런 식으로 전파를 타면 화제를 얻어 효과를 보겠지만, 드라마는 개연성을 잃어버려 내용이 흔들리게 마련이다. 그렇게 되면 장기적으로 사람들이 이탈하고, 드라마의 전체적인 가치가 하락한다.

강기준도 이현지지 의견에 동의했다.

"탈리스만은 앞으로 갈 길이 험난해 보입니다. 첫 회부터 이 정도의 논란을 만들다니……. 그렇다고 연출을 잘한 것도 아니고. 배우들이 연기를 눈에 띄게 잘한 것도 아니니……."

"뭐, 남자 배우들 연기는 나쁘지 않았어요. 문제라면 이민혜? 좋아하고, 싫어하는 표정이 처음부터 끝까지 똑같은 느낌이네요. 게다가 액션에서는 몸을 사리는 것 같고. 군데군데 구멍이 훤하네요."

"그, 그렇군요. 후우. 이민혜는 계속 지적받던 문제를 또 해결하지 못했군요."

이민혜 이야기가 나오자, 강기준은 어색한 웃음과 함께 자신의 의견을 이야기했다.

하지만 마음 한편이 꺼림칙한지 표정이 좋지는 않았다. 그런 그의 마음을 알았는지, 강윤이 그의 어깨에 손을 얹었다.

"아……."

강기준이 강윤을 돌아보자, 그는 이현지가 보이지 않게 손가락으로 위를 가리켰다. 따로 이야기를 하자는 제스처였다.

강기준은 고개를 끄덕인 후, 양해를 구하고 먼저 밖으로 나갔다.

"이사님. 곧 손님이 오신다고 했는데 준비 좀 해주시겠습니까?"

"손님? 아."

이현지는 뭔가가 떠올랐는지 손뼉을 쳤다.

오늘, 아주 중요한 손님이 오기로 되어 있었다.

"한 대 태우고 오겠습니다."

"냄새 꼭 지우고 오세요."

이현지의 가벼운 장난을 손을 흔드는 것으로 받으며 강윤은 사무실을 나와 옥상으로 향했다.

"하아……."

옥상에 오르자 강기준은 바로 불을 붙이고 진한 담배 연기를 뿜어냈다. 그의 고뇌를 느낀 듯, 강윤은 그의 옆에 조용히 다가섰다.

강기준이 자연스럽게 불을 꺼내 강윤에게 붙여주자, 흩뿌려지는 연기는 더더욱 진해졌다.

"이사님이 한 말은 마음에 두지 마세요."

"……죄송합니다."

강윤이 지나가듯 하는 이야기에, 강기준은 민망한 듯 고개를 숙였다.

입이 열 개라도 할 말이 없었다. 시간이 흘렀건만 아직도 흔들리는 모습을 보이다니. 공과 사는 명확히 구별해야 하는 법인데, 스스로가 부끄러웠다.

그러나 강윤은 그의 마음을 이해한다는 듯, 담담한 어조로 말을 이어갔다.

"스타를 키운 매니저는 부모와 같은 존재입니다."

"……."

"자식이 부모를 잊어도, 부모가 자식을 잊을 수는 없겠죠."

강기준은 담배가 모두 타들어 갈 때까지 아무 말이 없었다. 잊어라, 힘내라는 말보다 오히려 이런 말이 그에겐 더 힘이 되었다.

바람이 불어와 강기준의 머리를 시원하게 넘길 때, 강윤이 그의 어깨에서 손을 내렸다.

"기준 팀장은 따뜻한 사람입니다."

"……."

"하지만 이민혜라는 사람이 기준 팀장의 정을 받을 만한 사람인지는 의문이 듭니다. 난 그 기준 팀장의 마음은 받을 만한 사람이 받았으면 하는군요."

강윤은 차분하게 이야기를 마무리한 후, 담배를 비벼 껐다. 그는 강기준의 어깨를 다시 툭툭 두드리고는 옥상을 내려왔다.

"마음을 받을 만한 사람…… 이라."

옥상 문이 조용히 닫힌 후, 강기준은 강윤의 말을 몇 번이나 되새겼다.

월드엔터테인먼트와 파인스톡이 공동으로 투자해 만든 음원사이트, 이츠파인.

기존 45%에 이르는 음원수수료에 비해 12%나 저렴한 33%라는 음원수수료로 인해 업계는 비상이 걸렸었다. 게다가 파인스톡과의 연동까지 되니 사용자들도 편리하게 서비스를 이용할 수 있었다. 가수들에게도 수수료가 낮은 엔젤 컴퍼니라며 호평을 받고 있었지만 문제가 있었다.

–이츠파인으로 음악 들었는데 데이터 폭탄 맞았어요!

－나만 불편한 게 아니었네?

－데이터 이용료 어떻게 안 됨?

데이터 이용료 폭탄.

통신사와 연동되는 기존의 음원사이트들은 데이터 이용료가 무료인 경우가 많았으나 파인스톡에는 해당이 되지 않았다. 게다가 이츠파인에서 서비스하는 음악들은 하나같이 최고 음질의 고용량 파일들이었다.

"데이터 요금…… 예상은 했지만."

하세연 사장은 전형택 부장이 들고 온 보고서를 보며 한숨지었다.

이 부분만은 이츠파인이 어떻게 할 수 없는 문제였다. 데이터를 무제한으로 쓰는 사람들이야 제약이 없었지만, 그렇지 않은 사람들은 동영상도 아닌 음악이 무슨 데이터를 이리도 많이 쓰냐며 불만이 폭주하고 있었다.

"통신사들 모두 데이터 협의에 대해서는 부정적입니다. 인터넷망을 이용하는 데 정당한 요금을 책정하는 거라며……."

"어렵네요."

전형택 부장이나 하세연 사장이나 머리가 지끈거렸다.

시간이 지나면서 자리를 잡은 이츠파인은 3대 음원사이트들과 어깨를 견줄 만큼 커졌지만, 데이터 이용료는 새로운 숙제로 다가오고 있었다.

음원 서비스 하나 쓰자고 이용자들이 비싼 무제한 요금제를 쓰는 것도 웃기는 일이었다.

"통신사들과 어떻게든 담판을 짓는 수밖에 없네요. 준비해 주세요."

"알겠습니다."

전형택 부장이 자신 있게 외쳤지만, 하세연 사장은 확신이 서지 않았다.

'파인스톡, 이츠파인이나 통신사들에게 미운털이 단단히 박혔을 텐데, 무슨 좋은 방법이 없을까?'

전형택 부장이 나가고, 홀로 남은 사무실에서 하세연 사장은 생각에 골몰했다.

"안녕하십니까. 최경호라고 합니다."

부드러운 눈빛의 중년인, 최경호가 정중하게 고개를 숙이자 강기준과 이현지도 서둘러 머리를 숙였다.

"이현지입니다. 처음 뵙겠습니다."

"강기준입니다. 말씀 많이 들었습니다."

각자 자기소개와 인사를 한 후 사무실 소파에 모두가 모여 앉았다. 강윤과 이현지, 강기준과 최경호가 나란히 앉자, 정혜진이 자연스럽게 차와 커피를 내왔다.

"고마워요."

최경호가 부드럽게 미소를 짓자, 정혜진도 활짝 웃으며 화답했다. 그녀가 자리로 돌아간 후, 최경호는 강윤에게 눈을 돌렸다.

"사무실 분위기가 활기차네요. 직원들도 힘이 있고……."

"감사합니다."

월드에는 다른 회사에서 보기 힘든 활기가 있었다. 직원들은 자유롭게 생각들을 이야기하고 있었고, 직위가 있는 사람이든, 낮은 사람이든 자신의 생각을 펼치고 듣는 것에 거침이 없었다.

'소통이라…….'

최경호는 강윤이 자신을 필요로 한 이유가 소통이라고 한 것을 기억했다. 강윤과 마주앉기 전, 잠시 둘러본 회사를 보니 강윤이 한 말이 이해가 갔다.

강윤은 직원들에게 관심이 가는 듯, 계속 눈을 돌리는 최경호에게 웃으며 말했다.

"그간 잘 지내셨습니까?"

강윤이 근황을 묻자 최경호는 조금은 민망한 웃음을 지으며 차를 들었다.

"인수인계를 하느라 눈 코 뜰 새 없이 바빴습니다. 이틀 전에 사표가 수리되고 어제부로 백수가 되었죠. 하하하. 이제 월드 아니면 갈 곳도 없습니다."

홀가분한 표정으로 말하는 그에게 이현지가 부드러운 표정으로 말을 걸어왔다.

"사장님께 말씀 많이 들었습니다. 공연팀의 팀장으로 오신다고."

"그렇게 되었습니다. 이현지 이사님. 듣던 대로 미인이십니다."

"감사합니다."

간단한 담소를 나누면서도 최경호에게서 풍기는 품위는 자연스럽게 모두에게 드러났다.

'멋진 분이네.'

이현지는 최경호 팀장과 담소를 나누면서 강윤이 직접 스카웃할 만한 사람이라는 걸 다시 한 번 느꼈다.

화기애애한 분위기속에 앞으로의 계획에 대한 이야기들이 오갔고, 모두가 서로에 대해 파악했다.

이야기가 한창 무르익을 무렵, 강윤이 모두의 시선을 모았다.

"사장님. 아니, 앞으로는 팀장님이라고 부르겠습니다."

"알겠습니다. 당연하지요, 사장님."

호칭을 정리한 후, 강윤은 본격적으로 공연팀에 대해 이야기를 시작했다.

"이제 시작단계지만 공연팀이 해야 할 일이 많습니다. 가장 중요한 건 에디오스와 다이아틴의 합동 콘서트. 이건 윤슬의 추만지 사장님과 이야기하면서 조율하면 됩니다."

"알겠습니다. 더 필요한 거 있습니까?"

강윤은 커피 잔을 내려놓으며 차분한 어조로 말했다.

"루나스를 정비해야 합니다."

"공연장 말씀이지요? 드라마팀 사무실이 있는……?"

"네. 루나스에 여러 가지 시설들이 들어가면서 분위기가 많이 어수선해졌습니다. 이걸 정비했으면 합니다. 자세한 건 메일로 보내겠습니다. 또……."

최경호는 강윤의 말을 필기까지 해가며 새겨들었다.

마지막으로 강윤은 한 가지를 더했다.

"공연팀은 콘서트가 주가 되는 팀입니다. 콘서트나 다른 성격의 공연이 들어오면 바로 기획을 할 수 있는 전문팀을 양성하는 것. 이것이 팀장님께 부탁하고 싶은 일입니다."

"허허."

최경호는 너털웃음을 지었다.

커지기 시작한 월드엔터테인먼트에 날개를 다는 일이니 만만한 일이 없었다.

그러나 그는 자신 있는 표정으로 손가락을 들었다.

"늙은 사람을 너무 부려먹으면 벌 받습니다."

"하하하. 한창 때라는 거 다 압니다."

"하하하."

네 사람에게서 웃음꽃이 피어났다.

이현지도 신이 났는지 웃으며 강윤을 짓궂은 표정으로 바라보았다.

"공연팀장까지 왔으니…… 이제 회장님이 되기 위한 기초는 모두 갖춰졌네요."

"이사님."

이현지가 가볍게 농담을 던지자 강윤은 눈을 휘둥그레 뜨며 당황했다. 강기준도 입을 가리며 쿡쿡 웃었고 최경호도 어깨를 으쓱였다.

"회장님. 먼저 인사드립니다."

"기준 팀장."

최경호도 질 수 없다는 듯 끼어들었다.

"사장님이 아니라, 회장님이셨군요. 어쩐지. 몰라 뵀습니다."

"최 팀장님까지…… 하아."

강윤이 어깨를 추욱 늘어뜨리자 세 사람은 웃음을 터뜨렸다.

'가수, 배우, 공연, 음원사이트라…… 회장? 하하.'

세 사람의 놀림이 부끄러우면서도, 한편으론 기대에 가슴이 부풀었다.

♪♩♪♫♬♪

-타오르는 열정을 믿어라. 젊은 그대에게…….

활활 타오르는 태양과 함께 탱크톱을 입은 여자 아이돌 가수가 불길을 달려가는 모습이 흘러나오고 있었다.

뜨거운 열정을 토로하며 여자 아이돌 가수는 핸드폰을 들고는 흔들었다.

"아씨. 광고 엄청 기네."

정민아는 오른쪽 상단에 뜬 '더 메시지'라는 말이 사라지길 기다리며 투덜거렸다.

함께 거실에 앉아 있던 크리스티 안은 그녀와는 완전히 다른 반응이었다.

"광고가 얼마나 재밌는데 그래? 저 폰은 꼭 써보고 싶어."

"쇼핑벽 진짜. 작작 좀 사라."

"버는 만큼 써야 나라 경제가 돌아가는…… 어?"

두 사람이 여느 때처럼 티격태격할 때, 화면 오른쪽 상단의 '더 메시지'라는 문구가 사라졌다. 광고가 끝나자마자 화면이 어두워지며 낮은 저음의 음악이 흘러나오기 시작했다.

"……뭐야?"

"공포영화인가?"

정민아는 저도 모르게 크리스티 안의 손을 붙잡았다.

어둑하면서 으스스한 분위기.

가뜩이나 숙소 TV 스피커도 따로 달아서 사운드와 화면이 주는 으스스한 분위기는 배가되었다.

정민아는 자리에서 일어나고 싶었다.

반면, 크리스티 안은 손을 떨면서도 화면에 집중했다.

쿵! 쿠쿵!

TV에서 뭔가가 떨어지는 소리가 온 거실을 메웠다.

"크악!"

정민아가 놀라 어깨를 움찔할 때, 음악은 점점 더 낮게 깔려가며 TV에 한 여인의 모습이 비쳤다.

"어? 진서다."

조심스럽게 어딘가를 걷는 민진서의 모습에 크리스티 안

이 작게 탄성을 냈다. 손전등을 들고 겁에 질린 눈으로 어둠을 탐색하는 민진서에게 모두가 빠져들었다.

빠져들게 하는 음악, 화면의 분위기.

모든 것이 순식간에 드라마에 빠지게 만들었다.

크리스티 안의 손을 꼭 붙잡은 정민아도 자리를 떠나지 못하고 드라마에서 눈을 떼지 못했…….

쿵! 쿠쿵! 쾅!

"꺄아아아아아아아악!"

정민아는 TV에서 갑작스럽게 터져 나온 굉음과 백골에 소스라치게 놀라 크리스티 안을 부둥켜안았다. 크리스티 안도 놀라 눈이 휘둥그레져 정민아를 꽉 끌어안았다.

"저, 저, 저거 뭐야…….."

떨면서도 두 사람은 드라마에서 눈을 떼지 못했다.

TV 속의 민진서는 백골 앞에서 몸을 떨며 무릎을 꿇고 있었다. 그와 함께 공포 분위기가 천천히 사그라지며 비가 추적추적 내리기 시작했다.

―선배…….

그녀의 얼굴에 흐르는 것이 비인지, 눈물인지.

진하게 내리는 비는 그녀의 감정을 대변하는 듯했다. 빗줄기가 굵어지며 허밍소리가 점점 강해지더니, 화면이 점점 밝아져갔다.

"무슨…… 영화야? 드라마 완전 미쳤네."

크리스티 안은 드라마에서 눈을 떼지 못한 채 중얼거렸다.

영화를 보는 듯한 영상미, 게다가 빠져들게 만드는 음악. 거기에 민진서의 흔들리는 눈빛과 몸짓은 화룡점정을 찍었다.

백골이 나온 지 얼마 지나지 않아 또 다른 주인공, 민혁진이 우스꽝스럽게 사기꾼을 등쳐먹는 장면이 나오며 분위기의 급반전을 이루었다. 롤러코스터같이 분위기가 오르락내리락했지만, 몰입에서 헤어날 수 없었다.

"다녀왔습니다. 지금 뭐……. 어? 진서네."

숙소에 도착한 에디오스 멤버들도 하나둘씩 자리에 앉아 마법에 걸린 듯, 드라마에 몰입해 갔다.

[민진서 '더 메시지.' 0.9%로 출발. 기대에는 미치지 못해……]
[0.9% 시청률, 민진서 위력 없나!]
[0.9%의 시작. 민진서, 종편의 한계?]

화려한 영상미, 음향으로 화제를 몰고 왔지만 더 메시지 1회의 시청률은 0.9%였다.

같은 날, 탈리스만의 시청률은 14.3%.

공중파 시청률로 환산해도 무려 9% 이상 차이가 났다. 게다가 민진서의 복귀라며 기대감을 마구 쏟아내던 언론도 시청률이 시원치 않자 마구 혹평을 내놓았다.

그러나 강윤은 개의치 않았다.

"일희일비할 필요 없습니다."

-사장님.

사무실에서 김장선 PD와 전화를 건 강윤은 담백하게 말을 이어갔다.

"괜찮습니다. 오히려 시청자들의 평은 칭찬일색이잖습니까."

일반적인 좋은 평들하고는 차원이 달랐다.

역대급 드라마니, 웰메이드니 하며 1회를 본 시청자들은 빨리 다음 화를 내놓으라며 시청자 게시판을 도배하고 있었다. 낮은 시청률에서 이 정도 반응은 나오기 힘들었다.

-감사합니다.

"PD님이 바로서야 현장이 잘 돌아갑니다. 잘 부탁합니다."

다음 날, 목요일.

더 메시지 2회가 방영되었다.

백골로부터 시작된 강채연의 의문에서부터 시작된 사건에 문진하가 엮여 들어가고, 과거의 임주환과 연결되어 해결책을 찾아나가는 스토리가 물 흐르듯 펼쳐졌다.

1회의 소문을 듣고 시청자들이 유입됐는지 시청률은 1%를 넘긴 1.4%를 기록했다.

하지만 3%를 예상했던 제작진들에겐 실망스러운 수치였다.

"이제부터 시작입니다."

촬영현장을 찾아간 강윤은 민진서의 이름으로 밥차를 보내며 스태프들을 독려했다. 기대보다 낮은 시청률이 나왔음에도 격려를 하는 강윤의 배포에 스태프들은 놀랐고, 현장의 분위기는 더더욱 뜨거워졌다.

"진서 씨. 이거 받아."

"감사합니다."

민진서는 발전차 기사가 건네는 커피를 비롯해, 특별히 신경 쓴 조명, 카메라 등 더더욱 신경 쓴 지원을 받았다. 빵빵한 지원 탓인지 가뜩하나 뽀얀 그녀의 얼굴이 전파를 탄 후, 더더욱 뽀얗게 물들었다.

한 주가 숨 가쁘게 지나가고, 3회가 방영되는 수요일이 돌아왔다.

강윤은 동생 희윤, 이로다 하루, 박소영과 함께 거실에 앉아 TV를 시청했다.

"저게 내가 만든 곡이야?"

희윤은 진길성과 민진서가 난간에 주저앉아 서로를 위로하는 신과 함께 자신이 작곡한 음악이 흘러나오자 멍하게 중얼거렸다.

─힘들어 해! 아파해! 하지만 기억해. 우리 마음도 찢어지지만 죽은 사람의 가족들은 더더욱 조각난다는 걸."

─……흑, 으흑흑.

진길성의 외침과 절묘하게 싱크로 된 쿵 소리, 슬프게 이어지는 현악기의 향연은 곡을 만든 희윤마저 놀라게 만들었다.

강윤이 이로다 하루의 곡과 희윤의 곡을 비교해 보니 드라마의 싱크로와 차이가 있었다. 대본을 수없이 보며 편곡을 해 싱크로를 맞추니 신과 어우러지는 명곡이 만들어졌다.

"멋진 곡이군요."

말이 없던 이로다 하루마저 희윤의 곡을 인정했다.

강윤이 희윤에게 그의 말을 전달해 주니 그녀는 박소영과 박수를 치며 만세를 불렀다.

모두가 미친 듯이 몰입한 드라마가 끝난 다음 날.

―3%예요.

출근하기 전, 이현지의 전화를 받은 강윤은 자신의 귀를 의심했다. 지난주와 비교해서 시청률이 두 배나 치솟은 것이다.

"두 곳 다 말입니까?"

―네. 다 3%를 넘겼어요.

"좋은 소식이군요. 탈리스만은 어떻게 됐습니까?"

―12%네요. 천천히 떨어지네요. 하긴. PPL이나 시나리오, 여배우의 로봇연기까지. 이탈자가 늘고 있어요.

통화를 마친 강윤은 주먹을 불끈 쥐었다. 환산 시청률로는 탈리스만을 앞질렀다.

진짜 시작은 이제부터였다.

♪♩♫♬♪

"12, 12%……."

강시명 사장은 PD와의 전화를 마치고 입술을 질끈 깨물었다. 지난주에 비해 시청률이 무려 3%나 하락한 것이다.

"왜지? 왜……."

언론은 자금을 동원해 어떻게든 잡고 있었다.

그런데 무엇이 문제인지.

안절부절못하고 사무실을 돌아다니던 강시명 사장은 책상 위에 놓여 있던 탈리스만 대본을 집어 들었다.

"그래, 자극. 자극적인 게 없어서 그래."

그는 대본을 정신없이 읽어나갔다.

격렬한 전투를 비롯해 인물간의 심리를 다룬 장면 등 몰입을 더하는 신들이 많았다.

그러나 강시명 사장은 만족스럽지 않다는 듯, 대본을 거칠게 책상 위로 던져 버렸다.

"역시…… 없어. 이 정도 가지고는 안 돼."

그는 창가에 섰다.

창밖에 추적추적 내리는 비를 바라보며 입술을 질끈 깨물었다.

"벗기는 것만큼 자극적인 건 없지. 흐흐흐."

생각을 굳힌 강시명 사장의 일그러진 미소가 창가에 흐릿하게 비쳐졌다. 마음을 굳힌 강시명 사장은 탈리스만을 연출하는 PD 오인수에게 전화를 걸었다.

오인수 PD는 사정을 듣고 심각한 어조로 이야기했다.

—……노출이야 들어가기만 한다면 당연히 좋지요. 하지만 합당한 근거가 있어야 합니다. 억지로 우겨넣는다면 오히

려 역효과가 날 겁니다. 방통위에서 제재를 받을 수도 있고요. 무난하게 목욕신이나 부상 같은 걸로 등이나 치골을 노출하는 정도로 가면 무리도 없고……

"베드신으로 가죠."

그러자 전화기에서 한층 높아진 목소리가 들려왔다.

─베드신 말입니까? 지금은 인물 간에 감정이 진행되지 않았습니다. 아무리 빠르게 나간다 해도 8화에서나 가능할 겁니다. 그 이전에는…….

"6화. 더 가면 시청률을 수습할 수 없습니다."

─그렇게 빨리 진행되면 주인공들의 감정 변화를 제대로 보여줄 수 없습니다.

강시명의 지시에 군말 없이 따라온 오인수 PD였지만 이 부분만큼은 양보할 수 없었다.

시나리오를 당긴다? 감정의 개연성에 문제가 생겨 시나리오 자체가 붕괴할 수도 있었다.

─사장님. 의도는 이해했지만 6회는 너무 빠릅니다. 그리고…….

오인수 PD는 강시명 사장을 계속 설득했지만 이미 마음을 굳힌 강시명 사장에겐 다 소용없는 일이었다.

"시청률이 더 떨어지면 광고에도 타격이 옵니다. 이대로 광고 떨어지면 앞으로 얼마나 힘들어질지 잘 알고 있죠. 오PD?"

─겨우 한 회입니다. 이제부터 진짜 시작인데……."

"그러니까 시작을 거하게 해보자는 것 아닙니까. 민혜한 테는 내가 말할 테니, 준비해 주세요."

결국 오인수 PD는 강시명 사장의 말에 굽히고는 전화를 끊어야 했다.

"저렇게 감이 없으니 시청률이 안 나오지. 거품이 얼마나 낀 거야. 돈 값을 못해."

강시명 사장은 코웃음을 치고는 이민혜에게 전화를 걸었다.

"……진짜 3대 기획사 사장 맞아?"

강시명 사장과 통화를 마친 후, 오인수 PD는 전화기를 소파에 집어던지며 얼굴을 잔뜩 일그러뜨렸다.

그의 뒤에 있던 AD들이 겁을 먹었는지 긴장했지만, 그는 아랑곳하지 않고 연신 거친 소리들을 내뱉었다.

"아무리 드라마는 처음이라도 그렇지, 엔터 사업하면서 기본적인 감도 없나? 대중들을 너무 쉽게 보는 거 아냐?!"

"……."

"가만히 있으면 중간이라도 가지. 하아. 월드 쪽은 작가나 PD에게 맡기고 아무런 참견도 하지 않는다는데……."

제작사와 투자자가 이렇게 손발이 안 맞아서야. 너무도 비교되는 두 회사의 행태에 오인수 PD는 긴 한숨을 내쉬었다.

"저…… 선배님."

"뭐?!"

"그, 그러니까…… 작가님께 여, 연락할까요?"

신경질적인 선배의 반응에 후배 AD가 떨면서 물었다.

오인수 PD는 후배의 이런 모습이 더 화가 났다.

"그걸 꼭 말로 해야 알아들어!? 당장 전화해!"

"……네."

AD는 의기소침하며 핸드폰을 들고 구석으로 향했다.

서로의 손발이 맞지 않아 탈리스만의 제작 분위기는 엉망이 되고 있었다.

♪ ♩♩♪♩ ♫♬♪♩

위이이이~잉.

거대한 MRI 기계 사이로 한 남자가 밀려들어갔다.

유리벽 바깥에는 MRI를 조작하는 기사들이 기계를 조작하며 정밀하게 사진을 찍고 있었다.

우웅거리는 소리가 시끄럽게 나더니 곧 남자가 MRI 기계의 동그란 입구 사이로 밀려 나오며 스피커에서 기사의 음성이 들려왔다.

—이강윤 님. 끝났습니다.

딱딱한 MRI 침대에서 일어난 강윤은 어깨를 빙빙 돌리며 방사선실을 나섰다.

'묘하군.'

희윤 때문에 가슴 졸였던 적은 많았지만, 막상 본인이

MRI를 찍어보기는 처음이었다.

원래는 내시경 같은 건강검진만 받으려고 했으나 가슴통증이라는 걸 안 이현지가 MRI를 꼭 찍으라고 우겨대는 통에 결국 인연 없던 MRI 촬영까지 하게 되었다.

병원에서는 2주 후에 직접 오라고 이야기했다. 강윤은 알았다고 이야기하고는 차를 몰아 다시 회사로 향했다.

'오늘하고 내일이 진서 촬영일이지? 이제부터 생방이라는데, 걱정이네.'

운전대를 잡은 강윤은 짧게 한숨지었다.

드라마 생방.

전주에 촬영해서 편집을 마치고 그 다음 주에 방영되는 한국 드라마의 시스템을 말한다.

모니터링을 하며 문제점을 바로 적용할 수도 있었지만, 시간에 쫓겨 스태프나 배우의 소진이 심하다는 단점이 있었다.

'내가 할 수 있는 걸 하는 게 최고겠지.'

이제부터는 강윤이 어떻게 해줄 수 있는 게 없었다. 대신 밥차, 간식 등 편의를 제공해 주며 촬영장 분위기를 북돋아 주는데 최선을 다했다.

투자자가 압력을 넣지 않고 큰 지원을 해주니, 촬영하는 입장에서는 신이 나서 효율이 올라가고 있었다. 거기에 시청률까지 올라가고 있으니, 현장 분위기는 최고였다.

업무에 대해 생각하다 보니 차는 어느새 월드엔터테인먼트에 도착했다. 주차를 하고 사무실에 올라가니 루나스에 있어야 할 최경호가 이현지와 소파에서 이야기를 나누고 있었다.

"그래서…… 아, 사장님."

최경호는 자리에서 일어나 강윤을 깍듯이 맞았다.

강윤은 조금 민망한 얼굴로 고개를 숙이며 최경호와 손을 맞잡았다.

"오셨습니까."

"네. 보고드릴 것도 있어서 말이죠. 현지 이사님과 이야기 중이었습니다."

강윤이 자리에 앉자 최경호는 이현지 옆으로 자리를 옮겼다. 이현지는 자신이 받았던 보고서를 강윤에게 건넸다.

"국내 음향과 조명, 특수 장비 업체들을 정리한 리스트군요."

최경호의 인맥과 정보로 새롭게 작성된 이 리스트는 큰 가치가 있었다.

"네. 아, 맞다. 이사님께 들으니 사장님이 외국의 공연 특수 장비 업체들과 인연이 깊다고 들었습니다."

"어찌어찌 조금 선이 닿아 있습니다만."

"호오."

캐리 클라우디아의 공연이나 이전, 김재훈의 공연 업무로 인해 연을 맺었다고 강윤은 이야기했다.

그러자 최경호는 반색하며 눈을 빛냈다.

"국내에서 제대로 된 공연 특수 장비 업체는 매우 드뭅니다. 그때그때 필요한 장비들을 제작해야 하기에 돈이 되지 않는다는 인식이 있기 때문이죠. 시장도 작고……. 하지만 외국은 다릅니다. 시장도 넓고 장인정신도 있어서 장비들이 하나같이 좋습니다."

"맞습니다. 국내에서는 기껏해야 불꽃이나 레이저만 쓰는 정도니 아쉽지만 말이죠. 이제 들여오기 시작하는 것 같은데, 몇 년은 걸릴 것 같고……."

"아무튼. 사장님 덕에 생각보다 쉽게 일을 할 수 있을 것 같습니다."

최경호는 강윤과의 대화가 즐거웠는지 크게 웃었다. 이현지가 끼워달라며 입술을 삐죽이자 웃음소리는 더더욱 커져 갔다.

강윤이 자신이 가지고 있는 특수 장비 업체 리스트를 보내주겠다고 하자 최경호의 미소는 더더욱 짙어졌다.

"저를 이렇게 밀어주시니 일할 맛이 납니다."

"더 필요한 게 있다면 말씀해 주십시오."

"알겠습니다. 최선을 다하겠습니다."

최경호는 해야 할 일이 많다며 서둘러 자리에서 일어났다. 그가 가고, 이현지는 조금 남은 커피에 물을 부어 온 후 자리에 앉았다.

"하 사장님이 통신사들과 협의 중이라는 이야기는 들으셨어요?"

"데이터 문제 말입니까?"

이현지는 자리에서 가져온 보고서를 강윤에게 건넸다.

하세연 사장이 데이터 문제를 협의하고 있지만 쉽지 않다는 내용이었다. 통신사들이 잡고 있던 음악시장을 가수와 사용자 모두를 위한 사이트라는 명목으로 낮은 가격으로 출범했으니, 미운털이 박힐 만했다.

강윤이 의외로 덤덤하자 이현지는 놀랐는지 의아한 표정을 지었다.

"놀라지 않으시는군요."

"예상하고 있었습니다. 입장 바꿔 생각해 보면 치졸하지만, 확실한 방법이니까요."

강윤의 과거에도 데이터가 워낙 비싸서 사람들의 원성이 자자했다.

현 시대에도 그 사실은 변함이 없었다.

"협의가 된다면 좋겠지만, 아마 협상에 응하지는 않을 겁니다."

"그럼 어떻게 해야 하죠? 지금은 감당할 수 있을 정도지만 불만이 많아지면 여론에 안 좋을 텐데요."

그녀가 걱정했지만 강윤은 괜찮다며 손을 흔들었다.

"생각만큼 길지는 않을 겁니다."

"길지 않다? 무슨 말인가요?"

"데이터 요금을 내려줄 요인이 생길 테니까요."

이현지는 고개를 갸웃했다.

통신사들의 담합으로 높게 형성된 핸드폰 요금은 국민들의 원성을 샀다. 정부도 약간의 과징금만 부과할 뿐, 별다른 제재를 가하지 않으니 통신사들의 전횡은 끝이 없었다.

"요인? 뭔가요?

"그건…… 나중에 말씀드리죠."

강윤이 뭔가를 말할 듯하다가 이야기를 끊자 이현지는 입술을 삐죽거렸다.

하지만 이유가 있다고 생각했는지 그녀는 더 강윤을 보채지 않았다.

필요한 것들을 기록해가는 이현지를 바라보며 강윤은 생각했다.

'정확한 시기는 기억 안 나지만 이맘때일 거야. 데이터 이용료가 비싸다며 여론이 형성되는 게. 경제도 어려운데 통신료까지 비싸다며 시끌시끌했지. 결국 통신사들은 무제한 요금제의 가격을 내렸었지.'

강윤이 데이터를 많이 쓰기에 통신사에 관련된 일들은 또렷하게 기억이 났다.

하지만 어떤 형식으로 나올지 모르기에 자세한 이야기는 하지 않고 여러 가지 계획을 준비해두었다. 이후, 필기를 마친 그녀가 자리에서 일어나자 강윤도 서류들을 챙겨 자리에 가져다 놓았다.

강윤은 이번 회 '더 메시지'에서 나올 OST 문제를 이야기하기 위해 연습실에 있는 이현아를 찾아갔다.

문을 열고 들어가자 다른 멤버들은 없었고 이현아가 홀로 신디사이저를 연주하며 연습을 하고 있었다.

"너 왜 눈을 감~ 어? 오……, 사장님."

문을 열고 들어오는 강윤을 발견한 이현아는 신디사이저에서 손을 뗐다.

강윤은 이현아에게 성큼성큼 다가갔다.

"OST 연습하고 있었어?"

"네. 이사 언니한테 다음 주에 제 곡이 방송에서 나온다고 들었거든요. 이제 공연에서 보여줘도 될 것 같아서……."

이미 이야기가 되어 있었다.

정신없이 일을 하다 보니 전달에 혼선이 온 것이다.

잘 하지 않는 실수에 강윤은 어이없다는 듯, 고개를 흔들었다.

"다행이네. 하긴, 내가 너무 늦게 오긴 했어."

"맞아요."

이현아가 웃으며 가볍게 장난을 치자 강윤은 너털웃음을 지었다. 지난번 일 이후, 자신에게 일 외에는 말도 잘 걸어오지 않던 이현아였는데 이제 조금은 괜찮아진 듯싶었다.

"알았어. 현아야."

"네?"

"저기…… 에이, 아니다. 나중에 필요한 거 있으면 이야기하고."

강윤은 이현아에게 손을 흔든 후, 연습실을 나섰다.

그런데, 그가 나가자마자, 이현아의 얼굴이 쓰게 일그러졌다.

"이쯤 되면…… 잊을 만도 하잖아."

얼굴을 자주 봐서 그런 건지.

그녀의 한숨만큼이나 신디사이저의 소리가 구슬프게 퍼져 나갔다.

오지완 프로듀서가 서한유에게 디제잉을 가르치고 있는 스튜디오까지 둘러본 강윤은 다시 사무실로 돌아왔다.

잠시 머리도 식힐 겸, 포털 사이트에 들어갔는데 치솟는 검색어가 있었다.

'이민혜? 왜지?'

이상한 생각이 들어 강윤은 바로 그녀의 이름을 검색해서 들어갔다.

['탈리스만' 이민혜, 강노 높은 베드신 공개. 기대해 달라!]

[주춤하는 탈리스만, 이민혜 베드신으로 살린다?]

[이민혜, 과감하게 벗다? 탈리스만 베드신 화제.]

"베드신?"

기사를 보며 강윤은 고개를 갸웃했다. 지난주, 시청률이 떨어지기는 했지만 이런 극약처방이 필요할까 싶었다. 게다가 주인공들의 감정이 충분히 진행되지도 않았다.

'잘되고 있어서 불안했는데, 역시인가?'

강윤의 과거, 탈리스만의 성적은 처참했었지만 지금은 조금 달랐다. 투자자가 바뀐 탓인지 초반에는 강윤의 과거와는 다르게 시청률이 높았다. 소량 떨어지기는 했지만 사람들은 여전히 기대하고 있었으니까.

강윤이 의아해하고 있을 때, 보고서를 들고 온 강기준이 들어섰다. 강기준은 이현지에게 가볍게 고개를 숙인 후, 강윤의 책상 위에 보고서를 올려놓았다.

"……가수 이현아의 음원 사용에 따른 계약서입니다. 그리고 이로다 하루 씨와 뮤즈, 박소영 작곡가에 대한 협의사항도 포함되어 있습니다."

"수고했습니다."

인터넷을 끈 강윤은 계약서를 자세히 검토한 후 사인했다.

"그럼 다녀오겠습니다."

강기준이 나간 후, 이현지가 강윤에게 다가왔다.

"강 팀장, 괜찮을까요?"

"뭐가 말입니까?"

"이민혜요. 강 팀장이 굉장히 애지중지하면서 성공시켰던 연예인이 베드신을 찍는다니…… 나부터가 기분이 안 좋네요."

벌써 기사를 봤는지, 이현지는 걱정스럽게 이야기했다.

그러나 강윤은 고개를 흔들었다.

"괜찮을 겁니다."

"……그러겠죠?"

"괜찮아야죠. 언제까지 잡혀 있으면 바보입니다."

강윤의 이야기에 이현지는 고개를 끄덕이고는 자리로 돌아갔다.

따가운 햇살이 내리쬐는 어느 날.

강기준은 액션연기 연습을 위해 민진서를 액션스쿨에 데려다 준 후, 스케줄 조율을 위해 OTS 방송국으로 향했다.

"미리 말씀드리지만 진짜 리얼입니다. 오지에서 갖은 고생을 다해야 하는데, 진서 씨 괜찮겠습니까?"

"괜찮습니다. 진서가 이미지와는 다르게 아주 강한 여자거든요."

OST 방송국의 예능국.

강기준은 걱정하는 PD에게 자신 있는 어조로 답하며 자신감을 드러냈다. 야구모자를 거꾸로 쓴 PD는 강기준과 악수를 하며 부드럽게 화답했다.

"알겠습니다. 조만간 계약서와 필요한 것들을 보내드리겠습니다."

"감사합니다."

사실상 예능 프로그램 출연을 확정지은 강기준은 다시 한번 잘 부탁한다 이야기하고는 예능국을 나섰다.

잠시 담배 생각이 나서 흡연실에 들어선 강기준은 주머니에 들어 있던 담배를 꺼냈다.

"불이 없나……."

하지만 라이터가 없었다.

그는 한숨지으며 라이터를 사기 위해 휴게실 문을 열었다.

그때였다.

"오빠."

"……너."

뜻밖의 인물이 강기준의 앞을 가로막았다.

초췌한 안색의 여인, 다름 아닌 이민혜였다. 그녀는 자연스럽게 안으로 들어오더니 주머니에서 담배를 꺼내 입에 물었다.

강기준이 놀라 눈을 휘둥그레 뜨자 이민혜는 힘없이 웃었다.

"……왜? 담배 피는 여자 처음 봐?"

"담배는 언제 배웠어?"

"오빠 회사 나오고 얼마 안 돼서."

그녀의 입에서 나오는 연기가 쓰디쓰게 느껴졌다.

강기준이 말없이 자신을 지긋이 바라보자 이민혜는 침중한 표정으로 말을 이어갔다.

"어제 탈리스만 봤어?"

"……어."

"시청률도 봤겠네?"

"……."

강기준은 말없이 고개를 끄덕였다.

노출신을 방영할 때, 순간 시청률이 17%까지 치솟았지만 이후, 10% 이하로 곤두박질쳤다.

평균 시청률은 간신히 10.1%를 찍었다. 게다가 이민혜의 베드신이 어설펐네, 나무토막이네 하며 각종 악평들이 본격적으로 올라오기 시작했다.

"하하하. 진짜 볼만하지? 더 잘되려고 오빠하고 헤어진 건데…… 초라한 모습만 보이고 있으니…….."

"베드신이야 찍을 수도 있는 거지. 그리고 겨우 드라마 중반이잖아."

"앞으로 더 곤두박질 칠 거잖아."

"……."

강기준은 부정하지 않았다.

주인공들의 감정이 번갯불에 콩 구워 먹듯 솟아 오르냐며 여론은 악평들로 가득했다.

그의 묵묵부답에 이민혜는 고개를 푹 숙여버렸다.

"역시 부정하지 않는구나. 하긴. 오빠가 작품 보는 눈은 좋았었지. 하아. 정말…… 안 되나 보네."

"……."

이민혜의 커다란 두 눈에서 눈물이 뚝뚝 떨어졌다.

"……나, 어떡하지? 오빠. 나, 진짜…… 어떡해."

그녀는 강기준의 소매를 붙잡았다.

그와 함께 자연스럽게 그의 품에 안겨들…….

"……오빠?"

……려할 때, 강기준이 그녀를 밀쳐냈다.

"번지수를 잘못 찾은 것 같다."

"……오빠?"

이민혜의 커다란 눈이 슬픔에 젖어 매력적으로 빛났지만, 강기준은 차분히 말을 이어갔다.

"넌 변한 게 하나도 없구나."

"오빠. 갑자기 왜 그래?"

그녀가 아무것도 모르겠다는 눈을 하자 강기준은 짧게 한숨을 쉬었다.

이민혜라는 사람을 잘 아는 강기준에겐 그녀가 할 행동들이 하나하나 그려지고 있었다. 정에 호소하며 자신을 이용해 무슨 끈을 만들려는 것.

이전에는 알면서도 넘어가 주는 경우가 많았지만, 지금은 그래서는 안 됐다.

'……정도 줄 만한 사람에게 주라는 게 이런 거구나.'

강윤이 옥상에서 했던 말이 머리를 스치자 강기준은 그녀에게서 한 발자국 물러났다.

"조금은 변했을 줄 알았는데."

"오빠, 지금 무슨 말을 하는 거야? 어?"

"…….."

"오빠……?

그녀의 떨리는 눈을 보며 강기준은 짧게 한숨을 내쉬었다.

수많은 사람들을 상대하며 익혀왔던 통찰력으로 왜 이민

혜라는 사람은 제대로 보지 못했는지 후회까지 되었다.

이젠, 과거에서 벗어날 시간이었다.

그는 이민혜에게 멀어지며 차갑게 일갈했다.

"우리 인연은 이미 끝났어. 솔직히 인사하는 것도 불편해. 이 바닥이 워낙 좁아서 불편한 관계로 지내기는 싫지만…… 앞으로 아는 척하는 건 피해줬으면 해."

"하……?! 오빠. 지금 뭐, 뭐라고?!"

이민혜의 얼굴이 붉게 달아올랐지만, 강기준은 차갑게 가라앉은 눈으로 그녀에게서 멀어져갔다.

"그럼."

"야, 강기준! 야!"

강기준의 사라져 가는 등을 바라보며 이민혜는 분노에 찬 비명을 질러댔다.

[주환-채연, 눈물의 음성 메시지 시청자 울려…… 순간 시청률 18% 돌파해!]

주환(진길성 분)과 채연(민진서 분)이 눈물로 주고받은 음성메시지가 안방을 울렸다.

극 중, 주환은 뒤늦게 깨달은 자신의 마음을 음성메시지에 담아 남겼다.

하지만 오해와 사건이 얽히며 음성메시지의 존재는 잊혀졌고, 9

년이라는 세월이 지나버렸다.

　뒤늦게 주환의 메시지를 확인한 채연의 오열과 주환이 부끄러워하며 음성을 남기는 모습이 오버랩 되며 안방을 울렸고, 순간 시청률은 18%를 돌파하는 기염을 토했다.

　…….

　연기파 배우들의 연기와 적절한 OST는 드라마에서 빠질 수 없는 요소다.

　일본에서 영화음악으로 손꼽히는 이로다 하루와 히트곡 제조기라 불리는 뮤즈, 여러 음악 예능에 출연하며 주가를 올려가는 박소영이 참여한 OST는 평론가, 시청자들을 막론하고 최고의 곡들이라는 찬사를 받았다.

　드라마 OST로서는 드물게 삽입곡들도 각종 음원사이트 순위를 가져가며……중략…….

　"……요새 진서가 날리는구나."

　바닥에 누운 채, 핸드폰을 높이 들고 기사들을 탐색하던 정민아는 팔을 힘없이 바닥에 떨어뜨렸다.

　밤 11시가 넘은 늦은 저녁.

　에디오스 멤버들이 모두 모인 루나스의 연습실은 뜨거운 열기로 가득했다.

　정민아의 한숨 짓는 말에 그녀의 다리를 베고 누워 있던 크리스티 안은 장난스럽게 한마디 했다.

　"왜? 쫄려?"

"쫄리긴 누가!"

가벼운 장난에 난데없이 짱돌이 날아오자 크리스티 안은 놀라 자리에서 벌떡 일어났다.

"아…….."

정민아도 순간 터져 나온 감정 섞인 목소리에 놀랐는지 민망한 표정을 하며 한숨지었다.

"그, 그러니까 왜 헛소리를 해."

정민아는 이마에 흐른 땀을 훔치며 연습실을 나가버렸다.

"언니."

"쟤, 뭐야?"

에디오스 멤버들과 당사자인 크리스티 안은 갑작스런 행태에 놀라 큰 눈만 껌뻑였다. 심하게 장난을 쳐도 거의 받아주던 그녀였는데, 뭔가 이상했다.

"뭐지……?"

그녀가 다시 돌아올 때까지 크리스티 안은 고심했다.

그러나 그녀의 고심은 얼마 가지 않았다.

"미안."

"아니, 뭐……."

얼마 있지 않아 돌아온 정민아는 크리스티 안에게 미안하다며 고개를 숙였다.

'……그래. 착한 내가 참아야지. 에이.'

이상한 생각도 들었지만, 크리스티 안은 앞으로 잘하라며 어깨에 팔을 걸치고는 문제를 일단락 지었다.

어색한 분위기를 수습하고, 다시 연습이 시작되었다. 요즘 디제잉을 배운다며 연습에 바쁜 서한유를 제외한 다섯 명의 멤버들은 지금까지 익혀온 안무들을 해보며 호흡을 맞췄다.

─기억 그대로 우리가 생각한~

시간이 흘러갈수록 에디오스 멤버들이 흘린 땀으로 바닥은 흥건해졌다. 바닥을 닦아가며 연습을 해야 했지만, 연습량이 워낙 많아 그대로 진행했다.

이삼순이 손가락을 위아래로 흔들며 윙크를 한 후, 뒤로 물러나자 정민아가 센터로 나와 앉았다 일어나며 웨이브를 탔다.

그와 함께 자연스럽게 스텝을 밟……

우직, 찌익.

"읍!"

익숙하지 않은 소리가 음악을 파고들더니, 정민아의 발목이 꺾이며 옆으로 세게 고꾸라졌다.

"정민아!"

난데없이 정민아가 넘어지며 발목을 붙잡자 연습이 중단되었다. 크리스티 안이 놀라 그녀에게 달려갔고, 이삼순이 음악을 껐다.

"아야야……."

정민아가 눈살을 찌푸리며 신음을 흘리자 한주연이 그녀의 왼쪽 다리를 걷어 올렸다. 그러자 붉게 달아오른 발목부위가 눈에 들어왔다. 조금만 지나면 크게 부어오를 모습이었다.

"가서 얼음 좀 찾아올게."

뒤에서 안절부절못하던 에일리 정이 간신히 이성을 붙잡고 이야기하자 한주연이 물었다.

"얼음 어디 있는지 알아?"

"그게……."

"사무실에 얼음정수기 있어. 관리 아저씨한테 열쇠 받아서 가."

"응."

에디오스 멤버들이 정민아를 부축해 한쪽으로 옮기고, 에일리 정은 관리인을 만나 열쇠를 받기 위해 1층으로 향했다.

그런데 사무실 문가로 빛이 비치는 게 아닌가?

"안에 누가 있나?"

에일리 정은 성큼성큼 다가가 사무실 문고리를 돌렸다.

'어?!'

이 시간이라면 당연히 잠겨 있어야 할 문고리가 휙 돌아갔다. 에일리 정이 문을 여니 환하게 켜져 있는 조명 아래에서 두 사람이 소파에 앉아 대화를 나누고 있었다.

"릴리?"

그중 한 사람이 고개를 돌리며 그녀에게 말을 걸어왔다.

에일리 정은 약간은 놀랐는지 눈을 껌뻑였지만, 이내 성큼성큼 다가왔다.

"사장님? 에이! 잘됐다. 민아가요."

"민아? 민아가 왜?"

그녀에게 손을 흔드는 이, 다름 아닌 강윤이었다.

그는 공연팀장 최경호와 루나스에 대한 이야기를 나누며 가볍게 맥주를 마시다가, 정민아가 발목이 심하게 접질렸다는 말을 듣고는 크게 놀랐다.

"잠시 다녀오겠습니다. 이거 얼마나 다친 거야?"

강윤은 정수기와 냉장고에 있는 얼음들을 쓸어 담은 후, 에일리 정을 따라갔다.

"괜찮아. 계속하자."

"안 된다니까. 이렇게 부어오른 발로 무슨 연습이야?"

강윤이 연습실 안으로 들어서니 연습을 하기 위해 일어나려는 정민아와 멤버들 사이에 실랑이가 벌어지고 있었다.

"얼마나 다친 거야?"

에디오스 멤버들 모두가 이 시간에 강윤을 볼 거라고는 생각도 못했는지 눈이 휘둥그레졌다. 특히 정민아는 목에 두른 수건으로 화장기 없는 얼굴을 가리려 안간힘을 썼다.

"……보, 보지 마요. 아얏!"

민망해하는 그녀와는 달리 강윤은 담담한 표정으로 발목 쪽으로 시선을 돌렸다.

시간이 조금 지나서일까, 그녀의 발은 퉁퉁 부어올라 있었다.

"어쩌다가 이렇게 된 거야?"

"그게…… 발목을 접질렸어요."

크리스티 안이 조심스럽게 답했다.

강윤은 쓴 표정으로 얼음을 그녀의 발에 대주었고, 정민아에게선 약한 신음성이 터져 나왔다.

"큽…… 차가워요."

"참아. 왜 다쳐가지고선."

"여, 연습하다 보면 다칠 수도 있죠. 아얏."

정민아는 수건으로 눈을 제외한 얼굴을 가린 채, 한마디도 지지 않으려 애썼다.

하지만 차갑고, 시큰한 통증에 그녀의 안면이 일그러지며 포커페이스가 흐트러졌다.

"많이 부었네. 민아는 내가 돌볼 테니까, 너희는 계속 연습해."

"네."

"괜찮다니까요."

에디오스 멤버들이 다시 연습을 하려고 하자, 정민아도 자리에서 일어나려고 했다. 그러자 강윤은 그녀의 머리를 한 대 쥐어박으며 그녀를 제지했다.

"아파요!"

"쉬라고 할 땐 쉬어. 하여간 쓸데없는 똥고집은……."

"또, 똥고집이요? 아얏……."

정민아는 화를 내려다 발목에 또다시 통증을 느끼고는 표정이 일그러졌다. 투덜대는 말투와는 다르게, 강윤은 그녀의 발목을 정성스럽게 찜질하며 말을 이어갔다.

"똥고집이지. 다치면 회복부터 먼저 해야지. 이런 부상은 관리 잘못하면 금방 습관 된다?"

"연습할 것도 많은데……."

그녀는 계속 투덜거렸지만, 강윤은 더 이상 답을 하지 않았다. 멍하니 강윤의 정수리만 바라보다가 정민아는 얼굴이 살짝 달아올랐다.

'설레게…….'

정민아는 쭈뼛대다 옆에 있던 핸드폰을 집어 들었다. 그러고는 자신의 발목을 정성들여 찜질하는 강윤의 모습을 찍었다.

소음 하나 없는 카메라 어플이 실행되며 발목을 정성스레 찜질하는 강윤의 모습이 그녀의 핸드폰에 기록되었다.

♪ ♩♪♩♪ ♩♫♩ ♪

"오케이! 아주 좋아요!"

김장선 PD는 손가락을 튕기며 오케이 사인을 보냈다.

사인이 떨어지자마자 메이크업 아티스트들이 주연배우들에게 다가와 화장을 고쳐주며 옷을 골라주었다.

그동안 소품팀과 조명팀은 현장을 정돈했고, 민진서는 화장 수정을 마친 후 주연배우들이 앉는 의자에 앉아 핸드폰을 만지작거렸다.

-촬영 중이에여ㅋㅋ 완전 덥네요.

　그녀의 글이 올라오자마자 월드엔터테인먼트 소속 연예인들이 모인 단체 채팅방의 스크롤은 죽죽 내려가기 시작했다.

-산 완전 덥징? ㅜ.ㅜ
-언니양~ 힘냉!
-고기 구워먹고 싶다.

　채팅방에서 뜬금포를 쏘는 김재훈을 제외하면 모두가 고른 이야기를 펼쳐갔다.

-나 어제 완전 설렜음!

　한참 웃고 있던 민진서의 눈이 묘하게 일그러졌다.
　다름 정민아의 파인스톡 채팅 때문이었다.

-우리 아찌 매력 터짐!
-나 발목 깨져서 엉엉하는데 슈퍼맨처럼 나타나서…….

　가뜩이나 요새 가장 신경 쓰이는 여자가 정민아였다.
　그런데 이건 무슨 말인지.
　그녀의 마음도 모르는지 김지민이 부채질을 했다.

−우와. 쌤이 직접 찜질해 줬어여?

−응응! 완전, 거친 손길 두근 터짐. 아직도 남자라는 게…….

정민아는 강윤이 자신의 발목에 정성스럽게 얼음찜질을 해주는 사진을 올리며 모두에게 자랑을 늘어놓았다.

쾅!

'진짜 해보자 이거야?!'

사진을 본 민진서는 의자의 팔걸이를 거세게 내리치며 팔을 부르르 떨었다.

♩ ♩ ♩♩♩ ♩♩ ♪

매니저들을 불러 정민아를 숙소로 바래다 준 강윤은 루나스를 나섰다.

시원한 바람이 불어왔다. 머리도 식힐 겸 천천히 걸어가고 있을 때, 핸드폰이 춤을 추기 시작했다.

확인해 보니 강기준이었다.

−이사님과 한잔하고 있는데, 함께 어떠십니까?

멀지 않은 곳, 홍대에서 이현지와 한 잔 하고 있다는 말을 들은 강윤은 택시를 타고 홍대로 향했다.

'저긴가?'

강기준이 보내준 주소로 향하니 연남동 인근의 골목이었다. 골목을 걸으니 자줏빛 조명이 비치는 바 하나가 눈에 들어왔다.

들어가니 술집 주인은 졸고 있었고, 강기준, 최경호가 병을 부딪치며 술을 마시고 있었고, 그 옆에서 이현지는 꾸벅꾸벅 졸고 있었다.

"강 팀장. 최 팀장도 있었군요."

최경호는 강윤을 보고는 반가움을 표했다.

"사장님과 짧게 한 걸로는 뭔가 아쉬워서 말입니다."

일행은 서로 인사한 후, 졸고 있는 주인을 깨워 안주와 술을 시켰다.

"이사님이 상태가 안 좋군요."

강윤은 의아했다.

술자리에서 병든 병아리처럼 꾸벅꾸벅 졸고 있는 이현지의 모습은 평소라면 절대 있을 수 없는 일이었다.

강기준이 난감한 표정으로 답했다.

"처음부터 너무 달리셨습니다. 천천히 하라고 말렸지만…… 나중에 바래다 드려야 할 것 같습니다."

"별일이군요."

강윤은 짧게 한숨을 쉬었다.

몇 잔의 술이 더 오가자 강기준이 조심스럽게 입을 열었다.

"사장님 말씀이 맞았습니다."

"맞았다?"

강기준은 상기된 얼굴로 강윤과 눈을 마주하며 말을 이어갔다.

"정을 주기에 어울리는 사람이 있다는 말씀 말입니다. 이민혜는 확실히 아니었습니다."

"무슨 일 있었습니까?"

최경호도 흥미가 생겼는지 의자를 가까이 하고는 귀를 기울였다.

강기준은 방송국에서 이민혜를 만났던 이야기를 풀어놓았다.

"……이민혜 같은 사람에겐 주변 모든 것이 이용할 만한 대상으로 보였을 것입니다."

이야기를 모두 들은 강윤이 쓴 표정을 짓자 강기준도 어깨를 추욱 늘어뜨렸다.

"세상 모든 것이 자기를 중심으로 돌아간다고 생각하는 사람들도 매우 많죠. 이민혜는 그런 사람이었던 것 같습니다."

강기준에게 어떻게든 접근을 하려고 했던 이민혜의 모습에 최경호도 쓰디쓴 말을 했다.

새롭게 맥주병을 딴 강윤은 냉정한 어조로 말을 이어갔다.

"이민혜가 강 팀장에게 접근하려고 한 것은 소속사에서 그녀에게 힘을 실어주려고 하지 않는다는 것에 있을 겁니다. 탈리스만이라는 대형 드라마를 실패한다는 것. 배우 커리어에 적지 않은 상처를 줄 테니까요."

"거기다가 벗어도 뜨지 않았잖습니까."

최경호도 한마디 보탰다.

시원한 말들이 이어졌지만, 강기준은 쓴 표정을 지으며 애

꽃은 맥주병만 비워갔다.

"……사장님. 기분이 묘합니다. 제가 지금 잘한 건지, 잘못한 건지."

"잘한 겁니다."

강윤이 확신 어린 어조로 대답하자 강기준이 병을 내려놓고 몸을 강윤 쪽으로 내밀었다.

"항아리가 깨졌다고 해도 이어붙일 수는 없는 법입니다. 이어붙인다고 해도 물을 담을 수는 없는 법이죠."

"……."

강기준은 침묵했다. 그도 이미 알고 있었다.

하지만 실제로 느끼는 것은 아주 다른 세계였다.

강윤은 차분한 어조로 한마디를 보탰다.

"새 술은 새 부대에 담읍시다. 과거에 연연하는 기준 팀장의 모습, 더 이상 보고 싶지 않습니다."

강윤의 단호한 선언과도 같은 말에 강기준은 눈을 빛냈다.

다음 날 아침.

강기준과 만나 '더 메시지' 관련 정산내역을 듣기 위해, 강윤은 바로 루나스로 향했다.

전날 술을 많이 마셨음에도 강기준은 멀쩡했다.

"……김장선 PD가 10% 돌파 기념으로 팀원 회식비를……."

강윤은 정산내역들을 들으며 필요한 것들을 이야기했다.

정산보고가 끝나고 강윤은 중요한 서류들을 챙기고 있는데, 문을 열고 민진서가 들어섰다.

"선생님."

민진서는 반가웠는지 손을 흔들며 강윤 옆에 앉았다.

강윤은 손을 흔들며 가볍게 인사하고는 서류를 챙겨 자리에서 일어났다.

"벌써…… 가세요?"

민진서가 아쉬운 마음에 묻자, 강윤은 피식 웃으며 그녀의 어깨를 가볍게 두드렸다.

"응. 만나야 할 사람이 있어서."

"만날 사람?"

그러자 답은 뒤에서 나왔다.

"민아 만나러 가십니까?"

"아무래도 그래야 할 것 같습니다. 안 그러면 또 연습한다고 설칠 것 같아서."

강윤은 웃으며 문을 나섰다.

"진서야. 오늘 오라고 한 건……."

"오빠, 잠깐만요."

민진서는 강기준의 말을 막고는 사무실을 나섰다.

강윤은 뒤에서 느껴지는 인기척에 돌아섰다.

"진서야. 할 말 있……."

"꼭 가셔야 해요?"

강윤은 당황했다.

그녀에게서 심상치 않은 기색이 느껴진 탓이었다.

"진서야. 그게 무슨……."

"가지 마세요."

언제나 강윤을 다정하게 바라보던 민진서는 온데간데없었다. 그녀의 눈은 지금까지와는 달리 화르륵 불타오르고 있었다.

"가지 말라니?"

"지금 언니한테 가시는 거잖아요."

강윤은 순간 헛기침을 하며 주변을 둘러보았다.

그러나 평소와는 달리 민진서는 작정한 듯, 그의 얼굴을 잡아 자신의 눈과 마주보게 했다.

"가지 마세요."

"진서야. 잠깐, 사람들이……."

"상관없어요."

민진서는 단호했다.

항상 주변의 시선을 의식해서 원하는 만큼 마음을 표현하지 못하고 살아왔다. 그게 이번 일을 계기로 조금씩 터지고 있었다.

그녀의 돌발 행동에 놀랐지만, 강윤은 곧 냉정을 되찾았다.

"일단 이야기 좀 하자."

강윤은 그녀의 양손을 잡고 차분히 내렸다.

"어어?"

그러고는 그녀의 손을 휙 잡아 끌고는 옥상으로 향했다.

옥상 문이 닫히고, 문까지 걸어 잠근 강윤은 짧게 한숨을 쉬며 물었다.

"진서야. 내가 민아한테 가보려는 건 걔가 아무 말이나 쉽게 들을 애가 아니라서……."

"전화로 이야기해도 되잖아요. 아무리 그래도 발목인데. 함부로 움직이겠어요?"

"그 애는 좀 그래. 보통 고집이 아니잖아. 그래서……."

"하아……."

강윤의 말을 들을수록 속에서 뭔가가 끓어올랐다.

다른 '여자' 이야기를 왜 저리도 아무렇지도 않게 하는 건지!

민진서의 눈에 화르륵 불이 들어왔다.

"선생님. 제가 이렇게까지 이야기한 적 없는 거, 잘 아시죠?"

"……."

"선생님이 그렇게 여지를 남기니까, 민아 언니가 그러는 거잖아요. 아니면 설마 민아 언니를……."

민진서가 처연하게 눈빛을 흘기자 강윤은 강하게 손을 흔들었다.

"진서야. 그런 건 아니야."

"알아요. 그러니까 가지 마세요. 선생님이 아니더라도 민아 언니를 돌봐줄 사람은 많아요. 대현 오빠도 있고, 다른 에디오스 언니들도 있어요."

"……."

강윤은 짧게 한숨을 쉬며 난간 쪽으로 몸을 돌렸다.

정민아는 한 번 마음먹으면 주변에서 뜯어말려도 어떻게든 하는 악바리였다. 좋을 때는 좋았지만 그게 안 좋은 방향으로도 성립했다.

다른 사람들이 곤욕을 겪기 전에 자신이 하려고 했던 건데, 민진서가 이러니 더 당혹스러웠다.

"아……."

그때, 민진서가 강윤을 뒤에서 끌어안았다.

"……공적인 일에 사적인 감정을 끌어오는 거, 싫어하신다는 것 잘 알아요."

"……."

"그래도 이번만큼은, 제 생각을 조금만 해주시면…… 안될까요?"

그녀의 작은 속삭임이 강윤의 마음을 마구 흔들었다. 같은 회사였지만, 강윤이 너무 바쁜 통에 얼굴 보기도 힘든 두 사람이었다.

그러나 민진서는 그런 강윤을 웃는 얼굴로 이해해주며 격려해주었다. 강윤은 그게 항상 미안했었다. 그런 그녀가 약한 모습을 보이며 이런 부탁을 해오니, 아무리 강윤이라도 흔들리지 않을 수가 없었다.

"진서야."

"죄송해요. 못난 모습 보여서……."

하지만 이 사람에겐 이렇게까지 할 가치가 있었다.

민진서는 그렇게 생각했다.

'나 말고 다른 사람들이 아예 없는 것도 아니지.'

자신이 나서면 빠르지만, 다른 사람들이 일을 할 기회가 사라지는 것이기도 했다.

고민하던 강윤은 결국 고개를 끄덕였다.

"알았어."

"선생님……."

"안 갈게."

강윤의 말에 그녀의 얼굴에 화사하게 미소가 돌았다.

"대현 매니저가 고생하겠네. 민아 말리는 게 쉽지 않을 텐데……."

"대현 오빠한테 제가 나중에 한턱낼게요."

"그렇게 해. 너 때문이야."

"하하하. 그러게요."

강윤은 애인의 애교에 피식 웃으며 몸을 돌려 그녀의 볼에 가볍게 입을 맞췄다.

"아침은 먹고 왔어?"

"아니요, 아직……."

"그럼, 밥이나 먹으러 갈까?"

강윤이 그녀의 손을 잡아 이끌었지만, 그녀는 요지부동 움직이지 않았다.

"더 할 말 있어?"

강윤이 의아해하자 그녀는 쭈뼛쭈뼛 손가락으로 자신의 입술을 가리켰다.

그는 어깨를 으쓱이며 그녀에게 입술을 가져갔다.

–쿠우우우우우. 우웅!

귀를 찢는 사운드가 스튜디오를 울리자 오지완 프로듀서는 귀를 막으며 인상을 찌푸렸다.

"스톱, 스톱!"

서한유는 의기소침한 얼굴로 음악을 껐다.

"역시. 이것도 아닌가 보네요."

서한유는 디제일 플레이리스트를 삭제하며 한숨을 쉬었다.

기본적인 것은 다 배웠고 조금씩 곡을 믹싱하는 방법을 배우고 있었지만, 좋은 조합이라는 게 단기간에 할 수 있는 게 아니었다.

오지완 프로듀서도 팔짱을 끼며 물었다.

"쉽진 않지. 하지만 시간이 촉박하니까."

"죄송해요. 제가 좀 더 잘해야 하는데……."

"아니야. 할 수 있어. 다시 해볼까."

오지완 프로듀서는 서한유를 이끌어 다시 컨트롤러에 손을 올리게 했다.

하지만 말과는 다르게 이번에는 강윤이 무리수를 둔 것은 아닌지, 걱정이었다.

'컨트롤러 말고도 다룰 기계들이 한두 가지가 아닌데…… 걱정이군.'

연신 헤매는 서한유를 보며, 오지완 프로듀서는 계속 고민했다.

뜨거운 태양이 작열하는 8월.

따가운 햇살 아래에서, 희윤은 차 트렁크에 캐리어를 싣고 있었다.

"끙차."

힘겹게 캐리어를 싣고 이마의 땀을 훔치는 그녀의 뒤에선, 이로다 하루가 뒷짐을 지고는 오빠와 이야기를 나누고 있었다.

'저 인간은 끝까지 밉상이네.'

과연 비리비리한 팔뚝에 딱 어울리는 모습이었다.

오빠가 항상 일하니 쉬는 건 괜찮았지만, 저 비리비리한 인간의 짐을 자신이 날라다 준 건 약이 올랐다.

그 때문에 희윤은 툴툴대며 그들에게 다가갔다.

"오빠."

희윤은 자연스럽게 강윤의 팔에 팔짱을 끼었다.

"희윤아. 무슨 일 있어?"

"아니, 그냥."

강윤은 웃으며 희윤의 머리를 한 번 매만지고는 다시 이로다 하루에게로 눈을 돌렸다.

"고생하셨습니다. 덕분에 최고의 OST를 제작할 수 있었습니다."

정중한 인사를 받은 이로다 하루는 얼굴을 살짝 붉혔다.

"아, 아, 아…… 아닙니다. 저, 전……."

기생오라비 같은 남자가 남자에게 얼굴을 붉히는 모습은 그리 보기 좋은 모습이 아니었다.

'뭐야? 저 인간?'

희윤은 게슴츠레 눈을 떴지만, 강윤은 그걸 모르는지 부드럽게 화답했다.

"감사합니다. 다음에 또 함께할 기회가 있었으면 좋겠네요."

"아……."

강윤이 돌아서서 운전석으로 향하자 이로다 하루는 저도 모르게 손을 내밀었다.

그때, 희윤이 도끼눈을 하며 그를 노려보았다.

'뭘 봐?!'

'히끅!'

순간 쫄았는지, 이로다 하루는 찔끔했다.

서한유를 도와야 한다며 스튜디오로 향한 박소영을 뺀 세 사람은 그렇게 공항으로 향했다.

차 안에서, 뒷좌석에 앉은 이로다 하루에게 강윤이 말했다.

"OST가 좋은 평을 받고 있습니다. 종편, 그러니까 케이블 방송임에도 시청률이 20%에 가깝게 가고 있어요. 음악이 좋아서라는 평도 많습니다."

"……."

"음원사이트에서도 다운받는 사람들이 제법 됩니다. 곡 사용료나 음원 수입 등이 정산된 걸 보시면 꽤 놀라실 겁니다. 하하하."

강윤은 즐거운 어조로 이야기했지만, 이로다 하루는 고개를 들지 못했다. 희윤이 앞에서 연신 눈초리를 사납게 뜨고 있어서인지도 몰랐다.

공항에 도착한 후, 출국장 앞.

강윤은 이로다 하루에게 손을 내밀었다.

"다음에 또 함께하지요."

"……네."

이로다 하루는 설레는 표정으로 고개를 숙이며 강윤의 손을 잡았다. 그 소녀 같은 모습에 희윤이 기겁했다.

그러나 강윤의 아무렇지도 않은 모습에 차마 나설 수가 없었다.

"나중에 꼭. 뵙겠습니다."

이로다 하루가 출국장 안으로 들어간 후, 희윤이 강윤에게 다가와 걱정되는 얼굴로 물었다.

"오빠."

"왜? 아까부터 표정이 안 좋던데. 이로다 씨랑 정이 많이 든 것 같네."

"그런 게 아니라! 하아……."

차마 오빠한테 남자를 좋아하냐고 묻기가 쉽지 않았다.

그러나 그녀는 입술을 질끈 깨물더니 결국 폭탄을 터뜨리고 말았다.

"오빠. 혹시……."

"혹시?"

"이로다 씨, 좋아해?"

"에에?"

동생이 한 말의 의미를 대번에 눈치챈 강윤은 순간 멍해졌다. 곧 그는 말없이 희윤의 머리를 쥐어박아 버렸다.

"아야!"

"이 녀석이. 오빠를 단번에 게이로 만들어 버리네?"

주차장에 도착할 때까지, 강윤은 희윤에게 그런 말도 안 되는 생각은 두 번 다시 하지 말라며 잔소리 폭격을 퍼부었다.

안심, 의기소침한 감정을 얼굴에 보이는 희윤을 옆에 태운 강윤은 차를 끌고 회사로 향했다.

서울 시내로 접어들어 오거리에서 신호등 앞에 서 있는데, 핸드폰 벨소리가 울려댔다.

확인해 보니 김대현 매니저였다.

"여보세요?"

-사장님, 김대현입니다.

"네, 무슨 일 있습니까?"

강윤의 물음에 김대현 매니저는 의기소침한 목소리로 용건을 이야기했다.

─민아 때문에 연락드렸습니다. 연습 못 하게 매니저와 멤버들에게 감시를 부탁했는데 자꾸 피해서 연습을 하고 있습니다. 그러다가 발목이 더 부어오르고 있어서 연락드렸습니다.

"에휴. 그럴 줄 알았습니다."

강윤은 김대현 매니저를 탓하지 않았다.

그는 팀장급 매니저였다. 그도 힘들다면 다른 사람들도 쉽지 않다는 이야기였다.

정민아의 고집이 유별나다는 이야기였다.

─검사를 해보니까 뼈에 이상은 없었지만 많이 부었습니다. 빨리 회복이 되려면 아무래도 입원을 하는 게 어떨까 싶어서 연락드렸습니다. 연습도 못하게 할 겸······.

"그렇게 하세요."

강윤이 수락하자 김대현 매니저의 어조도 밝아졌다.

─감사합니다. 수속 밟고 연락드리겠습니다. 병원은 문자로 보내드리겠습니다.

"알겠습니다."

통화를 마치고, 강윤은 사무실로 향했다.

사무실에 도착하니 이현지와 각 팀장들이 모여 회의를 하고 있었다.

"이 안건은······ 아, 사장님."

이현지와 팀장들이 강윤을 반갑게 맞아주었다.

강윤까지 합세해서 여러 가지 이야기를 나누었다.

'더 메시지'의 마무리와 연습생들의 추가, 거기에 공연과 건물 이전 등 안건들이 매우 많았다.

강윤은 모두의 이야기를 듣다가 한 가지를 집어냈다.

"연습생들도 필요하겠군요. 진서의 컴백도 성공적으로 이루어졌고, 이제는 배우 연습생들이 본격적으로 필요해질 겁니다."

강기준은 홈페이지에 올라오고 있는 연습생 목록들을 추리고 있다며, 곧 후보를 선발해서 보고하겠다고 이야기했다.

이후, 팀장들의 보고를 들은 강윤은 회의를 파하고는 자리에서 일어났다.

"오늘은 여기까지 하지요. 아, 여름 가기 전에 단체로 휴가 한 번 가는 게 어떻겠습니까?"

강윤의 제안에 이현지가 박수를 쳤다.

"좋네요. 아직 휴가도 못 갔는데……."

그 말에 강윤은 헛기침을 했다.

다른 직원들은 다 갔지만 이현지나 팀장들만 못 갔다.

회의를 마치고, 모두가 각자의 자리로 돌아갔다.

강윤도 자리로 돌아와 책상 위에 놓였던 핸드폰을 확인했다.

'동화병원 2201호.'

입원까지 했다는데 안 가볼 수는 없었다.

강윤은 이현지와 함께 동화병원으로 가기 위해 차에 올랐다. 차 안에서 정민아의 이야기를 들은 이현지는 어이없다는 듯 한숨을 쉬었다.

"하여간, 민아도 유별나요. 그런 고집은 어디서 배워왔나 몰라."

"그러니까 말입니다. 누가 데려갈지 고생 진탕하게 생겼습니다."

강윤의 농담에 이현지는 실눈을 떴다.

"그렇게요. 하지만, 당분간은 걱정 안 해도 될 것 같네요."

"네?"

"그런 게 있어요."

잡담을 나누다보니 어느새 동화병원에 도착했다.

2201호는 특실이었다.

간호사의 안내를 받고, 신분 인증을 받아야 들어갈 수 있었다. 강윤과 이현지는 정민아의 지인이었기에 간단한 인증을 받고 병실로 들어갈 수 있었다.

"아……."

"아……."

그런데, 병실 문을 연 강윤과 이현지는 정민아의 모습을 보고 얼이 빠졌다.

"아하하하하하……."

어디로 빠져나가려고 한 건지, 정민아는 사복으로 갈아입고 있었다.

"아니아니, 민아 씨. 어디 가시려고요?"

"아니, 그게……."

"보호자 분께서 절대 나가지 못하게 하라고 신신당부……."

쾅.

"아야야야얏! 아저씨이!"

강윤은 말없이 정민아의 머리를 쥐어박아 버렸다. 아주 묵직한 소리가 났기에 옆에 있던 이현지도, 간호사도 크게 당황했다.

그러나 그는 아랑곳하지 않고 무섭게 눈을 떴다.

"빨리 옷 갈아입고 누워."

"나 안 아픈……."

"빨리."

"……쳇."

강윤이 나가자 정민아는 투덜대며 옷을 갈아입었다.

잠시 후.

이현지가 강윤에게 정민아의 환복을 알리자 강윤이 안으로 들어섰다.

그는 들어오자마자 정민아에게 잔소리를 퍼부었다.

"넌 진짜 그렇게 다치고도……."

"아, 안 들려, 안 들려어!"

정민아는 귀를 막았다.

그러나 이내 강윤이 머리를 쥐어박자 울상 지으며 아프다고 난리를 쳤다.

강윤은 발목을 가리키며 이러면 곤란하다고 이야기한 후, 한숨지었다.

"가수가 이러면 사장 마음이 어떻겠냐."

"……"

"자꾸 이렇게 걱정시킬래?"

"……죄송해요."

결국 정민아는 지고 말았다.

도무지 강윤의 말은 무시할 수가 없었다.

"집에서 쉬면 될 걸……. 여기까지 하자. 연습 며칠 안 해도 되니까, 걱정하지 말고. 알았지?"

"……네."

"저녁은?"

"아직이요."

"보쌈 먹을래?"

"네!"

언제 의기소침했는지, 보쌈이라는 말에 정민아의 표정이 환해졌다.

강윤도 결국 웃음 지으며 그녀의 머리를 매만져 주었다.

"어? 이사 언니."

해가 저물어가는 초저녁.

동화병원 로비에서 민진서는 보쌈 꾸러미를 들고 올라가는 이현지와 마주쳤다.

"어? 진서야. 여긴 어쩐 일이야?"

"어쩐 일은요. 단톡방에서 보고 민아 언니 병문안 왔죠."

월드엔터테인먼트 연예인 단체 파인스톡방이 있다는 건

이현지도 알고 있었다.

"소식 빠르네. 민아가 여러 사람 속 썩인다. 그치?"

"맞아요."

두 사람은 엘리베이터에 올랐다.

안내를 해주는 간호사가 '더 메시지' 잘 보고 있다며 민진서에게 사인을 부탁하자 그녀는 흔쾌히 사인을 해주었다.

간호사가 신이 나서 2201호로 안내를 해주었고, 노크소리를 내며 문을 열어주었다.

"아……."

그런데, 병실 안을 보는 민진서의 눈이 당황으로 흐려졌다.

"진서 왔어?"

"어…… 네. 선생님도…… 계셨네요."

병실 안에서는 강윤의 손을 잡고 흔들며 활기차게 웃는 정민아가 그녀를 맞아주고 있었다.

"진서 왔어?"

눈빛이 흐려지는 민진서와는 다르게, 강윤은 아무렇지 않은 표정으로 그녀에게 인사를 건넸다. 그의 아무렇지도 않은 듯한 모습이 그녀의 마음을 더 격동시켰다.

'진짜……!'

그렇게 말을 했건만.

하지만 그때뿐이었던 걸까?

내 말은 저 사람에겐 아무 소용이 없는 걸까?

민진서의 머릿속에는 별별 생각이 다 지나갔다.

그때, 강윤이 이현지에게 눈을 돌렸다.

"보쌈집이 멀었나 봅니다."

"생각보다 머네요. 차를 타고 갈 걸 그랬어요."

"고생하셨어요. 민아야, 먹자. 진서도 와. 비계 떼고 장 안 치고 먹으면 괜찮을 거야."

강윤의 말에 정민아는 신이 나서 외쳤다.

"네네!"

강윤은 이현지에게 보쌈을 받아 상에 펼치기 시작했다.

그녀는 평소와 다르게 강윤을 돕지 않고 조용히 지켜보았다.

'언니랑 같이 온 거구나. 그래도……'

어쩔 수 없는 상황일 수도 있었다.

하지만 강윤에게 서운한 감정을 숨기기가 쉽지 않았다. 그 감정이 행동으로 조금씩 드러나고 있었다.

"완전 맛있어요!"

상을 다 펼치자 정민아는 신이 나서 고기를 배추에 싸서 먹었고, 이현지는 조용히 젓가락질을 했다.

강윤도 천천히 고기를 싸서 입에 넣었다.

그때, 민진서가 강윤을 불렀다.

"선생님,"

"응?"

"아~"

강윤은 당황스러웠다. 그는 도끼눈을 뜨며 주변을 두리번 댔지만, 민진서는 요지부동이었다.

결국 그는 손으로 민진서가 싼 쌈을 잡으려 했다.

"쌈은 먹여주는 거예요."

그녀는 정민아를 흘겨보며 입꼬리를 들어올렸다.

명백한 도발이었다.

'저게?!'

정민아가 도끼눈을 떴지만, 민진서는 해볼 테면 해보라며 자신만만했다.

결국 강윤이 그녀가 싸준 쌈을 받아 들자, 정민아의 이마에 삼거리가 새겨졌다.

"맛있죠?"

우물우물하며 강윤이 고개를 끄덕이자 정민아의 몸이 부들부들 떨려왔다.

'얘들 봐?'

두 여인의 눈에 보이는 경쟁을 보니 이현지는 절로 웃음이 나왔다. 그걸 아는지 모르는지, 정민아도 고기를 넣고 쌈을 싸기 시작했다.

"아저씨, 아."

"……."

정민아까지 나서서 고기를 내밀자 강윤은 난감했다.

민진서는 아무렇지도 않은 표정으로 고기를 먹고 있었지만, 젓가락 쥔 손을 가늘게 떨고 있었다.

'이러면 안 되는데.'

민진서의 표정을 모르는 건 아니었다.

하지만 이현지의 눈치도 보였다.

강윤은 잠시 망설이다가 정민아의 쌈을 입으로 받았다.

"맛있죠?"

정민아가 신이 나서 외치자 강윤은 우물대며 손을 들었다.

옆에서 지켜보던 이현지는 그 모습에 한숨을 쉬었다.

'청춘이네, 청춘.'

강윤을 놓고 이상한 기류가 흘렀다. 이전에도 그런 기색을 조금씩 느꼈지만, 오늘은 더욱 노골적이었다.

'하긴, 강윤 씨 정도면 괜찮지.'

가족, 회사 구성원을 우선하는 정 많은 성격.

실패를 모르는 능력.

거기에 넓은 어깨에 매력적인 외모까지.

나이가 조금 많은 편이었지만 수긍이 갔다.

이제는 강윤의 입에 서로 쌈을 밀어 넣다시피 하는 두 여인의 모습에 이현지는 고개를 절레절레 흔들었다.

'나, 저런 사람 옆에 있어서 애인이 없나?'

괜히 이상한 생각까지 들었다.

그동안 선도 몇 번 봤지만 웬만한 사람은 눈에 차지 않았다. 대기업 상무라는 사람부터, 중견기업 후계자까지 소위 잘나간다는 사람을 수없이 만나봤지만…… 눈에 차는 이가 없었다.

심술이 돋은 이현지는 쌈에 고기와 야채 몇 가지를 올려 강윤에게 내밀었다.

"강윤 씨. 이것도 먹어봐요."

"이사님까지……."

민진서와 정민아의 눈이 휘둥그레졌지만 이현지는 아랑곳하지 않고 고기를 내밀었다.

"자. 어서요."

강윤은 잠시 망설이다 이현지의 쌈을 손으로 잡고는 입에 넣었다.

그리고 3, 2, 1.

"으윽……!"

강윤은 외마디 비명을 지르고는 물을 벌컥벌컥 들이켰다. 입안에 화끈하게 퍼져나가는 매운맛과 알싸한 향은 절로 물을 찾게 만들었다.

그의 옆에 있던 민진서가 코를 잡고는 눈을 가볍게 찌푸렸다.

"마늘냄새……."

"하하하하!"

이현지는 연신 물을 들이키는 강윤의 모습을 보며 깔깔 웃어댔다.

생마늘을 비롯해 고추가 수북이 들어간 특제 쌈이 만든 결과물이었다.

"무, 물……."

물 한 통을 비웠지만, 그래도 매운맛은 쉽게 가시지 않았다. 강윤이 계속 물을 찾아다니는 모습에 정민아는 깔깔대며 웃음을 터뜨렸다.

하지만 민진서는 달랐다.

"……여기요."

민진서는 손수 음료수를 따라주며 그가 입안의 불을 끌 수 있게 해주었다.

"고마워."

"아니에요."

한참이 지나서야 불이 꺼지고, 강윤은 민진서에게 고마움을 표했다.

그렇게 즐거운 식사를 마치고, 네 사람은 이야기를 이어갔다.

정민아는 활기차게 강윤에게 이야기를 했고, 강윤도 웃으며 그녀의 말을 받아주었다.

"……."

그러나 민진서는 크게 말이 없었다. 원래 말이 많지 않은 그녀였지만 오늘따라 유독 말이 없었다.

'진서가 유독 말이 없네.'

이현지마저 이상한 생각이 들 정도였다.

그렇게 시간이 흘러 저녁 9시 즈음.

정민아를 돌보기 위해 매니저 이현선이 병실 문을 열고 들어왔다.

그녀가 오자 강윤도 자리에서 일어났다.

"그럼 이 매니저, 잘 부탁합니다."

"……네!"

강윤의 말에 이현선 매니저는 기합이 바짝 들어 큰 목소리로 답했다. 사장과 이사까지 있으니 직원이 긴장하는 건 어찌 보면 당연했다.

"민아야. 이 매니저님 말 잘 듣고."

"생각해 보고요."

정민아가 또 실없는 말을 했지만, 평소와 달리 강윤은 정민아의 머리를 쥐어박거나 하지는 않았다. 미리 대비하며 눈을 질끈 감고 있던 정민아에게 강윤은 덤덤히 이야기했다.

"매니저님 속 썩히지 말고."

"……아, 네."

정민아는 이상하게 차분한 강윤의 모습이 당황스러웠다.

"진서야. 내일 스…… 어라?"

이현지는 민진서의 풀이 죽은 모습을 보고는 의아함을 느꼈다. 그녀의 시선은 강윤과 정민아에게 고정되어 있었다.

'이상한 건 느꼈지만…….'

이현지가 그렇게 생각을 하고 있을 때, 앞에서는 강윤이 정민아에게 손을 흔들고 있었다.

"이만 갈게."

"빨리 가세요. 휘어이~"

정민아는 툴툴대며 강윤에게 빨리 가라며 손짓했다.

강윤은 돌아서서 기다리는 민진서에게 다가갔다.

그때였다.

"아저씨. 잠깐만요."

강윤이 의아해하며 돌아서자 정민아가 성큼성큼 다가왔다.

쪽.

그녀는 발을 들어 강윤의 볼에 입을 맞췄다.

"……!"

당사자인 강윤을 비롯해, 민진서, 이현지, 이현선 매니저까지, 모두 눈이 휘둥그레졌다.

하지만 정민아는 싱글벙글했다.

"너, 진짜……."

"하하하! 우리가 이 정도 사이는 되잖아요? 가세요!"

정민아는 강윤과 일행들을 문 밖으로 밀어버리고는 문을 잠갔다.

"민아야. 너……."

"헤헤."

이현선 매니저도 당황해서 어찌할 바를 모르는 가운데, 정민아는 두근거리는 가슴을 잡으며 숨을 골랐다.

"……저 먼저 가볼게요."

병원을 나오자마자 민진서는 택시를 잡아타고 이현지의 집으로 가버렸다.

이현지나 강윤이 잡을 틈도 없었다.

"진서 기분이 안 좋은가 보네요."

"……."

이현지의 말에 강윤은 답할 말이 없었다.

정민아의 도발적인 행동은 갈수록 심해졌다. 오늘 조심한다고 했는데 결과는 불 보듯 뻔했다. 정확히는 자신의 답답한 행태가 불러온 잘못이었다.

'더 이상 가만히 있으면 안 되겠어.'

"강윤 씨?"

"아."

강윤의 굳은 표정에 이현지가 심상치 않은 기색을 느꼈는지 조심스럽게 그의 팔뚝을 흔들었다.

"고민 있나요?"

"아닙니다. 고민이라뇨."

조금 전, 이상한 기류를 느꼈지만 이현지는 더 이상 묻지 않았다.

운전대를 잡은 이현지는 강윤의 집으로 향했다. 강윤이 괜찮다고 했지만, 이현지는 그의 집까지 바래다주겠다며 호의를 보였다.

한산한 도로에서 속력을 내며 이현지가 말했다.

"강윤 씨는 애인 있나요?"

이현지와 여러 가지 대화를 나누었지만 이런 이야기를 나누는 것은 처음이었다.

강윤은 잠시 고민하다가 솔직하게 털어놓았다.

"……네. 있습니다."

"역시."

그녀는 굳이 누구냐고 묻지 않았다. 오늘 감정을 솔직히 보이는 두 여자 중 한 명이라는 걸 알 수 있었으니까.

"연애, 쉽지 않죠?"

"여자 마음이 참 쉽지 않네요. 이사님은 어떻습니까?"

"나요? 그 말 그대로 돌려드리죠. 눈에 차는 남자가 없네요. 시간도 없고. 그냥 일이나 즐길려고요."

그녀의 말에 강윤은 웃음을 터뜨렸다.

"남자들이 울겠네요. 이사님 정도면 외모에 능력까지 빠지는 게 없는데."

"그러면 강윤 씨가 잡지 그래요?"

그러자 강윤은 능청을 떨었다.

"그러고 싶지만 이미 상대가 있잖습니까."

"그런가요? 아깝네. 진작 어떻게 해볼걸."

"하하하."

두 사람은 가볍게 개인적인 이야기를 나누며 집으로 향했다.

다음 날.

평소보다 일찍 일을 마친 강윤은 정민아가 입원해 있는 병원으로 향했다.

간호사의 안내를 받아 특실로 들어서자 정민아가 배를 긁으며 TV를 보고 있는 모습이 눈에 들어왔다.

"흡……! 아, 아저씨?!"

정민아는 당황하며 벌떡 일어나 이불을 뒤집어썼다.

"……나가 있을게."

20분 후.

그녀는 옷을 다시 입고는 강윤을 불렀다.

"이렇게 갑자기 오면 어떡해요."

반가웠지만, 정민아는 툴툴대며 감정을 숨겼다.

그러나 언뜻언뜻 보이는 웃음은 그녀의 마음을 드러내고 있었다.

"중요하게 할 말이 있어서."

"할 말? 뭔데요?"

정민아가 눈을 반짝반짝 빛내자 강윤은 심호흡을 했다.

하지만 이내 결심한 강윤은 눈빛을 가라앉히고는 말을 꺼냈다.

"민아야. 지금부터 하는 이야기는 월드엔터테인먼트와 관련이 없어. 이강윤과 정민아. 두 남녀가 하는 이야기야."

"두…… 남녀? 아이, 도키도키하게."

정민아는 강윤의 어깨를 툭 치며 얼굴을 살며시 붉혔다.

하지만 그녀의 행동이 강윤의 마음을 더 아리게 만들었다.

'……그래. 필요한 일이야.'

강윤은 심호흡을 하고는 이야기를 시작했다.

"민아야. 나 좋아하니?"

"네?"

정민아의 표정이 묘해졌다. 설마 강윤이 이렇게까지 대놓고 말할 줄은 상상도 하지 못했기에.

정민아가 아니라고 말하려고 할 때, 강윤이 선수를 쳤다.

"아니라고 해."

"아저씨."

"그러면 여기서 멈출 거야. 이전처럼 웃고, 떠들며 즐겁게 지낼 수 있어. 그러니까 아니라고 해."

강윤의 말에는 단호함과 슬픔 등 복잡한 감정이 어려 있었다.

그제야 정민아도 분위기를 파악하고 진지하게 강윤과 눈을 마주했다.

"아니라고 하면…… 편하겠죠?"

"……."

"하지만 발전도 없을 거예요. 그쵸?"

강윤은 눈을 질끈 감았다.

슬픈 예감은 들어맞지 않기를 바랐건만……

"원래 정민아가 청개구리 같은 캐릭터잖아요. 이번에도 그럴 거예요. 저, 아저씨 좋아해요."

"민아야. 너……."

정민아는 강윤의 품에 안겨들었다.

하지만 강윤은 그녀를 안아줄 수가 없었다. 아니, 그래서는 안 됐다.

"무슨 말을 해도 소용없어요. 난 포기 안 해요."

"……."

"그러니까 누가 그렇게 깊이 들어오래요? 가장 힘들 때,

짠하고 나타나주고, 웃어주고. 난 언제나 혼자였는데, 혼자인 내 옆에 맘대로 파고들어서는…… 이제는 뭐라고? 내가 뭘 그렇게 잘못했는데…… 어?"

그녀는 주먹을 쥐며 강윤의 가슴을 두드렸다. 가벼운 주먹질이었지만, 가슴이 이상하게 아려왔다.

하지만 아프다고 멈추면 다른 사람이 더 아파한다.

그는 그녀의 어깨를 붙들어서 떼어놓았다.

"포기해."

"아저씨……."

"그래야 해. 난 너와…… 어울리지 않아."

"그게 무슨 말도 안 되는 이유예요?! 난 왜 안 되는데!"

병실 안에 그녀의 외침이 울려 퍼졌다.

하지만 강윤은 단호한 표정으로 말을 이어갔다.

"내가 널 받아주면…… 다른 녀석이 힘들어 해."

"……아저씨."

"그게 이유야."

"……."

다른 녀석?

정민아는 그게 누군지 대번에 알 수 있었다.

가슴이 쿵쾅 뛰며 온몸이 떨려왔다.

그녀의 마음을 아는지 모르는지 강윤은 그녀의 어깨에서 손을 내려놓고는 돌아섰다.

그때, 그녀가 강윤의 몸을 뒤에서 강하게 끌어안았다.

"민아야. 이러지 마."

"싫어요. 안 돼. 못 가!"

강윤의 등이 그녀의 눈물로 촉촉이 물들어갔다.

그녀의 체온을 느끼며 강윤은 눈을 질끈 감았다. 그의 눈에서도 뜨거운 것이 느껴졌다.

정민아는 가장 먼저 만난 연습생이었고, 가장 정이 많이 든 가수이기도 했다. 그런 그녀의 마음을 아프게 했다는 것이 싫었다.

하지만…….

"여기까지야."

마음과 달리, 강윤은 그녀의 팔을 강하게 뿌리쳤다.

쏴아아아~

창밖에서 빗소리가 강하게 들려오기 시작했다.

"나 때문에 힘들다면 시간을 줄게. 1주? 아니, 1년이라도 상관없어. 나가겠다면 위약금도 물어줄게."

"아저씨!"

정민아가 소리쳤지만 강윤은 냉정하게 말을 이어갔다.

"네가 없는 에디오스는 생각하기도 힘들지만…… 이대로 우리가 무엇을 할 수 있겠어. 이제는…… 정리해야 해."

"……."

"생각해 봐. 연락할게."

일방적으로 말을 마친 강윤은 문을 닫고 나가 버렸다.

"아……."

이전과는 달리 정민아는 강윤을 잡을 생각조차 하지 못하고 바닥에 털썩 주저앉아 버렸다.

"……하하, 하하하. 하하하하……."

허탈한 그녀의 웃음소리가 온 방안에 울려 퍼지며 눈가에선 눈물이 주르륵 흘러내렸다.

쏴아아아아아아아~

한층 거세진 빗줄기가 그녀의 마음을 대변하듯 강하게 쏟아지고 있었다.

2화
디제잉의 신

하늘에 별이 쏟아질 듯 빛나는 밤.

이현지는 부지깽이를 들고 모닥불을 지피고 있었다.

"이러고 있으니까 대학교 때 엠티(MT) 갔던 게 생각나네요."

불씨를 뒤집자 곧 불꽃은 다시 강하게 피어올랐다.

모닥불에 작은 나무를 얹으며 최경호가 흐뭇하게 웃었다.

"하하하. 저도 그렇습니다."

"어머? 최 팀장님 대학교 다닐 때도 엠티가 있었나요?"

시대가 무려 20년 가까이 차이가 났으니 그런 질문이 날아
들 법도 했다. 이현지가 놀라는 표정으로 묻자, 최경호는 당
연하다는 듯 답했다.

"물론이지요. 나 때도 강촌, 대성리 등 엠티의 상징은 다
있었지요. 지금처럼 지하철이 뚫려 있지는 않았지만요."

"우와. 놀랍네요."

엠티촌에 대한 이야기로 이현지와 최경호는 세대를 넘어 공감대를 형성했다.

대학을 나오지 않은 강기준도 두 사람의 이야기가 재미있는지 귀를 기울이니 강촌과 엠티에 대한 이야기를 시작으로 모두가 사적인 이야기를 풀어나갔다.

그러다가 최경호가 강윤에게로 눈을 돌렸다.

"사장님은 강촌에 와보신 적 있으십니까?"

"……."

"사장님?"

최경호가 몇 번이나 강윤을 불렀지만, 평소와 달리 그는 멍하니 불만 바라볼 뿐이었다.

그러자 이현지가 그의 옆으로 다가가 옆구리를 가볍게 찔렀다.

"사장님."

"아! 이사님. 무슨……."

"무슨 생각을 그렇게 깊게 하세요?"

상념에 깨어난 강윤은 이내 자신을 둘러싼 세 사람의 뚱한 시선을 마주하고는 미소를 지었다.

"아닙니다. 자, 받으시죠."

이내 강윤은 최경호의 빈 잔을 채워주었다.

하지만 여기 모인 이들은 팀장들, 사회생활로 단련되어 한 눈치 하는 이들이었다. 물론 이상한 기색만 느낀 정도였지만.

강기준이 조심스럽게 물었다.

"여기서도 일 생각을 하십니까?"

"하하하. 한유 생각을 하고 있었습니다. 이것도 병이군요."

"사장님도. 쉴 때는 쉬어야지요. 일단 한 잔 받으시죠."

최경호는 손가락을 흔들며 강윤에게 맥주를 따라주었다.

모두의 빈 잔이 가득 채워지자 이현지가 주변을 향해 외쳤다.

"자자. 주목!"

그러자 연예인, 사원 등 술자리를 즐기던 모두가 이현지를 주목했다.

"건배가 조금 늦었군요. 스케줄 때문에 빠진 사람들이 있어서 아쉽지만……. 그래도 짠은 해야죠? 사장님."

이현지는 강윤을 앞세웠다.

강윤은 잔을 높이 들며 외쳤다.

"지금까지 다들 고생했습니다. 시간도 부족했고. 에이, 무슨 할 말이 있겠습니까. 올해도 결국 국내로 휴가를 왔네요. 미안합니다."

강윤이 고개를 숙이자 모두가 아니라며 손을 들었다.

"괜찮아요!"

"괜찮아! 괜찮아!"

직원들, 연예인들의 외침에 강윤은 멋쩍게 머리를 긁적였다. 상사에게 잘 보이기 위해서 보이는 처세가 아닌, 진심이었다.

"다음에는 해외로 꼭 갑니다. 까짓것 섬 하나 빌리겠습니다."

"오오오! 이강윤! 이강윤!"

"위하여!"

강윤의 포부에 환호하며, 모두가 잔을 높이 들었다.

사장이 한다면 하는 사람이라는 걸 모두가 알기에 환호는 정말 대단했다.

큰 약속을 받았기 때문일까?

모닥불 주위의 분위기는 더더욱 왁자지껄해졌다.

팀장들의 잔에 맥주를 따라주며 강기준은 자신의 핸드폰으로 눈을 돌렸다.

"진서도 마지막 촬영이 막 끝났다는군요. 회식 끝나고 이쪽으로 넘어온다고 합니다."

"촬영팀 회식도 빡빡할 텐데, 쉬어도 된다고 전해주세요."

강윤의 말에 강기준은 고개를 흔들었다.

"그렇게 말했는데, 말릴 생각 말라고 하더군요."

"……."

단호한 말에 강윤도 할 말을 잃었다.

하긴, 민진서가 고집을 부리면 말릴 수 있는 사람이 없었다.

최경호가 이현지에게 술을 따라주며 화제를 돌렸다.

"진서는 내일이면 올 테고, 그러면 빠진 사람이 한유하고 민아, 매니저들 몇 명에…… 꽤 빠졌네요. 아쉽게. 특히 에디오스 멤버들은 둘씩이나 빠져서 서운하군요."

최경호는 왁자지껄하게 술자리를 즐기는 에디오스 멤버들

을 보며 아쉬워했다. 4명의 멤버들은 즐겁게 술잔을 나누고 있었지만 이상하게 허전한 느낌이 들었다.

이현지도 최경호와 같은 생각이었다.

"민아가 휴가를 신청하다니…… 그렇게 가라고 할 때는 안 가더니 하필이면 이런 시기에. 이런 일이 없었는데……."

"우리가 아는 민아가 전부는 아니겠지요."

"그렇긴 하지만……."

"자. 한잔하시죠."

강윤은 이현지의 말을 끊으며 잔을 들었다.

팀장들은 강윤의 건배 제의에 잔을 부딪치고는 단번에 잔을 비웠다.

술잔이 꽤 많이 돌았다.

최경호와 강기준은 얼굴이 붉어져 꾸벅꾸벅 졸기 시작했고, 이현지도 취기가 올라 머리를 부여잡았다.

하지만 술이 약해 가장 먼저 다운되곤 했던 강윤이 평소와 달리 멀쩡했다.

"자, 한 잔 받아요."

"아닙니다."

이현지가 강윤에게 술을 권했지만 강윤은 손을 들어 사양했다.

"오늘 같은 날은 취해도 괜찮아요."

"아닙니다. 내일 올라가봐야 합니다."

"4일이나 쉬라고 하고서는…… 왜요? 또 일인가요?"

"아무래도 한유한테 가봐야 할 것 같습니다. 휴가도 없이 연습 중인데 가봐야죠."

시간이 되면 민진서 얼굴만 보고 바로 갈 생각이었다.

이현지는 붉게 달아오른 얼굴로 미소를 지었다.

'하긴. 이런 면 때문에 애들이 죽고 못 사는 거지.'

그녀는 더 권하지 않고 술잔을 기울였다.

주변을 둘러보니 이미 몇몇은 잠을 자러 갔고, 술이 센 사람들끼리 모여 술을 즐기고 있었다.

밤이 깊어지고, 하나둘씩 자리를 비우자 강윤도 일어났다.

"전 이만 쉬러 가겠습니다."

"네."

강윤이 들어가고, 이현지도 다른 사람들과 합세해서 술자리를 즐겼다.

다음 날 10시 무렵.

숙소를 나서려던 강윤은 막 도착한 민진서와 마주쳤다.

"선생님."

"이제 왔구나."

민진서는 반가움에 강윤의 손을 가볍게 잡았고, 그도 그녀의 손을 가볍게 매만지며 눈인사를 했다.

"아침부터 어디 가시나요?"

그녀가 아쉬움을 담아 묻자 강윤도 서운한 기색으로 답했다.

"한유한테 가봐야 할 것 같아서."

"아, 디제잉 때문인가요?"

"맞아. 아무래도 봐줘야 할 것 같아."

"그래요? 아쉽네."

민진서는 아쉬웠지만 강윤을 잡지 않았다. 서한유가 중국 진출 때문에 어려운 일을 준비하고 있다는 걸 잘 알고 있었으니까.

말도 안 되는 사유로 강윤을 잡았다고 생각한 정민아와는 완전히 다른 경우였다.

"나중에 보자. 편히 쉬다 와."

"네. 운전 조심하세요."

민진서와 헤어진 후, 강윤은 차를 타고 서울로 향했다. 빠르게 차를 달리니 점심시간 즈음에 월드엔터테인먼트에 도착했다.

먹을 것을 싸들고 스튜디오 문을 여니 시끄러운 음악소리가 강윤의 귓가를 강타했다.

'크윽!'

눈앞에 검은빛이 넘실대며 가슴이 쿵쾅거렸다.

처음 서한유의 디제잉을 접하며 바닥에 쓰러졌을 때와 비슷한 느낌이었다.

"하하…… 안녕?"

시끄러운 음악이 흐르는 중에, 강윤이 파리한 안색으로 손을 들자 서한유가 놀라 음악을 끄고 달려왔다.

"사장님!"

음악이 멈췄지만 가슴에 난 여진은 조금 남아 있었다.

그러나 강윤은 최대한 아무렇지도 않은 얼굴로 서한유를 대하며 의자에 앉았다.

"사장님. 괜찮으세요?"

"괜찮아. 별거 아니니까 신경 안 써도 괜찮아."

"얼굴이 많이 안 좋으세요. 정말 괜찮으세요?"

강윤의 얼굴이 파랗게 질려 있으니 서한유는 구급차까지 부를 생각을 하고 있었다.

그러나 강윤은 손을 들며 단호하게 이야기했다.

"괜찮아. 그냥 피곤한 거야. 금방 괜찮아져."

서한유가 걱정했지만, 과연 10분 정도 지나자 강윤의 얼굴에 점차 혈색이 돌아왔다.

그제야 서한유는 안심하며 따뜻한 차를 가져다주었다.

"고마워."

"아니에요. 휴…… 전 정말 놀라서……."

비슷한 일이 있었기에, 서한유는 다시 한 번 가슴을 부여잡았다.

하지만 강윤은 웃으며 손을 저었다.

"괜찮아. 자, 이제 차 한 잔 마시고 연습해볼까?"

"네. 그런데 사장님, 디제잉도 하실 줄 아세요?"

"잘은 못해. 잘 나간다는 디제이들 약간 따라하는 정도야."

"그래요."

혹시나 하는 기대감을 가졌던 서한유는 시무룩해졌다.

그만큼 디제잉은 어려웠다. 오지완 프로듀서가 열심히 가르쳐 줬지만, 곡을 믹스하고 기계들을 조작해 순간순간 소리들을 넣어 사람들이 원하는 사운드를 내는 것은 정말 어려웠다.

"일단 준비해 보자."

그녀의 마음을 아는지 모르는지, 강윤은 서한유가 연습했던 자리에 서서 컴퓨터의 보호모드를 풀었다.

곧 화면에 그녀가 믹스해 놓은 트랙이 떴다.

"Pallaroid Newkey, How, Go Home, House. 곡들은 다 괜찮은데? 네가 선곡한 거니?"

"네."

"그래?"

선곡이 나쁘지 않았다. 키뿐만 아니라 리듬이 자연스럽게 이어질 수 있는 선곡이었다.

강윤은 서한유를 옆에 오게 한 후, 디제잉 컨트롤러를 잡게 했다.

"지금까지 연습해 온 디제잉이 있었지?"

"네."

"일단 보고 이야기하자."

서한유는 부끄러워 잠시 망설였지만, 곧 재생버튼을 누르고 볼륨을 올렸다.

첫 곡, Pallaroid Newkey가 시작되었다.

그녀는 동그란 스크래치를 거칠게 왔다 갔다 하며 음을 뒤틀기 시작했다.

'흡!'

음악이 뒤틀어지며 하얀빛이 회색빛이 되었다가 다시 원래대로 돌아갔다.

회색빛 때문에 강윤은 찐득한 뭔가가 전신을 감싸는 듯한 느낌을 받았지만 입술을 깨물며 최대한 견뎠다.

서한유는 컨트롤러의 'Gain'과 볼륨을 천천히 조절했다. 볼륨이 순간 작았다 커졌다하는 효과부터 제트기가 상승했다가 하강하는 듯한 사운드 등 다양한 사운드가 스튜디오 안을 장식해갔다.

'크윽.'

그러나 하얀빛이 이미 회색빛으로 변한 후유증 때문에 강윤은 괴로웠다.

'Pallaroid Newkey'에서 두 번째 곡, 'How'로 넘어갔다. 곡이 바뀌면서 서한유는 컨트롤러 맨 위의 노브를 조절했다.

그러자 곡의 딜레이가 느려지며 먼저 나온 가사가 더 뒤에서 울리는 효과가 나타났다. 그와 함께, 회색빛이 검은빛으로 변했다.

'크윽.'

강윤은 원인을 확실히 알 수 있었다.

두 번째 곡의 딜레이.

처음 돌입할 때의 이상한 스크래치.

여기부터가 문제였다. 세 번째, 네 번째 곡을 마무리할 때까지 검은빛은 다시 하얀빛으로 돌아오지 않았다.

"……."

화려하게 곡을 마무리 지은 서한유는 안색이 파리해진 강윤을 차마 바라볼 수가 없었다.

"저……."

"……."

강윤은 쉽게 입을 열지 않았다.

익숙하게 컨트롤러를 만지는 모습을 보니 오지완 프로듀서가 기본기를 확실하게 가르쳤다는 것을 느꼈다.

하지만 문제는 센스였다.

'센스가 없는 게 아닌데…….'

서한유에게 프로듀싱을 가르치면서 센스가 있다는 건 알고 있었다. 그런데 아직 디제잉에는 그 센스가 나오지 않는 것 같았다.

'감을 못 잡고 있는 것 같군.'

강윤은 디제잉 컨트롤러에 손을 올렸다.

"오 PD만큼은 하지 못하니까 참고만 해."

강윤은 서한유가 짜놓은 트랙을 그대로 재생했다.

EDM 사운드와 전자오르간 소리가 웅장하게 퍼져나가기 시작하자 강윤은 스크래치에 손을 올렸다.

"아."

강윤의 스크래치 스킬에 서한유는 탄성을 질렀다. 자신이 거칠게 스크래치를 한 것과 다르게, 강윤은 섬세하게 조금씩 흔들며 리듬을 타고 있었다.

음악이 조금 더 흐르자 강윤은 스크래치를 밑으로 살며시 긁으며 몇몇 노브들을 살며시 꺾었다. 그러자 음악이 가볍게 왜곡됨과 동시에 전자드럼 소리가 스튜디오 안을 두드리기 시작했다.

"우와!"

서한유는 놀랐다.

이제 1번 트랙일 뿐이었다. 그런데 강윤의 손에 가볍게 왜곡된 곡이 이렇게 듣기 좋은 소리를 낼 줄은 꿈에도 몰랐다.

그녀의 탄성과 다르게 강윤의 이마에는 땀이 흐르고 있었다.

'후우.'

그의 눈에는 하얀빛이 빛나고 있었다. 사방의 스피커에서는 음표들이 수없이 흘러가며 하얀빛을 더 빛나게 만들고 있었다.

'이게 리버브였나? 여기서…….'

첫 번째 곡, Pallaroid Newkey은 두 번째 곡 How로 바뀌었다. 한층 더 빠른 비트와 신나는 사운드로 인해 서한유는 자신도 모르게 손을 들었다.

"와아."

곡이 바뀌자 강윤의 이마에서 흐른 땀이 컨트롤러 위에 떨어졌다. 분위기를 끌어올리기 위해, 강윤은 노브를 꺾으며 곡에 왜곡을 더했다.

'아아. 이렇게도 할 수 있구나.'

손을 들고 흔들며, 서한유는 저도 모르게 고개를 끄덕였다. 같은 선곡이었지만 시끄러운 듯한 자신의 디제잉과는 완전히 달랐다.

그녀가 그런 생각을 하고 있을 때, 두 번째 곡도 막바지에 다가왔다.

"한유야!"

"네에?!"

시끄러운 사운드 틈에 강윤이 소리치자 서한유도 외쳤다.

"여기서부터 잘 봐!"

서한유가 고개를 끄덕이자 강윤은 마지막 부분을 반복했다.

그러자 두 번째 곡의 마지막 부분이 반복되며 분위기가 더더욱 올라가기 시작했다.

몇 번 같은 부분을 반복한 강윤은 곧 사운드를 일제히 꺼 버렸다.

"어?!"

서한유가 순간 뭔가 하는 표정을 지을 때, 강윤은 바로 다음 트랙을 재생했다. 그와 함께 세 번째 곡, 'Go Home'이 재생되었다. 두 번째 곡의 빠른 비트에 더더욱 빠른 박자를 이어받으니 한층 더 분위기가 끓어올랐다.

'아아.'

서한유는 강윤의 디제잉에 감을 잡았다.

그의 플레이는 단순했다. 그러나 어깨를 들썩이게 하는 뭔가가 있었다.

세 번째 곡이 끝나고, 네 번째 곡이 분위기를 부드럽게 이어받아 마무리되었다.

"후우."

강윤이 짧게 한숨을 쉴 때, 서한유는 그에게 물과 수건을 건넸다.

"고마워."

땀을 닦으며 강윤은 물을 벌컥벌컥 들이켰다.

서한유는 박수를 치며 말했다.

"……조금 알 것 같아요."

"그래?"

"네. 조금이지만."

서한유의 자신감 어린 말에 강윤은 수건을 내려놓으며 그녀를 바라보았다.

"네 디제잉과 어디가 달랐던 것 같아?"

강윤의 물음에 서한유는 또렷한 음성으로 답했다.

"'Pallaroid Newkey'에서 후렴부 들어갈 때 차이가 났던 것 같아요. 거기서 스크래치를 하잖아요. 그쪽이 많이 다른 것 같아요."

"어떻게?"

"전 티어 스크래치를 썼거든요. 당겼다 올렸다를 하는데, 손을 붙였다 놓았다를 반복하면서 비트를 분할했어요. 그래서 이 스크래치를 썼던 건데…… 생각보다 효과가 없었나 봐요."

디제잉 전문 용어는 알지 못했지만, 서한유가 거칠게 스크래치를 왔다 갔다 했던 동작은 기억하고 있었다.

"비트를 너무 쪼갠 것 같긴 했어."

"제 생각도 그래요. 그런데 제가 보니까 사장님은 베이비 스크래치를 쓰신 것 같아요. 기본 스크래치. 부드럽게 밀어 올렸다가 다시 원상태로 돌리면서 밑의 노브를 만졌죠."

"맞아. 최대한 섬세하게 조절하는 거지. 비트를 쪼개는 것보다 곡의 속도를 천천히 조절하면서 분위기를 올리는 게 포인트였어."

"아아. 섬세하게, 분위기……."

"그러니까 남자가 여자 가……."

"네?"

"아, 흠흠."

강윤은 헛기침을 했다. 너무 나가서 은팔찌 소환 주문을 외울 뻔했다.

"아무튼, 스크래치 같은 경우는 그래. 고급 기술을 사용하고 싶은 마음을 모르는 건 아니지만, 복잡한 사운드를 넣는 것보다 적합한 사운드를 찾는 게 어떨까?"

"적합한 사운드……?"

"아무리 화려한 사운드도 어울리지 않으면 소음이잖아."

서한유는 저도 모르게 고개를 끄덕였다.

강윤은 이어 다음 설명을 이어갔다.

"다음은 왜곡이야. 비트가 흐트러지고 나서 그루브가 살지 않은 것도 원인이었지만, 왜곡량 조절 실패도 원인인 것 같아."

"……그래요?"

"보자. 먼저 딜레이 걸 때 필터는 쓰고 있었어?"

"필터요? 그게……."

서한유는 얼굴을 붉혔다.

강윤이 확인해 보니 저음이나 고음의 불필요한 딜레이를 걸러주는 필터가 걸려 있지 않았다.

"역시. 자, 프로듀싱할 때도 딜레이 양을 조절해 주잖아. 그걸 생각해주면 돼. 딜레이를 거는 부분이 여기였지?"

강윤은 두 번째 곡 'How'를 재생했다.

곧 전자음이 흘러나오자 강윤은 서한유가 세팅해 놓은 딜레이의 필터를 조금씩 올려갔다.

"어? 우와."

저음부에서 불필요한 딜레이가 걸러졌다.

소리가 한층 깔끔해지자 서한유가 놀라 입을 막았다.

음악을 계속 이어가며 강윤은 설명을 계속했다.

"프로듀싱하면서 했던 것들을 생각해 봐. 그러면 할 수 있는 게 많아져. 자, 이 부분은 어떻게 하면 더 좋을까?"

"어…… 글쎄요."

"다시."

강윤은 두 번째 트랙의 후렴 전 부분을 계속 반복했다. 분위기가 고조되는 전자 오르간 소리가 반복되며 서한유의 고개를 갸웃하게 만들었다.

"아."

그 순간 강윤이 컨트롤러의 동그란 버튼을 누르자 빨아들이는 듯한 전자음이 음악에 어우러졌다.

서한유는 사용할 생각을 하지 않았단 악기 소리였다. 그러다가 비트가 점점 올라가며 후렴부가 반복되며 자연스럽게 다음 곡으로 넘어갔다.

"이렇게."

"……."

"좀 놀란 것 같네."

서한유는 멍하니 입을 벌렸다. 어지간하면 표정 변화가 잘 드러나지 않는 그녀였기에 강윤은 웃음이 나왔다.

"왜 그래?"

"아니, 그냥…… 사장님은 디제잉 배운 적 있으세요?"

"아니. 그냥 책으로 익혔지."

"내 머리가 돌인가."

서한유는 자괴감에 빠졌는지 머리를 부여잡았다.

그러나 강윤은 괜찮다며 그녀의 등을 다독였다.

"경험치의 차이야. 나야 기계적인 것만 익히면 기본 정도야 금방 할 수 있으니까. 하지만 응용은 하기 힘들어. 그렇다면 나도 디제이 했겠지."

음표와 빛을 보며 즉각적으로 대응할 수 있다는 것도 있었지만, 굳이 그건 말할 필요가 없었다.

"그래요……?"

"자자. 지금 한유 너 정도면 엄청 잘하고 있는 거야. 오

PD님 휴가에서 돌아오면 놀래켜 주자고. 다시 해보자."

강윤이 그녀의 등을 떠밀자 서한유가 눈을 휘둥그레 떴다.

"그러고 보니 사장님도 휴가잖아요."

"난 쉬었다 왔잖아."

"에에? 겨우 하루요? 이번 휴가 길잖아요."

"너도 반납했으면서 새삼스럽게."

"그래도……."

강윤은 더 이상의 말은 필요 없다며 서한유의 손을 컨트롤러 위에 올려놓았다.

"대신 저녁에 맛있는 거 먹으러 가자."

"진짜요?"

"그래. 고기 어때?"

그러자 서한유가 수줍은 미소를 지으며 말했다.

"그럼, 소……?"

"……."

강윤은 순간 훅 치고 들어오는 그녀의 모습에 당황스러워 헛기침을 했다.

국내 최대 규모의 연극영화인 모임 사이트 연영넷.

전국 각지의 연극영화과 사람들의 교류가 활발하게 이루어지다 보니 엔터테인먼트 업계의 모집 공고도 자주 올라오는 사이트였다. 그러다 보니 어느새 국내 최고의 엔터테인먼트 정보교류 사이트가 되었다.

밤 10시, 연영넷의 실시간 채팅방은 지원자들이 활발히 정보를 교류하는 곳이었다.

-대체 월드는 연습생 뽑는 거 맞나요? 벌써 10번째 동영상 지원했습니다. 그런데 전화는커녕 메일 한 통 오지 않네요.

-10번이요? 전 20번 넘게 지원했습니다.

-님들. 아직 멀었음. 난 100번 도전 중임.

포스트 김지민을 꿈꾸며, 아니 이제는 민진서까지 꿈꾸는 이들이 월드의 문을 두드리고 있었다.

중국에서 일어난 일대 파란으로 민진서에게 위기가 왔지만, 월드는 그런 민진서를 받아들여 1년 만에 완벽하게 재기시켰다.

연기연습생을 뽑는다는 공고는 아직 나지 않았지만 목마른 자가 우물판다고, 지원자들이 알아서 지원을 하는 실정이었다.

반면, 시들시들해진 곳도 있었다.

-MG는 어떤가요?

-MG 가지 마세요. 이번에도 연습생들 대거 내보냈어요.

-거기 연습생들 윤슬로 많이 가서 윤슬도 당분간 연습생들 안 뽑

는데요.

─헐! MG 건물 짓더니 미쳤나?

욕을 먹는 곳은 MG 뿐만이 아니었다.

─이번에 예랑에 지원했는데 준비해서 오래요.

─예랑 이번에 드라마 망해서 돈 없데요. 연습생들 조정한다고 소문 돌아요.

─여긴 또 왜 이래. 작은 곳이라도 가야 하나.

큰 기획사 두 곳이 위기에 처하면서 상대적으로 작은 기획사들이 때 아닌 호황을 맞고 있었다.

그리고 다른 한 곳.

─GNB 가려는데 경쟁률 어떤가요?

─1명 뽑는데 1200명 몰렸데요. 포기요.

─…….

연영넷의 실시간 채팅방은 오늘도 뜨거웠다.

"언니. 또 연영넷 보세요?"

욕실에서 목욕 가운을 걸치고 나온 민진서는 거실에서 노트북을 들고 누워 있는 이현지의 모습에 고개를 갸웃했다.

"오늘은 재미있는 거 없나 보고 있었어."

"하여간 부지런하세요. 우리 언니만큼 일 열심히 하는 사람도 없다니까."

민진서는 뒤에서 이현지의 목을 끌어안았다. 이현지는 민진서의 손을 잡으며 부드럽게 웃었다.

"강윤 씨만 하겠어."

"아, 하나 있었구나. 선생님은 예외요."

"쿡. 부정 안 하는구나?"

"선생님은…… 좀 그래요."

민진서는 팔을 풀고 냉장고에서 맥주를 꺼내왔다.

안주로 땅콩을 꺼내 풀어놓고는 시원하게 따서 목으로 넘겼다.

"캬아. 그래, 주말엔 이거지."

목으로 넘기는 까슬한 감촉이 이현지를 즐겁게 했다. 민진서도 맥주를 단번에 반 가까이 비워 버리고는 부드럽게 캔을 흔들었다.

이현지는 연영넷을 끄고 화면을 전환해 회사 홈페이지를 열었다. 그러고는 지망생들이 보낸 동영상들을 옆으로 넘기더니 한 동영상을 재생했다.

―こんにちは 私は沖□で暮らしている石井アキナです.

(안녕하세요. 저는 오키나와에 살고 있는 이시이 아키나입니다.)

일본 소녀의 영상이었다. 가늘게 떨리는 목소리로 그녀는 90도로 고개를 숙여 잘 부탁한다고 이야기하고 있었다.

"우와. 일본에서도 영상을 보냈네요?"

"K-POP 열풍이 큰 탓이야. 계속 볼까?"

영상 안의 소녀는 떨리는 목소리로 자기소개를 이어가다 가 다이아틴의 노래 'My Sweety Daring'을 부르기 시작했다.

―My Sweetday~ 나 오빠를 만나고 온~

어눌한 한국어 발음이었지만 목소리는 매우 맑았다.

민진서는 의외라는 듯 놀랐고, 이현지도 고심하며 고개를 갸웃했다.

노래가 끝나고, 영상의 소녀가 잘 부탁한다며 고개를 숙이 며 영상은 끝났다.

"어때?"

이현지가 묻자 민진서는 신음성을 냈다.

"쉽지 않네요. 목소리는 맑은데 노래를 썩 잘하는 것 같지 는 않고…… 그런데 정말 예쁘네요."

"그렇지? 눈에 확 띄더라고."

"그러게요. 제 눈에도 그렇게 보여요."

"그렇지? 강윤 씨는 어떻게 볼까?"

"음…… 그건 잘 모르겠네요."

민진서는 쉽게 답을 하지 못했다.

다음 날.

이현지는 전날 민진서에게 보여주었던 영상을 강윤에게 보여주었다.

"목소리가 좋군요. 발음이나 박자는 아쉽지만."

강윤도 영상의 소녀를 보며 호기심을 보였다. 영상과 노래가 함께 나와 빛과 음표는 보이지 않았지만, 영상의 소녀는 확실히 괜찮았다.

"자세히 봐야겠네요."

강윤은 스튜디오로 향했다.

아무도 없는 스튜디오에서, 강윤은 프로젝트를 켜고는 영상을 재생했다. 노래하는 소녀를 크게 확대하고 스피커도 최대로 키워 자세히 살폈다.

"흠……."

5분가량의 영상을 1시간 동안 반복해서 돌려보았다.

옆에 있던 이현지가 몰래 하품을 할 정도였다.

'목소리는 확실히 좋아.'

특히 맑은 음색이 매력적이었다. 보내온 프로필을 보니 이제 16살. 연습생으로서는 한창이었다. 한눈에 들어오는 외모까지.

영상으로 보기에는 부족한 것이 없었다.

"일단 만나보지요."

이윽고 강윤은 결정을 내렸다.

그러자 이현지가 팔짱을 끼었다.

"프로필 보니까 이 학생, 거주지가 오키나와던데 아무래도 오라고 해야겠죠?"

"오키나와라……."

강윤은 고개를 끄덕였다.

"그 정도 정성은 보여야죠. 계약할 때는 우리가 가야겠지만."

"알겠어요. 그럼 연락할게요."

곧 이현지는 직원에게 공식 메일을 보낼 것을 지시했고, 동영상의 소녀에게 월드엔터테인먼트 오디션에 오라는 메일이 발송되었다.

"오우!"

오지완 프로듀서는 서한유의 디제잉을 보며 눈이 휘둥그레졌다. 불과 일주일 사이, 그녀의 디제잉이 눈에 띄게 향상된 것이다.

"이야, 'How' 흐름이 매끄러운데? 그래! 볼륨 조절은 쓸데없이 하는 게 아니야!"

서한유의 디제잉은 오히려 단순해졌다.

그러나 담백해졌달까, 군살이 제거되고 근육질의 몸매가 드러난 느낌이었다. 거친 스크래치도 한결 부드러워졌고, 긴장 어린 손길로 노브를 만지던 것도 이제는 자연스러워졌다.

'사장님이 무슨 마술을 부린 거야?'

휴가기간 강윤과 함께 특훈을 한다고 했는데, 사람이 완전히 달라졌다. 곡을 믹스하는 센스는 이전부터 있었지만 컨트롤러를 다루는 센스는 많이 모자랐었는데…….

그러나 이제는 기계도 매끄럽게 다룰 수 있게 되었다.

마지막 곡, 'House'가 부드럽게 마무리되자 오지완 프로듀서는 저도 모르게 서한유의 손을 붙잡았다.

"잘했어!"

서한유는 당황했지만 감격해 마지않는 그의 모습에 웃을 뿐이었다.

"이 정도면 어디에 내놔도 괜찮아! 암암! 당연하지!"

오지완 프로듀서의 감격한 모습에 서한유도 흐뭇한 미소를 지었다.

9월.

여름이 가고 가을이 찾아왔지만 뜨거운 하늘은 여전했다.

하지만 시원한 바람이 불어와 열기를 조금씩 식혀주고 있었다.

'월드, 월드으. 아, 이 길이구나.'

검은 머리와 무릎까지 오는 치마를 찰랑이며, 한 소녀가 종이에 그려진 약도를 보며 길을 걷고 있었다.

'우와. 장난 아닌데?'

'한국인? 아닌가?'

그녀를 지나치는 남성들은 소녀의 이국적인 외모에 시선을 떼지 못했다.

'아, 이 길 아닌가?'

그걸 아는지 모르는지, 소녀는 약도가 그려진 종이에 의지한 채 부지런히 길을 걸어갔다.

그때 거센 바람이 그녀의 머리를 강하게 흩날렸다.

"꺅!"

외마디 비명을 지르며 소녀는 이리저리 흩날리는 머리를 붙잡았다. 그런데, 진짜 문제는 머리칼이 아니었다.

"야, 봤냐?"

"풋. 키리다, 키리."

지나가던 남자들은 삼각형에 그려진 고양이를 보며 쑥덕거렸다.

이유는 단순했다. 그녀의 펄럭이던 치마가 순간 훌러덩 뒤집히며 횡재를…….

"꺄악!"

서둘러 수습하기는 했지만, 소녀는 울상이었다.

'히잉……. 할 수 없지.'

그러나 시련(?)에도 굴하지 않고 그녀는 열심히 길을 걸었다.

열심히 걸은 보람이 있어 얼마 있지 않아 허름한 건물 앞에 도착할 수 있었다.

'바로 사무실로 오라고 했지? 2층?'

소녀는 바로 사무실로 향했다.

사무실로 가니 사람들이 분주히 움직이고 있었다.

그 사이로 어깨가 넓은 남자와 작은 키의 정장을 입은 여자가 이야기를 나누고 있는 모습이 눈에 확연히 들어왔다.

"저……."

워낙 분주히 사람들이 움직이니 쉽게 말을 걸 수가 없었다.

그렇게 망설이고 있는데 한 남자 직원이 일본어로 그녀에게 물었다.

"이시이 아키나 씨?"

"네. 맞는데……."

"어서 오세요. 기다리고 있었습니다. 여기 앉으세요."

이미 자신이 올 걸 알았는지 직원은 그녀를 친절히 소파로 안내해 주었다. 그녀가 소파에 앉자 이야기를 나누던 남자와 여자가 그녀에게로 다가왔다.

남자가 유창한 일본어로 소녀에게 물었다.

"이시이 아키나 씨?"

"아, 네!"

남자의 물음에 그녀는 자기도 모르게 자리에서 일어났다.

넓은 어깨가 특히 인상적이었던 남자는 부드럽게 웃으며 손을 내밀었다.

"반가워요. 월드엔터테인먼트의 사장, 이강윤이에요."

"네, 바, 바, 반갑……."

그녀는 긴장감에 몸이 굳어 인사도 잘 하지 못했다.

그러나 남자와 정장을 입은 여성이 그녀를 잘 이끌어주니 조금씩 긴장이 풀려 곧 말문이 트였다.

한참 이야기를 이어가던 남자, 강윤은 소녀, 이시이 아키나의 긴장이 풀렸다고 생각하자 그제야 중요한 것을 물었다.

"조금은 상투적인 질문인데, 월드에 영상을 보낸 이유를 물어도 될까요?"

월드에 들어오고 싶다가 당연한 답이겠지만, 강윤은 더 깊이 있는 말을 듣고 싶었다.

어려운 질문이었지만 이시이 아키나는 가슴을 펴고 당당하게 답했다.

"월드엔터테인먼트 선배, 다이아틴을 보고 가수가 되는 것을 꿈꿨습니다! 꼭 다이아틴 같은 가수가 되고 싶어서 영상을 보냈습니다! 잘 부탁합니다!]

긴장감에 눈을 꼭 감고 외쳤다.

'잘했어!'

그녀는 실눈을 뜨고 결과를 살폈다.

그런데…….

'어!? 사람들이 왜 이러지?'

사람들의 반응이 심상치 않았다.

앞의 강윤이나 옆에 앉은 이현지나 자신을 보며 뚱한 시선을 하고 있었다.

'풋.'

강윤은 헛웃음을 흘리고 있는 반면, 이현지의 눈꼬리를 세우며 날을 세웠다.

"이시이 양. 기획사를 착각한 것 아닌가요?"

"네? 아! 맞다. 에디오스! 에디오스예요!"

그제야 이시이 아키나는 당황하며 급히 자신의 말을 수정했다.

하지만, 한번 핀트가 어긋나니 이현지의 표정은 좋지 않았다.

"그래요? 그렇다면 에디오스의 누구를 계기로 가수를 결정하게 되었나요?"

"그게…… 5명 중……."

"5명?"

"아니, 6명! 6명이요!"

이현지의 좋지 않은 표정 때문일까?

이시이 아키나는 고양이 앞의 쥐처럼 점점 쪼그라들었다. 하지만 점점 지망생이 움츠러든다고 봐줄 이현지도 아니었다.

"그래서 누구죠?"

"그게……."

이시이 아키나의 고개가 점점 아래로 내려가며 손가락만 움찔댔다. 이현지는 그런 그녀를 향해 차가운 눈초리를 보내며 가볍게 고개를 흔들었다.

'하아.'

수많은 지망생 중 힘겹게 뽑은 한 사람이었다. 비공개 오디션의 단점이 여기서 나와 버렸다. 매우 신중하게 결정한 1명이라도 실수가 나올 수 있다는 것.

이현지는 짜증나는 마음에 손으로 눈을 가려 버렸다.

그때였다.

"이시이 양."

강윤의 부름에 이시이 아키나는 조심스럽게 고개를 들었다. 눈매를 파르르 떠는 게 곧 울 것만 같았다.

"주연과 지현정의 보컬로서의 차이를 말해볼 수 있나요?"

다이아틴, 그리고 일본에는 진출하지 않은 에디오스.

만약 두 그룹의 메인보컬의 차이를 설명할 수 있다면 가수가 되고 싶다는 동기는 충분하다고 판단했다.

"그게……."

"천천히 생각해 보고 답해도 좋아요. 이것 먹고."

"아……."

이시이 아키나는 강윤이 일어나 건네주는 초콜릿을 받았다.

달달한 맛이 조금씩 긴장을 녹였는지 울상인 그녀의 표정이 조금씩 풀려갔다.

'하여간, 사장님도.'

이현지가 살짝 불만을 표했지만 강윤은 가볍게 웃으며 어깨를 으쓱였다.

"긴장을 너무 심하게 하면 어떤 사람인지 제대로 볼 수 없잖습니까."

"그렇긴 하지만……."

"이제 한 번 보죠."

두 사람이 속삭이는 사이, 이시이 아키나의 표정이 많이 편안해졌다. 이 정도면 괜찮다 싶어 소녀는 손을 들어 자신의 의견을 말했다.

"에디오스의 보컬, 주연의 목소리는 편안하면서도 강해요. 작년 타이틀곡 '새콤달콤'에서 '이 밤에 우리 둘이~' 이 부분을 들어보면 잔잔하면서 힘이 잘……. 아, 모창이 잘 안 되네요. 내가 하니까 맛이 안 사네……."

"잘했어요."

"감사합니다. 아무튼 편안하지만 힘도 있어요. 교과서 같다는 느낌? 누구와 합을 맞추기도 좋고, 솔로 보컬에도 좋은 목소리라 생각했어요."

이시이 아키나의 명확한 답에 강윤보다 이현지의 눈에 이채가 어렸다.

"좋네요. 다음은?"

탄력을 받았는지 그녀는 이현지에게 눈웃음을 지으며 말을 이어갔다.

"다이아틴 지현정의 목소리는 진성과 가성의 경계가 뚜렷해요. 진성은 꽉 찬 목소리가 제대로 나고, 가성은 가늘지만 멀리까지 뻗어나가요. 그래서……."

"보여줄 수 있나요?"

"네?"

그때, 강윤이 느닷없이 치고 나오자 이시이 아키나는 다시 당황했다.

그러나 강윤은 웃으며 양손에 깍지를 끼었다.

"영상을 보니 다이아틴의 모창을 많이 흉내낸 것 같더군요. 아닌가요?"

"그건 맞지만…… 네."

이시이 아키나는 잠시 망설이다 자세를 바로했다.

잠시 음의 높이를 맞춘 그녀는 곧 운을 뗐다.

"빗속을 거러도~ 당신의~ 마으믈~"

다이아턴의 발라드곡, '빗속을 거닐며'의 후렴부가 스튜디오 안을 울렸다.

강윤의 눈에도 음표들이 얽히며 하얀빛이 흐르기 시작했다.

'발음 문제도 있는데, 하얀빛이라. 음색은 좋아. 박자는…….
자기 멋대로군. 하하.'

박자가 틀릴 때, 발음이 너무 이상해질 때 하얀빛 중간 중간 회색이 넘실댔다.

강윤은 순간순간 찐득한 기운을 느꼈지만 내색하지 않으려 애를 썼다.

"목소리는 확실히 좋네요."

이현지가 강윤의 귓가에 속삭였다.

강윤도 그녀의 의견에 동의했다.

"그런 것 같습니다. 확실히 전문 트레이닝 같은 건 받아본 적이 없는 것 같습니다. 노래도 취미로 몇 번 불러본 게 전부인 것 같고."

"제가 듣기에도……. 그리고 지현정보다 차라리 주연이 음색과 비슷한 것 같네요."

강윤도 고개를 끄덕였다.

"주연이는 공명이 거의 완성돼서 두성이 울리는 데 반해, 저 애는 가성에 숨소리가 많이 섞여납니다. 흠……."

두 사람이 속삭이는 모습을 신경 쓰며, 이시이 아키나는 모창을 마쳤다.

모창을 마친 후, 그녀는 긴장한 얼굴로 자리에 섰다.

"저……."

떨리는 얼굴로 침을 삼키는 그녀에게 강윤이 말했다.

"잘 들었습니다. 목소리가 참 좋네요."

"감사합니다."

"혹시 악기 같은 건 다룰 줄 아나요?"

긴장감에 몸을 떨면서 이시이 아키나는 고개를 끄덕였다.

♪ ♫ ♩♪♪ ♫♫ ♩ ♪

MG스타타워에 마련된 리처드의 전용 사무실.

그곳은 몇몇 이사들이나 비서진 외에는 누구도 드나든 적이 없는 MG의 금지 같은 곳이었다.

그러나 그 금지에 발을 들인 이가 있었다.

"커피 맛은 어떤가요, 주아 양?"

리처드는 자신 앞에 앉아 있는 카리스마 넘치는 여인의 모습에 여유 있는 표정으로 응수하고 있었다.

그러나 여인, 주아는 가라앉은 눈으로 커피 잔을 내려놓았다.

"최악이네요. 지금까지 마셔본 커피들 중 가장."

"케냐에서 직접 가져온 커피인데, 아쉽네요. 하긴, 이한서 이사가 내려주는 커피하고는 비할 바가 아니겠죠."

"같이 먹는 사람이 밥맛이라서 그렇다는 생각은 안 드나요?"

필터링 하나 없는 악담을 들었지만 리처드의 표정에서는 여유가 가시질 않았다. 그는 김이 모락모락 나는 연둣빛 차를 한 모금 마시고는 화두를 꺼냈다.

"주아 양은 역시 듣던 대로군요. 좋아요. 그런 밥맛인 사람을 찾아온 이유가 무엇이지요?"

"밥맛 떨어지는 짓 그만하게 하려고 왔죠."

"난 무슨 말인지 모르겠군요."

리처드가 웃으며 어깨를 으쓱이자 주아의 표정이 한층 일그러졌다.

"구체적으로 말을 해야 아나? 애들 스케줄. 이 미친 건물에 우리가 번 돈 다 꼴아박은 것. 우리가 모를 줄 알아요? 휴. 그래, 그거야 미래를 위한 투자라고 백번 양보한다 치지만 정산은 왜 계속 미루는 거죠?"

"주아 양. 지금 회사가 어려워서 비상체제이잖습니까. 조금만 풀리면……."

"그 말만 7번째인 거 알아요?"

주아가 스트레이트를 날리자 리처드는 시선을 외면해 버렸다. 탄력을 받은 주아는 있는 대로 쏘아붙였다.

"지난 1월에 정산 한 번 되고 벌써 수개월째 정산됐다고 들은 애가 없어요. 나야 액수도 크고, 아직 여유도 있으니까 기다릴 수 있다고 쳐도, 빈스나 헬로틴트 애들은? 그 애들 지금 숙소 지원도 안 돼서 월세로 옮긴 거 알아요?"

"그건 감시받는 생활이 싫다고 해서……."

"지원이 안 되니까 나간 거잖아요. 어디서 돼먹지 않은 말을."

주아는 작정을 했는지 커피 잔을 거칠게 내려놓았다.

"그리고 연습생 애들은 자꾸 왜 줄여요? 그 애들, 꿈 하나 믿고 들어온 애들이에요. 회사와 맞지 않다면 다른 기획사로 갈 수 있게 길이라도 터줘야 하는데 그냥 쫓아내버려요? 지금 우리 회사 악덕기업으로 소문났어요. 이런 식은 정말 아니죠!"

"주아 양. 회사가 어려운 상황에 직면하면 다 같이 시련을 감내해야 하고……."

"시련은 무슨. 이사들 작년에 성과급 파티 한 거 내가 모를 줄 알아요? 또, 건물 핑계로 무슨 말을 하려고요?"

주아는 단단히 작정했다. 그녀는 삿대질까지 하며 리처드를 미친 듯이 몰아붙였다.

이제는 회사에서 가장 큰 힘을 가지고 있다고 알려진 이 외국인 남성도 주아의 거침없는 언변에는 뚜렷한 답변을 하지 못했다.

한참이나 리처드에게 따진 주아는 씩씩대며 한숨을 쉬었다.

"더 이상은 안 돼요. 우리도 희생할 만큼 했으니까 회사도 다른 대책을 마련하세요."

"주아 양. 마음은 알지만 시간이……."

"시간, 시간, 시간!"

주아는 자리에서 벌떡 일어나 소리쳤다.

"그놈의 시간이 얼마나 더 필요한데요?! 우리 애들 다 쫓겨나고? 후배들 다 뿔뿔이 흩어지고?! 다 깡통 찰 때?!"

"그럴 일은 없을 겁니다."

"……이런 식으로는 아무도 남아 있지 않을 거예요."

주아는 리처드를 잡아먹을 듯 쏘아보고는 문을 쾅 닫고 나가버렸다.

그는 주아가 나간 문을 비릿한 눈초리로 쏘아보고는 입꼬리를 들어올렸다.

"그래도 너는 남아 있을 거잖아. 그거면 돼."

"수, 수고하셨습니다."

전신에 땀을 흘리며 이시이 아키나는 깊이 고개를 숙였다.

"수고했어요. 결과는 오늘 저녁까지 알려드리겠습니다."

강윤은 그녀를 사무실 앞까지 배웅해 주었다.

사무실로 들어서는 입구.

"가, 감사합니다."

쭈뼛쭈뼛 조심스럽게 몸을 꼬는 그녀에게 강윤이 물었다.

"아니에요. 혹시 더 궁금한 것 있나요?"

"그게……."

그녀는 몇 번이나 망설이다 힘겹게 물었다.

"저 혹시 떨어진…… 건가요?"

"푸웁."

이렇게 대놓고 물은 줄은 몰랐다. 강윤은 순간 웃음이 터져 버렸다.

"어어, 그게…… 저기……."

"하하하. 자기감정에 솔직하네요."

"그, 그런 말을 많이 듣는 편이에요."

좋은 음색을 가지고 하얀빛의 노래를 하기는 했지만 춤을 잘 추는 것도 아니었다. 그렇다고 특별한 매력이 있다는 느낌도 들지 않았다.

'내가 못 본 다른 게 있는 건 아닐까?'

하지만 강윤은 이상한 생각이 들었다.

그녀를 보낸 후, 저녁에 불합격 통보를 하려고 했는데 그의 감은 아직은 아니라고 이야기하고 있었다.

의표를 찌를 줄 안다는 건 아무나 할 수 있는 게 아니니까.

"이시이 양. 한국에 언제까지 머무르죠?"

"3일 뒤에 출국해요."

"좋아요. 2일 뒤에 한 번 더 보죠. 문자로 과제를 보내줄 테니 그 곡만 준비해 오면 됩니다."

"네!"

그녀는 단단히 기합이 들어서는 밖으로 나갔다.

"휴…… 힘드네."

강윤의 얼굴에 기운이 주욱 빠졌다. 한 명에게만 4시간 가까이 오디션을 봤으니 그럴 만했다.

"뭐야? 왜 이리 기운이 없어?"

그때, 그의 어깨에 누군가가 손을 올리며 통명스럽게 물어왔다.

강윤이 화들짝 놀라 돌아보니 주아였다.

"연주아."

"하이."

몇 달 만에 보는 그녀였다.

강윤은 반가움에 그녀의 손을 맞잡았다.

"잘 지냈어?"

"아니."

"뭐야? 무슨 일 있었어?"

"아, 몰라몰라. 머리 아파. 나 먼저 들어간다?"

그녀는 잔뜩 구겨진 얼굴로 강윤보다 앞서 사무실로 들어갔다.

"하여간, 여전하네."

강윤도 곧 그녀의 뒤를 따라 사무실로 들어섰다.

이현지를 비롯해 사무실 사람들에게도 주아는 익숙한 사람이었다. 자주 오지는 못하지만, 이제 그녀는 반은 월드엔터테인먼트 식구나 다름없는 몸이었다. MG엔터테인먼트에서 이직한 사람들도 상당수였고, 주아가 워낙 스스럼없이 사람들을 상대했기에 가능한 일이었다.

"아아! 젠장, 백형 개자식아!"

주아는 속이 끓어올랐는지 사무실이 떠나가라 소리쳤다.

이한서 이사에게 MG의 상황에 대해 듣고 있던 강윤과 이현지도 주아에게 이리도 생생하게 들으니, 당혹감을 감추지 못했다.

"……정산을 안 해주는 건 최악이네요. 정말."

이현지는 인상을 잔뜩 구겼다.

강윤도 그녀의 생각과 크게 다르지 않았다

"MG 소속 스타들이 번 돈들이 다 어디로 가는 건지 모르겠습니다. 거기 경영진들은 엉덩이로 경영을 하는 건지……."

"건물 지을 때 빌린 대출 이자로 다 나가고 있을 거라 생각해요. 상당한 고금리였잖아요."

"밑 빠진 독에 계속 물을 붓고 있는 거군요."

주아는 이를 갈았다.

"당장 올해 MG 콘서트부터 스톱이야. 아니, 콘서트가 뭐야? 당장 앨범 제작에 들어갈 돈도 구하기 힘든데. 그래서 연습생에 들어갈 돈부터 줄이고 있어. 이게 정상이야?"

"……."

"미치겠어. 정말. 이전에는 그냥 머리만 아팠는데 지금은 화가 나. 속에서 불이 끓어!"

주아는 분노로 얼굴이 달아올랐다. 언제부터 MG엔터테

인먼트, 자신이 성장하고 모든 걸 바쳐온 회사가 이렇게 망가졌는지. 분하고 억울해서 눈물조차 나지 않았다.

강윤도 이현지도 그녀에게 아무 말도 할 수 없었다.

"오빠. 내가 진짜 화가 나는 건 뭔지 알아? 이런 거지같은 곳에서도 나가지 못한다는 거야!"

"……왜?"

"나도 모르겠어! 진서처럼 위약금 던져 버리고 나가면 되는데! 난 그게 안 돼! 대선배로서의 책임감? 정? 명예이사로서 지분을 가지고 있어서?! 아! 몰라!"

결국 주아는 머리를 거세게 감싸 쥐고 말았다.

도무지 답이 떠오르지 않았다.

MG엔터테인먼트라는 껍데기가 이리도 소중했나?

누구보다도 연주아라는 가수에게는 그랬다.

"……."

"……."

"……."

누구도 함부로 말을 하지 않았다.

강윤도, 이현지도, 주아도.

그렇게 침묵의 시간이 이어진 채 시계만 째깍거렸다.

얼마나 시간이 지났을까.

김이 피어오르던 찻잔이 모두 식었을 무렵, 먼저 운을 뗀 건 강윤이었다.

"이사님. 우리가 가지고 있는 MG 지분이 얼마나 됩니까?"

"아직 10%도 확보가 안 됐어요. MG는 한방이 있다고 믿는 사람들이 아직도 많아서……."

이현지가 난색을 표했다.

주아는 이게 무슨 소리인가라는 얼굴로 눈이 동그래졌다.

그러나 강윤은 그녀의 모습에 아랑곳하지 않고 말을 이어갔다.

"지난번에 최경호 팀장이 우리 공간이 많이 부족하다고 하지 않았습니까?"

"그랬죠. 그건 왜…… 잠깐, 설마……?"

이현지의 의문에 강윤은 웃으며 말했다.

"타이밍을 보니 지금쯤이면 많이 후려칠 수 있겠군요. 스타타워, 삽시다."

주아도, 이현지도 강윤의 말에 경악에 찬 얼굴로 입을 쩌억 벌렸다.

"스타타워를…… 월드에서……?"

주아는 강윤의 말을 멍하니 중얼거렸다.

유로스 쇼핑몰에 우뚝 솟아 있는 화려한 건물이었지만, 그녀에게는 원수와 다를 바 없는 건물이었다.

그런데 그걸 치워주겠다?

하지만 이현지의 반응은 주아의 생각과는 많이 달랐다.

"사장님. 잠깐 나 좀 봐요."

이현지는 이건 아니다 싶었는지 강윤의 팔목을 잡아채고는 사무실 밖으로 나섰다.

"······그래. 기분 풀어주려고 한 말 치고는 수위가 셌지."

주아는 두 사람이 나간 문을 멍하니 바라보았다.

이현지가 강윤을 데리고 간 곳은 옥상이었다.

"사장님, 나오셨습니까."

옥상에서 담배를 태우고 있던 직원들은 강윤과 이현지에게 반갑게 인사를 건넸다. 다른 회사에서는 보기 힘든 풍경이었다.

"이 대리. 이번에 은하 버스 팬 미팅 기획안 하고 있었지요?"

"네. 그렇습니다."

이 대리라는 남자는 강윤의 물음에 긴장했는지 삐딱했던 자세를 바로했다.

"중간보고 잘 받았습니다. 버스 섭외 등의 세부안건은 나중에 다시 이야기하지요."

"네. 감사합니다, 사장님."

이 대리는 강윤에게 고개를 꾸벅 숙이고는 직원들과 함께 옥상을 내려갔다. 직책도 중시했지만, 소통을 더 중요하게 생각하는 월드에서는 흔한 모습이었다.

모두가 내려가고 둘만 남게 되자, 이현지는 강윤을 심각한 표정으로 바라보았다.

"사장님."

"말씀하십시오, 이사님."

"저 조금 심하게 이야기할 겁니다. 이해하세요."

강윤이 고개를 끄덕이자 이현지는 눈에 날을 세웠다.

"스타타워 예상 가격만 해도 1500억 원이 넘어요. 거기에 부동산 수수료, 등록비, 변호사 비용에……. 다 하면 못해도 1600억은 예상해야 할 겁니다. 사장님, 이런 사안을 주아 말 한마디에 그렇게 가볍게 이야기하면…… 하아."

이현지는 속이 끓었는지 말까지 더듬었다.

하지만 강윤은 그녀의 생각과는 달리 갑자기 꺼낸 말은 아니었는지 차분히 이야기했다.

"스타타워 이야기를 제대로 하는 건 처음이긴 하군요. 최 팀장이 해온 보고를 받고 고려만 하던 입장이었으니……. 하지만 이한서 이사님의 이야기나 그간의 정황, 거기에 최경호 팀장의 보고까지 종합해 보면 적기라고 여겨집니다. 다시 말해 지금 MG는 건물보다 현금이 필요한 상황이라는 거지요. 이자에도 허덕이는 상황이니까요."

"사장님 말씀도 맞아요. 리처드? 그 투자자가 투자 형식으로 돈을 빌려주면서 어마어마한 이자율로 대출을 해준 상황이니까요. 그에게 우호적이었던 이사도 많았다지만 지금은 밀려난 상황이고……. 하지만 다르게 생각해 보면 MG는 내년까지만 버티면 돼요. 유로스 쇼핑몰 공사가 내년이면 끝나니까. 내년부터는 스타타워가 관광수입을 창출할 테니까요."

"그렇겠죠. 하지만 그때까지 공격적인 투자와 대출을 해 줬던 그 리처드라는 사람이 MG를 내버려 둘까요?"

"그게 무슨…… 아."

강윤이 던진 화두에 이현지는 잠시 생각하다 감을 잡았는지 손뼉을 쳤다.

투자.

고금리 대출.

MG엔터테인먼트에서 자신의 위치 확보까지.

이렇게까지 하는 데는 이유가 있을 게 분명했다.

"……기업사냥."

한국 최고의 가수 엔터테인먼트 회사를 싼 값에 인수, 그리고 다시 확장시켜 팔려는 목적.

강윤과 이현지의 생각은 그렇게 통했다.

이현지는 난간에 양손을 붙잡고 고개를 마구 흔들었다.

"원 회장님 물러나고 MG는 파란이 멈추질 않네요. 그놈의 스타타워를 짓지만 않았어도……."

그때 막대한 자금이 필요해지고, 회사의 유보금이 마구 빠져나갔다.

그러나 자금이 부족하다고 바로 마련하기란 쉽지 않았다. 결국 여기저기서 투자를 받고, 대출을 받았다.

스타타워를 짓는 과정에서도 연기 등의 잡음이 일었다. 거기에 지어진 이후에도 불과 한 달 만에 유로스 쇼핑몰이 리모델링을 하고.

쇼핑몰 전체가 공사판인데 홀로 솟은 타워 하나 보자고 올 사람이 몇이나 될까?

강윤도 이현지와 함께 전방으로 눈을 돌렸다.

"상황들을 잘 이용하면 됩니다. 우리가 가지고 있는 자금, 현재 역량을 총동원합시다. 그렇게만 된다면 미래에 큰 가치를 가질 스타타워, 싸게 구입할 수 있습니다. 게다가 지금 우리는 자금을 쌓아놓은 상황이잖습니까."

강윤의 말에 이현지도 고개를 끄덕였다.

"그렇죠. 보통 연예인 한 명만 성공해도 건물 한 채 올린다는 말이 있는데 우리는 하는 족족 성공했으니…… . 재투자도 하기는 했지만 혹시 몰라 유보해 놓은 자금도 많아요. 후우."

그럼에도 이런 거액의 투자를 쉽게 해도 되는 건지, 이현지는 여전히 걸리는 게 있는지 망설였다.

그러나 강윤은 이미 마음을 굳혔는지 이현지를 설득했다.

"팀장들과 이야기를 더 나누어봐야겠지만, 반대하지는 않을 겁니다."

"……."

이현지는 아무 말도 하지 않았다.

걱정, 기대 등 그녀의 표정에는 여러 감정들이 얽혀 있었다.

이윽고, 그녀의 입이 열렸다.

"알았어요. 대신 이 일은 내게 맡겨주세요."

"맡겨 달라? 무슨 말입니까?"

강윤이 의문을 표하자 이현지는 차분히 답했다.

"1500억 이상이 왔다 갔다 해야 하는 일이에요. 그런데 시간이 짧아요. 거기에 MG와 월드는 서로 얼굴을 붉힐 만큼 사이도 좋지 않죠. 거기 이사들과 일을 진행해야 하는데, 사장님이 나서면 일이 틀어질 가능성이 높아요. 그쪽 이사들이 사장님에게 가지고 있는 열등감이 생각보다 무척 크거든요."

"이사님에 대해 가지고 있는 생각도 만만치 않을 것 같습니다만. 괜찮으시겠습니까?"

"그래도 여자라고, 나올 때 동정표를 꽤 많이 샀거든요. 이번 일은 제게 맡겨줘요."

강윤이 고개를 끄덕이자 이현지는 화사한 미소를 지었다.

이야기가 마무리되자 강윤은 앞장서서 옥상을 내려가려 했다.

그때, 이현지가 강윤을 가로막았다.

"잠깐."

"왜 그러십니까?"

이현지는 강윤을 올려다보며 고개를 흔들었다.

"지금 주아를 만나는 것부터 시작이에요. 주아는 제가 보낼 테니까 사장님은 다른 일에 집중해 주세요."

"네?"

강윤이 영문을 몰랐지만 곧 고개를 끄덕였다.

이현지는 강윤의 팔을 가볍게 두드리고는 먼저 주아가 기다리는 사무실을 향해 내려갔다.

"사고치고 엄마가 뒷수습해 준 기분이군."

그녀가 내려간 계단을 바라보며 강윤은 괜히 어깨를 으쓱였다.

제주도 시내에 있는 유명 프랜차이즈 마트.

마트 안 전자제품 코너에는 다양한 제품의 TV들이 화질을 뽐내며 방송이 흘러나오고 있었다. 그중 한 유명 대기업의 TV 제품에서 유명한 연예인의 인터뷰 방송이 흘러나오고 있었다.

－'더 메시지' 마지막 회 시청률이 20%를 넘겼어요. 축하드려요. 진서 씨.

－감사합니다.

－거의 1년? 아니 2년 만의 복귀 작인가요? 걱정도 많으셨을 것 같은데 어떻게 극복하셨나요?

－음…… 다들 아시다시피 대학교에 가게 됐어요. 새로운 사람들도 만나고 새로운 것들을 하면서 활력을 얻었죠. 배우 민진서가 아닌, 대학생 민진서로…….

고화질 TV에서 흘러나오는 민진서의 모습에 반한 남자들은 꼭 한 번씩 돌아보았고, 여자들은 그런 남자의 옆구리를 한 번씩 꼬집는 게 일상이었다.

"엄마. 저 언니 누구야?"

"저 언니? 진서 언니야. 예쁘지? 우리 지혜도 저렇게 돼야 한다?"

"진서 언니? 응!"

유치원에 다닐법한 여자아이조차 TV를 가리키며 예쁘다

며 난리였다.

"……예쁘면 얼마나 예쁘다고."

그때, 후드티를 쓴 사람이 작게 볼멘소리를 내뱉었다.

아이를 데리고 있던 학부모도, 남자들도 그 소리에 놀라 고개를 돌렸다.

그러나 얼굴을 가린 사람은 그런 시선을 의식하지 않는지 코웃음을 칠뿐이었다.

"뭘 봐."

후드 티와 마스크로 인해 얼굴은 잘 보이지 않았지만, 눈매와 도드라진 라인으로 인해 여자라는 걸 바로 알 수 있었다.

사람들 몇몇이 이상한 눈으로 후드티 입은 사람을 바라봤지만, 그녀는 차가운 눈을 한 채 돌아섰다.

"엄마. 저 언니 이상해."

"저런 언니는 나쁜 언니야. 지혜는 저렇게 되면 안 된다? 알았지?"

"응!"

후드티를 입은 여자의 기에 눌렸는지 꼬마가 울상을 지었고 사람들이 수군댔지만, 그녀는 전혀 아랑곳하지 않고 돌아섰다.

'나 없이도 저 동네는 잘 돌아가나 보네. 흥.'

코웃음을 치며, 여인은 TV에서 돌아섰다.

그녀는 다름 아닌 홀로 여행 중인 에디오스의 정민아였다.

"우와."

오지완 프로듀서는 서한유의 디제잉이 끝나자 놀라움을 감추지 못하며 박수를 쳤다.

"이 곡들은 모두 비트가 다른데, 어떻게 다 부드럽게 연결한 거야?"

"그냥…… 자연스럽게?"

칭찬을 들은 서한유는 수줍게 머리를 긁적였다. 강윤에게 들은 조언을 바탕으로 스스로 공부한 결과였다.

오지완 프로듀서는 대견하다며 연신 칭찬을 아끼지 않았다.

컨트롤러를 설명하는 두꺼운 책자까지 마스터했으니 그가 더 가르칠 것도 없었다. 테스트를 마친 오지완 프로듀서는 개운한 듯 기지개를 펴며 물었다.

"저녁에 시간 비워놨지?"

"네. 비워놓기는 했는데, 무슨 일이에요?"

10시 이후에 시간을 비워놓으라니.

늦은 시간이라 서한유는 의문이 들었다.

오지완 프로듀서는 어깨를 으쓱이며 웃었다.

"이따 사장님 오시면 물어봐."

"알겠습니다. 그런데 오늘 사장님 시간 괜찮으시대요? 오늘 지민이 팬 미팅 때문에 버스 섭외하러 가셨다고 들었는데⋯⋯."

"버스 섭외? 직원들이 힘들어 하니 직접 가셨나 보네. 아무튼 이따 오신다고 했으니 연습하고 있자."

"네."

서한유는 컨트롤러를 잡고 연습을 시작했다.

한참 시간이 흘러 어둑해진 저녁시간.

일렉트로닉 음악이 흐르는 스튜디오에 강윤이 들어섰다.

"연습 많이 했어?"

"사장님."

서한유는 음악을 끄고 강윤을 맞았다. 오지완 프로듀서도 읽고 있던 책을 손에 놓고 강윤에게 다가갔다.

간단한 인사 후, 서한유는 용건을 이야기했다.

"조금 일찍 봐도 되는데⋯⋯ 10시에 시간 비워놓으라고 하셨죠?"

"맞아. 왜? 이유 못 들었니?"

"네. 매니저 오빠나 PD님도 말씀을 안 해주시네요."

오지완 프로듀서가 입을 막는 모습을 보니 가벼운 장난을 친 모양이었다.

눈치를 챈 강윤은 피식 웃으며 어깨를 으쓱였다.

"좋은 곳에 갈 거거든. 한유 배고프겠다. 저녁 먹고 차 한잔하면 시간 맞을 거야. 천천히 가보자."

"네."

스튜디오를 정리하고, 강윤과 서한유, 오지완 프로듀서는 회사를 나섰다.

일행이 차를 몰고 향한 곳은 이태원이었다. 주차하기가 여의치 않아 이태원역에서 조금 떨어진 유료주차장에 차를 대고는 일행들과 함께 역을 향해 걸어갔다.

모자 등으로 간단하게 변장을 한 서한유는 강윤 옆에 걸으며 주변을 두리번거렸다.

금발의 여인과 근육질의 흑인, 거기에 가슴을 살짝 드러낸 매력적인 여성 등 수많은 외국인이 이태원을 향해 걸어가고 있었다.

"여기…… 신기하네요."

이태원의 이국적인 풍경이 신기한지 서한유는 주변 가게들에서 눈을 떼지 못했다. 그런 그녀의 눈에 들어온 간판이 있었다.

"젠더 바? 사장님. 젠더 바가 뭐예요?"

"픕."

강윤은 순간 웃음이 나와 버렸다.

오지완 프로듀서는 당황스러움을 감추지 못하며 시선을 돌려 버렸다.

"왜요? 혹시, 이상한 곳이에요?"

강윤은 웃음을 참으며 답했다.

"그런 건 아닌데. 픕. 트랜스젠더 알아?"

"네. 알죠. 성별을 전환한 사람들이잖아요. 왜요?"

"그 사람들 중 남자에서 여자로 바꾼 사람들이 있는 바라고 생각하면 돼."

"그렇…… 아."

호기심을 채우려다 서한유는 얼굴이 붉어져 버렸다. 그 모습에 오지완 프로듀서는 배를 잡았고, 강윤도 입을 가리며 웃음을 터뜨렸다.

사람이 많은 경리단길보다 길거리에 있는 식당에서 배를 채운 일행은 이후 찻집으로 향했다.

찻집에서 길거리의 에피소드와 디제잉에 대해 이야기하다 보니 시간은 금방 지나갔다.

시간이 되어 강윤은 일행과 함께 라운지바 '그레이블'로 향했다. 입구에서 클럽 입구를 지키고 있는 가드는 강윤 일행을 보자 손을 들고 제지했다.

"잠깐만요."

"이강윤으로 예약했습니다."

"아!"

강윤의 말에 가드는 바로 무전을 넣었다.

곧 정장을 입은 2명의 남성이 나와 강윤 일행을 안으로 안내했다. 직원은 디제이가 가장 잘 보이는 2층, 정면 테이블로 안내해 주었다.

간단하게 칵테일과 안주를 시킨 강윤은 음악이 흐르는 내부로 인해 가볍게 눈살을 찌푸렸다.

'음표들이 중구난방이군.'

흰색, 회색 등등 음표들은 마구잡이로 빛을 만들고 있었다.

오지완 프로듀서는 자주 와봤는지 덤덤했고, 서한유는 처음 와 보는 클럽이 신기했는지 어두우면서 화려한 조명에 여기저기로 시선을 돌렸다.

칵테일과 안주가 나온 후, 강윤은 가볍게 잔을 들었다.

"곧 중요한 사람 만날 거니까 가볍게 마셔. 알았지?"

서한유는 알겠다며 고개를 끄덕였다.

얼마 있지 않아 음악이 잦아들더니 비어 있던 컨트롤러에 한 사람이 자리를 잡았다.

"어? 사장님. 저기요."

서한유가 손가락으로 가리킨 곳에 한 근육질의 남성이 자리하고 있었다. 나시티를 입어 오른팔 전체가 화려한 문신으로 새겨진 것이 특히 인상적이었다.

그는 문신한 오른팔을 들며 춤을 추기 위해 나온 사람들의 호응을 유도했다.

"오오오!"

그와 함께 조명이 화려하게 춤을 추기 시작했다.

사이키가 번쩍이며 음악도 함께 요동쳤다.

그리고……

'하얀빛? 아니, 빛이 섞여 있군.'

강윤의 눈이 동그래졌다. 정제되지 않던 음표들이 단번에 정리되며 분위기를 사로잡은 것이다. 게다가 한 번 잡은 분위기를 놓치기 싫었는지 쿵쿵대는 소리가 끓어오르며 비트도 빨라지고 있었다.

"……."

서한유는 저도 모르게 몸을 움직이며 비트를 탔다.

얼마 있지 않아 사람들 모두가 엄청난 환청성을 질렀고, 디제이는 양손을 번쩍 들며 그 환호를 받아 다음 곡으로 이어갔다.

몰입하고 있는 서한유에게 강윤이 가까이 다가가서 속삭였다.

"잘 봐둬. 네가 오늘 만날 사람이니까."

"네?"

서한유가 의문을 표하며 자신에게로 고개를 돌리자 강윤은 웃으며 답했다.

"요즘 유럽에서 제일 잘나간다는 칼 크랙이야. 보통 성깔 아니니까 단단히 각오하고."

칼 크랙(Carl Crak)

최고의 EDM 전문 음악축제라는 JMF에서도 손꼽히는 뮤지션인 사람이었다.

"……하하."

EDM에 관심을 가지게 되면서 그의 이름을 계속 들어왔던 서한유의 이마에 땀이 삐질삐질 흘러내렸다.

칼 크랙의 열정 넘치는 디제잉은 1시간이 넘도록 이어졌다.

'유로 스타일의 정점이군.'

강윤은 어깨를 들썩이며 칼 크랙의 디제잉에 감탄했다.

그루브를 강조하는 미국 스타일과는 달리 그의 스타일은

화려한 EDM으로 사람들의 공감을 사는 유로 스타일이었다.

최근 한국의 클럽음악을 이끄는 주류답게 많은 사람들이 화려한 조명 아래서 열광적으로 춤을 추게 만들고 있었다.

'은빛이 이리 흔한 거였나?'

사이키 조명에도 구별 가는 은빛을 보며 강윤은 피식 웃음이 나와 버렸다.

강윤이 음악의 빛에 대해 생각하고 있을 때 오지완 프로듀서는 잔뜩 긴장하고 있는 서한유의 등을 다독이며 음악을 즐기라며 조언을 했지만, 그녀는 긴장을 풀지 못했다.

화려한 음악이 천천히 잦아들고, 칼 크랙은 문신이 잔뜩 새겨진 손을 들며 고개를 숙였다.

"감사. 합니다."

"와아아아아아~!"

칼 크랙의 디제잉이 끝났다.

온몸을 불사르던 사람들의 환호성을 받으며 그는 정장을 입은 직원의 안내를 받아 어디론가 사라졌다.

곧 클럽 음악이 깔리며 화려한 조명이 홀을 덮었다.

"곧 오겠군요."

강윤은 직원을 불러 귓속말로 뭔가를 주문했다.

꽤 긴 내용의 주문에 직원은 팬을 들었고, 주문을 받은 후 그는 총총걸음으로 사라졌다.

직원이 간 후, 오지완 프로듀서가 물었다.

"무슨 일 있으십니까?"

"칵테일 하나 주문했습니다."

"칵테일 치고 주문이 꽤 길던데……."

오지완 프로듀서가 의문을 표하던 그때, 테이블에 사람 형상의 그림자가 졌다. 인기척이 느껴져 돌아보니 디제잉을 하던 흑인, 칼 크랙이 테이블에 서 있었다.

일행은 자리에서 일어나 그를 맞았다.

"기다리고 있었습니다, 칼. 이렇게 만나게 돼서 반갑습니다."

"당신이 강윤? 캐리에게 키가 꽤 크다고 들었는데…… 생각보다 작군."

초면부터 버릇없는 말에 서한유의 눈에 쌍심지가 돋았다.

그러나 강윤은 그녀가 나서기 전, 먼저 부드럽게 답했다.

"안타깝게도 칼, 당신만큼 크지는 않군요."

"그 넉살은 마음에 드네. 칼 크랙이요."

그는 퉁명스런 목소리로 큰 손을 들어 강윤의 손을 잡았다.

강윤은 곧 오지완 프로듀서와 서한유를 소개해 주었다.

"이쪽은 우리 프로듀서인 오지완, 또 이쪽은……."

"아아. 됐습니다. 내 관심은 당신 하나니까."

영어로 하는 그의 말을 알아들을 수는 없었지만, 저 흑인이 자신들을 무시하는 눈초리는 느낄 수 있었다. 오지완 프로듀서와 서한유는 가슴에서 뭔가가 끓어오르는 것을 느꼈다.

하지만 말을 할 수 없어 참고 있는데, 강윤이 먼저 나섰다.

"칼. 이들을 무시하는 건 나를 무시하는 것과 같습니다."

"호오."

칼 크랙은 흰자가 돋보이는 눈으로 이채를 띠었다. 그건 계속해 보라는 도발과도 같았다.

분위기가 처음부터 이상하게 돌아가자 서한유과 오지완 프로듀서가 오히려 잔뜩 긴장했다.

그때 서한유가 오지완 프로듀스에게 속삭였다.

"PD님. 뭔가 이상해요."

"내가 봐도."

강윤의 눈매가 가라앉고, 칼 크랙이 비웃는 눈초리를 하자 삽시간에 테이블의 분위기는 차갑게 얼어붙었다.

"칼이 동양인을 좋아하지 않는다는 건 알고 있습니다만, 이런 상대와 이야기를 진행할 마음은 없습니다."

강윤은 고저 없이 담담히 말했다.

칼 크랙도 지지 않겠다는 듯, 눈과 입꼬리를 올렸다.

"호오. 그래서?"

"이런 식이면 함께할 이유가 없다는 말입니다."

두 사람 사이에 불꽃이 튀었다.

영어로 빠르게 말하는 그들의 대화를 알아들을 수는 없지만, 서한유도 오지완 프로듀서도 분위기가 점점 이상하게 돌아가는 걸 느낄 수 있었다.

긴장감만이 흐르며 시끄러운 음악소리만이 귓가를 스쳐 갔다.

"하하하하하!"

그러다 칼 크랙이 느닷없이 웃음을 터뜨렸다.

"하하하하! 좋아. 캐리에게 듣던 대로군. 배짱이 두둑하니 마음에 들어."

"……."

"그래, 남자라면 이 정도 배짱은 있어야지!"

이 무슨 조울증 환자 같은 모습인지, 오지완 프로듀서와 서한유는 갈수록 의문이었다.

그러나 그들의 생각이 어쨌든, 칼 크랙은 강윤을 향해 하얀 이를 드러내 보였다.

"동양 몽키들은 말이지, 애들이 하나같이 연약해서 말이지. 한 주먹 거리로밖에 안 보였는데, 조금 다르군. 쫄아 붙지도 않고. 흔들리지도 않아."

"어떻게 하나같이……."

"지지도 않는군. 하하하."

강윤의 비웃음에도 그는 아랑곳하지 않는다는 듯, 웃음을 멈추지 않았다.

그 마이페이스적인 모습은 캐리 클라우디아나 그나 판박이였다.

한참을 소리 내며 웃으며 시선을 끌어 모으던 그는 갑자기 눈을 빛냈다.

"내 팀에 맡기고 싶은 애가, 저 여자?"

그가 갑작스럽게 본론을 이야기했지만, 칼 크랙이라는 남자에게 적응을 했는지 강윤은 당황하지 않았다.

"맞아."

"난 동양인 여자는 질색인데. 캐리한테 못 들었나?"

"그게 안 된다면…… 우리 이야기도 없던 걸로 하지."

강윤이 자리에서 일어나려하자 그는 손을 들었다.

"어허."

그는 강윤의 팔목을 잡고는 말을 이어갔다.

"……UKF에 참여하는데 저런 동양 계집 하나 넣어주는 거야. 흠흠."

"서한유."

"그래도 그건 안 돼. 이름은 스스로 만들고, 증명해야지."

"그래도 내 앞에서는 이름을 불러."

강윤과 칼 크랙이 기싸움을 하고 있을 때, 직원이 조금 전에 주문한 칵테일을 들고 왔다.

커피와 흰 유유를 섞은 듯한 빛깔의 칵테일을 보고 칼 크랙의 얼굴이 환해졌다.

"오우! 오르가즘! 오르가~즈음!"

독하면서도 달달한 맛이 일품인, 칼 크랙이 제일 좋아하는 칵테일이었다.

"오, 오르가즘?!"

칵테일을 잘 모르는 서한유는 얼굴이 새빨개졌다. 그 모습에 오지완 프로듀서는 킥킥대며 이유를 이야기해 주었다.

"한유야. 저 칵테일 이름이 오르가즘이야."

"그, 그래요?"

"처음 들어봐?"

"……네."

저 두 남녀야 어쨌든, 칼 크랙은 칵테일을 순식간에 반이나 비워 버리고는 강윤에게로 눈을 돌렸다.

"땡큐. 몽키들이 칵테일은 잘 만드네."

"……후우."

직접적으로 몽키라고 이야기하는 그의 말이 적응되지는 않았지만 강윤은 한숨을 쉬며 그와 대화를 이어갔다.

"언제까지 있을 거지?"

"일주일. 그때 저 애도 함께. 오케이?"

간단하게 이야기를 끝낸 그는 서한유에게로 눈을 돌렸다.

"거기 너."

서한유는 자신을 부르는 말에 긴장하며 눈을 돌렸다.

"디제잉 배운지 얼마나 됐어?"

강윤이 통역을 받으며 그녀는 답했다.

"반년 조금 안 됐어요."

"이제 걸음마 조금 뗐네. 애기네, 애기."

서한유는 눈썹이 꿈틀거리는 걸 참으며 그와 대화를 이어나갔다.

강윤 일행과 칼 크랙의 술자리는 밤새 이어졌다.

칼 크랙은 강윤이 주문한 칵테일을 연신 5잔이나 더 주문한 후에야 조금 취기가 도는지 기분 좋은 얼굴을 하며 자리에서 일어났다.

"크흐흐. 그럼 다음을 기대하지."

클럽에 사람들이 빠져나가는 새벽 5시가 돼서야 술자리가 파했다.

졸린 눈을 한 서한유도, 테이블에서 꾸벅꾸벅 졸던 오지완 프로듀서도 그제야 잠을 쫓으며 고개를 흔들었다.

강윤은 칼 크랙을 보낸 후, 모두를 깨웠다.

"고생했습니다. 갑시다."

계산을 한 후, 클럽에서 나오니 한산한 새벽길이 그들을 반겨주었다.

길을 걸으며 서한유가 물었다.

"사장님. 칼이 운영하는 팀은 어떤 팀인가요?"

강윤은 바람에 날리는 머리칼을 정돈하며 답했다.

"10명 정도로 구성된 작곡 팀이야. 칼 크랙의 음악을 구성하고, 짜는 팀이지. 프로듀서와 작곡가들도 있고, 엔지니어도 있어."

"아! 우리나라 DJ들은 주로 혼자 작업을 많이 한다고 들었는데……."

"외국은 개인보다 팀 단위로 움직이는 경우가 많아. 스케줄은 비워놨으니까 가서 많이 배워와."

"……."

서한유는 고개를 끄덕였다.

연습스케줄 이외에는 아무것도 없었기에 크게 무리는 없

었다. 그러다가 문득 궁금해졌는지 그녀는 강윤의 팔을 붙잡았다.

"왜 그러니?"

"그게…… 저희가 계속 놀면 회사는 뭘로 돈을 버나요? 민아 언니도 없고…….'

강윤은 그런 서한유가 대견한지 웃음이 나왔다.

"지민이도 있고, 재훈이도 다 해주고 있으니까 걱정 안 해도 돼. 대신 너희는 내년부터 죽었다고 생각해야 할 거야."

"중국에서요?"

"그렇지. 특히, 너는 더."

"네. 걱정 마세요. 남들보다 두 배, 아니 세 배는 열심히 뛸 거니까요."

뉘엿뉘엿 저물어가는 달을 등지며 서한유는 자신감 넘치는 미소를 지었다.

♪♪♪♪♪♪♪

"사장님. 많이 피곤해 보이네요."

스튜디오에 내려온 강윤에게 이현지는 껌 하나를 건넸다.

강윤은 고맙다고 말하고는 받은 껌을 질겅대며 잠을 쫓았다.

"잠을 많이 못 자서 그런 것 같습니다."

"아무리 건강검진에서 이상이 없다고 나왔어도 그러면 안 돼요."

이현지는 신신당부를 했다.

아침에 떠밀리듯 받은 건강검진에서 별 이상이 없다고 나온 결과를 이현지에게 보여주었다.

"알겠습니다. 곧 올 시간이군요."

"그러게요. 난 개인적으로 또 보고 싶진 않았는데……."

이현지가 투덜거리자 강윤은 웃으며 답했다.

"오늘 보면 다른 모습이 보일지도 모릅니다."

"사장님이 그렇게 이야기한다면. 아, 왔네요."

그때 스튜디오 문이 열리며 한 소녀가 들어섰다. 사람 좋은 인상을 한 이시이 아키나였다.

강윤은 반갑게 손을 들었지만, 이현지는 가라앉은 눈을 하며 고개만 까딱했을 뿐이었다.

"안녕하세요."

"안녕."

가볍게 인사를 한 후, 강윤은 바로 지난번에 문자로 보낸 과제에 대해 물었다.

"내가 노래 한 곡을 보냈었지?"

"네. 처음 듣는 곡이어서 깜짝 놀랐어요. 거기에 연기까지 해보라니……."

"준비는 됐어?"

강윤의 물음에 그녀는 조심스럽게 고개를 끄덕였다.

"준비는 했는데, 그게 쉽지 않을 것 같아요. 제가 연기는 해본 적이 없어서……."

"괜찮아. 간단한 몸짓만 하면 되니까."

이시이 아키나는 의자를 뒤로 밀고 주변을 공터로 만들었다.

강윤은 그녀의 준비가 끝난 듯하자 리모컨을 들어 오디오를 재생했다. 잔잔히 깔리는 저음의 MR이 흐르자, 그녀는 철푸덕 주저앉으며 노래를 시작했다

"What I wouldn't give~ I want new life~"

유명 뮤지컬 'New Life'의 여주인공의 주제가라고 할 수 있는 'New Life.

여주인공이 세 번째 직장에서마저 잘리고 절망에 빠졌을 때, 격려를 받고 다시 일어나겠다는 의지를 불태우는 곳이었다. 처음에는 잔잔하지만 점점 끓는 감정, 의지까지 보여야하는 난이도 높은 곡이었다.

'몰입했군.'

스튜디오 여기저기를 배우처럼 헤집고 다니는 이시이 아키나를 보며 강윤은 눈에 이채를 띠었다.

아니, 그보다 놀란 이가 있었다. 이현지였다.

'저런 애였나?'

깍쟁이 같은 소녀인 줄 알았는데, 저런 끼를 감추고 있을 줄은 생각하지도 못했다. 강윤을 힐끔 바라봤지만, 그는 평소처럼 엷은 미소만 짓고 있을 뿐이었다.

'하여간 생각을 모르겠어.'

이현지는 의문 어린 표정을 지으며 자신의 생각을 적어갔다.

강윤은 그녀의 목소리가 점차 고조되며 하얀빛이 강화되는 모습을 보며 턱에 손을 올렸다.

'문희가 확실히 특별한 케이스지. 은빛을 마구 내는 연습생이 흔한 것도 아니니까.'

음악을 본격적으로 배우지도 않았는데 꾸준히 하얀빛을 낸다. 지난번에도 비슷했다.

오늘 뮤지컬 곡을 노래하며 간간히 보이는 연기를 보니 연기력도 나쁘지 않았다.

'재능은 확실한 것 같군.'

특출나지는 않지만, 확실하다.

이시이 아키나라는 연습생을 평가한 결과였다.

강윤은 이현지에게 속삭였다.

"어떻습니까?"

"확실히 재능은 있는 것 같네요. 노래, 연기. 그런데……."

"그런데?"

"그냥. 마음에 안 들어요."

강윤은 순간 웃음이 나왔다.

"아니, 이사님."

"그냥, 그렇다고요. 첫 인상이 별로였잖아요. 저런 성격, 여자들은 싫어해요."

여자들이란 복잡하다는 것을 느낄 때, 그녀의 노래가 끝났다. 이마에 살짝 땀을 흘리는 이시이 아키나에게 강윤이 말했다.

"수고했어요."

"감사합니다."

"확실히 이시이 양은 재능이 있네요. 어떤가요? 월드와 계약을 할 생각이 있나요?"

이시이 아키나는 계약이라는 압박에 순간 반보 뒷걸음질을 쳤다.

그러자 강윤은 부드러운 어조로 그녀를 달랬다.

"미성년자라 쉽지는 않을 거예요. 거기다 여기는 외국이고. 당장 결정하라는 건 아니고, 주소를 적어줘요. 부모님과 상담하고, 충분히 생각하고 이야기해 줘요. 그리고 일주일 뒤, 답을 줬으면 좋겠네요."

"……알겠습니다."

"두 번씩이나 오디션 보느라 고생했어요, 이시이 양."

그제야 이시이 아키나는 허물어졌다.

바닥에 주저앉은 그녀에게 강윤은 자리에서 일어나 물을 가져다주었다. 그의 배려에 소녀는 눈을 반짝이며 조금씩 마음을 굳혀갔다.

3화
대세는 글로벌?!

영국으로 떠나기 전날.

에디오스의 숙소는 서한유의 짐을 싼다고 멤버들 모두가 비상이었다.

"영국은 음식 맛이 꽝이라고! 고추장, 고추장!"

이삼순은 고추장 꼭 챙겨가야 한다며 캐리어에 고추장을 꾹꾹 넣어주었고, 크리스티 안은 말이 안 통하면 다 소용없다며 회화집을 몇 권이나 넣어주었다.

"아, 영국 남자 만나고 싶다. 칼 크랙도 아마 그러겠지?!"

칼 크랙과 함께 영국으로 향한다는 이야기에 한주연은 부러움의 눈빛을 쏘아 보내며 속옷 등 필요한 것들을 챙겨주었다.

'언니. 그 남자, 매너 꽝이에요. 인종 차별주의자에……'

서한유는 차마 몽키라는 말을 입에 달고 사는 칼 크랙의 실체를 이야기 할 수 없었다.

밤새 서한유의 숙소는 짐을 싸느라 불이 꺼질 줄을 몰랐다.

다음 날, 공항.

강윤과 함께 공항에 도착한 서한유는 VIP들이 드나드는 출국장으로 향했다.

VIP들이 드나드는 통로 입구에 선 칼 크랙과 서한유는 강윤과 마주섰다.

"한유. 가자. 시간 됐다."

배웅하는 강윤을 나름대로 배려했는지 그의 입에선 평소처럼 몽키라는 말은 나오지 않았다.

강윤은 서한유에게 캐리어와 가방을 넘겨주며 마지막으로 신신당부했다.

"많이 배우는 것도 좋지만, 가장 중요한 건 너라는 거. 알지?"

"네."

"매니저를 딸려 보낼 수가 없어서 걱정이다."

특별 취급은 안 된다며, 단칼에 거절당했다. 결국 강윤은 근처에 매니저를 보내는 정도로 방편을 취할 수밖에 없었다.

"영국에 가는 한 매니저 번호 알지?"

"네."

"급하면 그쪽으로 가면 되고. 여기에도 자주 연락해."

짧은 대화 후, 강윤은 손을 흔들며 그들을 떠나보냈다.

서한유는 강윤을 몇 번이나 돌아보며 칼 크랙과 함께 점점 멀어져갔다.

"50일이라…… 별일 없어야 하는데."

9월 말에서 11월 중순.

연예인에게는 긴 일정이었다.

"다른 멤버들 스케줄을 중국어로 돌렸고…… 다음은……."

강윤은 핸드폰을 들어 이후 일정을 살폈다.

회사에서 보낸 가수 은하, 김재훈, 그리고 하얀달빛의 일정이 파인스톡에 전송되어 있었다.

주차장에 세워둔 차에 앉아 스케줄을 체크한 강윤은 그대로 진행하라는 메시지를 보낸 후, 차에 시동을 걸었다.

공항을 빠르게 벗어난 후, 강윤은 바로 사무실로 향했다.

1시간 정도 걸려 사무실에 도착하니 이현지는 자리에 없었다.

"이사님은 어디 가셨나요?"

강윤이 묻자 남자 직원 하나가 답했다.

"네. 오늘 MG에 가신다고 나가셨습니다."

"MG라……."

스타타워 문제로 본격적인 협의를 시작한 모양이었다. 어려운 협상이 될 텐데 걱정되었다.

그러나 맡기라고 했으니 강윤은 그녀를 믿기로 마음먹고 자신의 일을 해나갔다.

"오늘은 내가 먼저 열어볼까."

강윤은 이현지가 항상 먼저 하던 동영상 접수파일들을 열고 하나하나 검토하기 시작했다. 평소와 마찬가지로 스크롤을 밑으로 내려도 끝날 기미가 보이지 않았다.

'눈 아프군.'

같은 노래, 같은 콘셉트, 같은 춤.

무엇보다 빛나는 무언가가 없었다.

마음을 확 잡아끄는 '빛' 같은 것이 있어야 기획할 생각을 할 텐데.

'여기까진가. 어라?'

강윤은 영상을 끄려다가 맨 밑의 '세헌초등학교 6학년 2반 정유리'라고 적힌 동영상을 발견했다.

다 본줄 알았는데, 하나가 남아 있었던 것이다.

강윤은 빨리 끝내자는 생각으로 동영상을 재생했다.

'모범생인가?'

뿔테안경을 쓴 여학생이 허름한 벽 앞에 수줍게 서 있었다.

지저분한 벽지, 좁은 방과 시끄럽게 키득대는 소리 등 영상에서 들려오는 소음은 강윤의 귀를 어지럽혔다.

—언니 노래하잖아. 조용히 해봐.

—우우우.

영상의 주인공이 외쳤지만, 시끌시끌한 소음은 잦아들지 않았다. 결국 포기한 소녀는 오디오를 틀고 춤을 추기 시작했다.

'이 노래는 헬로틴트의 노래군.'

헬로틴트의 귀여운 콘셉트에 맞는 발랄한 분위기의 음악이 흘러나오자 소녀는 몸을 흔들며 리듬을 타기 시작했다.

리본을 강조하는 헬로틴트의 춤에 맞게, 소녀는 붉은 끈까지 준비해서 안무를 맞춰갔다.

'웨이브가 확실······ 잠깐.'

소녀의 온몸 웨이브를 본 강윤의 눈이 동그래졌다. 작은 키라고 무심히 넘어가려고 했는데 소녀가 보이는 춤의 선이 매우 부드럽고, 아름다웠다.

춤이라는 것이 같은 동작을 보여도 추는 사람마다 조금씩 다른 법이다. 그런데 이 소녀의 춤은 계속 눈길을 가게 하는 무언가가 있었다.

이른바 다른 이들과 다른 2%의 차이였다.

강윤은 핸드폰을 들었다.

"지금 루나스에 있습니까?"

강윤의 전화를 받은 상대, 이혁찬 안무가는 그렇다고 했다.

ㅡ네, 사장님. 앞으로 들어올 연습생들 안무 준비 때문에 들렀습니다. 무슨 일 있으십니까?

"시간 괜찮으면 사무실에 잠깐 들러주겠습니까?"

ㅡ네. 알겠습니다. 금방 마무리 짓고 가겠습니다.

통화를 마치고, 강윤은 몇 번이고 같은 장면을 돌려보았다.

리본을 돌리며, 웨이브를 하는 포인트 안무였다. 골반과 얇은 허리를 강조할 수 있는 안무라 헬로틴트의 팬들이 가장 좋아하는 안무이기도 했다.

30분 후.

사무실로 이혁찬 안무가가 도착했다.

강윤은 바로 조금 전의 영상을 그에게 보여주었다.

"흐음……."

작은 키로 부드러운 곡선을 제대로 강조하니 이혁찬 안무가도 턱에 손을 올리며 감탄했다.

"확실히 괜찮습니다. 몸도 유연하고……. 어린 탓도 있지만 같은 나이라도 저런 애들은 드뭅니다. 타고난 겁니다."

"그렇습니까?"

"네. 저런 연습생들은 보기 힘들죠. 혹시 오디션 때문에 그러십니까?"

강윤이 고개를 끄덕이자 이혁찬 안무가가 흥미 있는 눈길을 보냈다.

"만약 저 지망생을 보신다면 저도 찬성입니다. 한 번 보고 싶군요. 이런 아이라면 한 번 제대로 가르쳐 보고 싶습니다. 포스트 정민아가 될 수도 있을 것 같습니다."

"그 정도입니까?"

이혁찬 안무가의 말에 강윤의 눈이 놀라움으로 동그래졌다.

성격은 좋았지만, 이혁찬 안무가는 냉정하게 상대를 평가하는 사람이었다. 그런 그의 말이니 강윤은 귀를 더더욱 기울였다.

"물론입니다. 잘만 하면 주아도 넘볼 수……?"

"하하하. 주아는 솔직히 난 녀석이죠. 그건 봐야 알겠네요."

"그렇습니까? 제가 너무 나갔군요. 팬들이 들었으면 곤욕을 치렀을지도 모르겠습니다."

이혁찬 안무가는 장난치듯 입을 막았다.

그의 이야기를 듣고 마음을 굳힌 강윤은 영상 밑에 적힌 연락처를 적어 직원에게 주었다.

"네, 안녕하세요. 월드엔터테인먼트 가수전담팀 김혜미라고 합니다. 정유리 양 되십니까?"

직원의 통화하는 소리를 들으며 강윤은 자리로 돌아왔다.

이혁찬 안무가가 돌아가고, 강윤도 올라온 서류들에 결재하며 일에 몰입했다.

점심시간이 지나 오후 4시 정도 되었을 무렵.

사무실 문이 열리며 이현지가 들어섰다.

"다녀왔습니다."

그런데, 그녀 뒤를 따라 들어서는 이가 있었다.

"여어. 이 사장님. 계십니까?"

강윤만큼 큰 키와 덩치가 인상적인 남자, 윤슬엔터테인먼트의 추만지 사장이었다.

"추 사장님. 말씀도 없이 어쩐 일이십니까?"

강윤은 반갑게 그를 맞았다.

추만지 사장은 강윤의 손을 잡으며 쾌활하게 웃었다.

"하하하. 지나가는 길에 현지…… 그러니까 이사님을 만났습니다. 차 한 잔 얻어 마시려고 들렀지요."

"잘하셨습니다. 앉으시죠."

강윤과 이현지, 그리고 추만지 사장은 소파에 마주앉았다.

직원이 내온 차를 음미하며 추만지 사장은 강윤에게로 눈을 돌렸다. 당연히 이야기의 첫 화재는 에디오스의 중국 진출이었다.

"오면서 재미있는 이야기를 들었습니다. 서유가 외국에 갔다지요?"

"네. 준비하는 것이 있어서 잠시 자리를 비웠습니다."

"준비하는 거라……."

추만지 사장은 강윤이 머뭇대는 것을 느끼자 더 이상 캐묻지 않았다. 중요한 일이 있어서 잠시 나갔다는 것만 짐작할 뿐이었다.

그는 이야기를 중국 콘서트 회사들로 돌렸다.

"중국은 하루가 다르게 성장하고 있습니다. 특히 방송 분야는 성장 속도가 눈부시죠."

"자금력이 충분할 테니까요. 방송의 힘은 돈에서 나온다고 해도 과언이 아니니……."

강윤의 말에 추만지 사장은 고개를 끄덕였다.

"맞습니다. 그중에서도 음악채널의 성장 속도가 엄청납니다. 작년까지만 해도 드라마의 비중이 컸는데, 올해부터 음악시장의 성장에 가속도가 붙었습니다. 내년이면 더더욱 빨라질 겁니다."

"속도가 빨라진 만큼 잡음도 많겠군요. 업체도 중구난방이고……."

"맞습니다. 이전에도 말씀드렸지만 그래서 월드의 노하우가 더더욱 필요하지요."

강윤과 추만지 사장은 급변하는 중국 시장에 대해 여러 가지 이야기를 나누었다. 이현지도 간간히 추임새를 넣으며 앞으로 중국에 진출하면 어떤 전략을 사용해야 할지, 함께 고민을 나누었다.

한류를 높게 쳐준다는 중국이었지만 그 열풍이 언제까지 갈지 모르니, 자리를 확고하게 잡아야 한다는 게 세 사람의 공통된 의견이었다.

그러나 방법은 세 사람이 모두 달랐다. 그래서 토론은 점점 열기를 더해갔다.

어느덧 잔이 비어가고 작은 바늘이 6을 향해 달려갈 무렵, 사무실 문이 열렸다.

"다녀왔습니다."

새로 들어온 신입 매니저 1명이 사무실에 들어섰다. 그리고 뒤에 그와 함께 온 한 명의 소녀가 있었다.

"아노…… 안녕하시무니까."

어눌한 한국말로 인사하는 소녀.

적당한 키에 늘씬한 다리 길이를 자랑하는 앳된 외모의 일본인, 이시이 아키나였다.

한창 열기를 더해가던 토론을 멈추고 강윤은 자리에서 일어나 그녀에게 다가갔다.

"어서 와. 월드의 식구가 된 걸 환영해."

"감사합니다. 뭔가……. 어렵네요. 아."

그녀는 강윤 뒤에 있던 이현지를 보며 몸을 움찔했다.

오디션에서의 후유증이 남아 있던 탓이었다.

이현지는 덤덤한 어조로 이야기했다.

"오느라 고생했어요."

"네, 감사합니다."

이현지와 이시이 아키나가 어색한 인사를 나눌 때, 강윤은 추만지 사장에게 이야기했다.

"이번에 새로 들어온 저희 연습생입니다. 이시이 아키나라고 하죠."

"오, 월드의 연습생입니까?"

추만지 사장은 흥미가 생겼는지 입꼬리가 양쪽으로 고르게 올라갔다.

그동안 월드의 연습생은 김지민과 인문희가 전부였다. 그들도 모두 가수로 성공했고.

그런데 새로운 연습생이 들어오다니.

이시이 아키나가 추만지 사장에게 고개를 깊이 숙이자 그는 손을 들어 인사를 받고는 물었다.

"일본인인가요?"

"네. 그렇습니다."

"오. 한류 열풍이 불면서 외국에서도 연습생들이 온다고 들었는데, 월드도 외국인 연습생이라."

"윤슬에는 외국인 연습생이 없습니까?"

강윤의 물음에 추만지 사장은 고개를 흔들었다.

"그럴 리가요. 2년 전부터 들어왔지요. 이번에는 제가 이 겼습니다."

"하하하."

강윤은 어깨를 으쓱이고는 다시 이시이 아키나에게로 눈을 돌렸다.

"이시이. 이분 누구인지 아니?"

"아뇨. 잘 모르겠어요."

"다이아틴의 사장님이셔."

"아아. 아…… 네?!"

좋아해마지 않는 다이아틴의 사장님이라니.

이시이 아키나는 허둥지둥하며 고개를 이리저리 흔들었다. 당황할 때 보이는 버릇이었다.

그런 그녀의 특이한 모습에 추만지 사장은 쿡쿡 웃었고, 이현지는 못마땅한지 눈살을 가볍게 찌푸렸다.

"하여간, 너무 애 같다니까."

"왜? 귀엽기만 하구만."

"저래가지고 이 바닥에서 살아남을 수 있을까요?"

이현지가 가볍게 인상을 쓰자 추만지 사장은 피식 웃었다.

"그것도 다 고려해서 이 사장님이 뽑지 않았겠어?"

"……하아."

이현지는 머리를 부여잡으며 고개를 돌렸다.

추만지 사장은 허둥대는 이시이 아키나와 달래는 강윤을 바라보며 생각했다.

'많이 특이하지는 않은 것 같은데…… 뭔가가 있나? 월드의 연습생이면 다른 애들하고는 뭔가 많이 다르던데. 이번에는 아닌가?'

이번 연습생은 조금 애매하다는 생각을 한 추만지 사장은 고개를 갸웃거렸다.

인천.

언덕 위에 위치한 세헌초등학교는 등교할 때마다 초등학생들의 헉헉대는 소리가 터져 나오는 건강한 입지를 가진 학교였다.

6년간의 도보 등교로 다리 건강을 키워온 학교 최고참, 6학년 학생들은 오늘도 책가방을 메고 등교를 서둘렀다. 교문 앞에서 학생들을 지도하는 지도교사를 지나 교실 안으로 들어가면 내 세상이었다.

"은하 봤어? 완전 대애바악."

"은하? 우웩. 완전 성괴야, 성괴."

"미친. 무슨 은하가 성괴냐? 즐이나 드셈."

"반사."

좋아하는 연예인 이야기를 하며 뒤에서는 말뚝 박기, 숙제를 베끼는 도덕적인 학생 등 다양한 학생들이 교실을 하나하나 채워갔다.

"야야, 온다 온다!"

선생님이 오는지 망을 보던 학생 하나가 서둘러 자리로 뛰어오자, 뛰어놀던 학생들도 서둘러 자리로 뛰어 들어갔다.

얼마 지나지 않아 30대 초반의 후덕한 인상을 한 남자 선생님이 교단에 섰다.

"다들 왔니?"

"네!"

학생들이 힘차게 대답을 하자, 선생님은 바로 넘어가려고 했다.

그때, 한 남학생이 손을 들었다.

"쌤. 정유리 아직 안 왔어요."

그러자 학생들이 웅성댔다. 평소에 눈에는 잘 띄지 않았지만 결석을 한 적은 없는 학생이었다.

그러나 선생님은 괜찮다며 손을 저었다.

"오늘 유리는 사정이 있어서 못 온다. 괜찮아."

"네? 무슨 일 있나요?"

맨 앞의 여학생 하나가 물었다.

그러자 선생님이 의문이 감도는 표정을 지으며 답했다.

"음…… 오디션 보러 가서 오늘은 못 온다고 했어."

"오디션이요? 어디요?"

"월드엔터테인먼트? 들어봤……."

"네에?!"

초등학생들, 특히 여학생들의 목소리가 교실을 쩌렁쩌렁

울려댔다.

"여기야. 다 왔어."

한 허름한 5층 건물 앞.

택시에서 내린 한 모녀는 긴장감에 손을 굳게 잡았다.

"여기가 월드라고? 어어? 이렇게 작아?"

소녀는 엄마를 의심하는 눈으로 바라보았다.

그러나 엄마는 건물 옆에 적힌 주소를 확인하며 고개를 끄덕였다.

"여기 맞아. 얼른 들어가자."

"어어?"

이상한 생각이 들었는지, 소녀는 들어가려고 하지 않았다.

그러나 엄마의 손길에 이끌려 2층 사무실로 성큼성큼 올라갔다.

"실례합니다."

엄마는 조심스럽게 사무실 문을 열었다.

직원들이 서류를 들고 여기저기 분주히 움직이는 모습이 눈에 들어오자 엄마도 걱정이 되었다.

'내가 잘못 왔나?'

그때, 여직원이 그녀에게 다가와서 물었다.

"무슨 일로 오셨나요?"

"오늘 면접 있다고 해서 왔는데……."

"아, 정유리 양이신가요?"

"네. 제 딸이에요."

엄마는 뒤에 멀뚱멀뚱 서 있던 딸을 가리켰다.

여직원은 여기가 아니라 지하라며 직접 모녀를 스튜디오로 안내해 주었다. 세 사람은 지하로 내려가 거대한 철문을 열었다.

철문을 여니 TV에서나 보던 스튜디오 시설과 책상, 그리고 남자 2명이 책상을 놓고 앉아 있었다.

"정유리 양이군요. 어서 와요."

남자 2명 중 한 사람, 강윤이 자리에서 일어나 오늘 오디션을 보러 온 이를 맞았다.

"이…… 강윤 사장님?"

엄마가 먼저 나서며 묻자 강윤은 맞다며 고개를 끄덕였다.

"네. 제가 월드엔터테인먼트의 사장, 이강윤입니다. 정유리 양의 보호자 되십니까?"

"네. 한지연이라고 합니다."

"안녕하십니까."

강윤과 함께 앉아 있던 이혁찬 안무가도 정중히 인사를 했다.

엄마와 인사를 마친 강윤과 이혁찬 안무가는 뒤에 멀뚱히 서 있던 소녀에게로 눈을 돌렸다.

"반가워요, 정유리 양."

"안녕하세요."

뿔테안경을 쓴 평범한 외모의 소녀.

영상에서 봤던 그 소녀였다.

강윤은 바로 오디션을 주문했고 소녀는 긴장한 얼굴로 자리에 섰다.

"제가 준비한 곡은……."

"잠깐."

정유리가 준비한 곡을 말하려는데 강윤이 먼저 손을 들었다.

"미안한데 춤을 안경을 쓰고 한 번, 벗고 한 번 해볼 수 있겠어요?"

"네? 네."

영문을 몰랐지만 정유리는 가능하다며 고개를 끄덕였다.

엄마에게서 CD를 받아 들고, 이혁찬 안무가는 오디오에 CD를 재생했다.

"시작합니다."

비트가 흐르기 시작하며 정유리는 가슴을 내밀며 몸을 달구기 시작했다.

'PINK KNOCK군. 이 노래는 골반이 잘 돌아가야 돋보이는데.'

이혁찬 안무가는 몸을 앞으로 기울이고는 정유리의 안무에 집중했다. 헬로틴트의 노래 'PINK KNOCK'는 허리와 힙으로 이어지는 몸의 곡선을 드러내며 얇은 다리로 눈길을 가게 만드는 안무로 유명했다.

작은 키에 가슴도 제대로 나오지 않은 마른 체구였지만 정유리는 골반을 유연하게 흔들며 헬로틴트 못지않은 포스를 뿜어내고 있었다.

-넌 나 없이는 못 살잖아~ 내 마음을 두드려봐~

정유리는 얼굴에 손을 올리고 허리를 뒤로 빼고는 유연하게 돌렸다. 그녀가 쓴 안경과 섹시함을 어필하는 안무가 언밸런스하면서도 묘한 조화를 이루며 계속 시선이 가게 만들었다.

"확실히 실력이 있군요. 하지만 이미지는 학생들이 수련회가서 발표하는 것과 다르지 않은 것 같습니다."

강윤의 말에 이혁찬 안무가도 고개를 끄덕였다.

"제 생각도 그렇습니다. 실력은 확실한데 이미지가……."

두 사람이 의견을 교환할 때, 그녀의 안무는 끝을 향해 달려갔다.

"후우."

안무가 끝나고 정유리는 이마에 난 땀을 가볍게 훔쳤다.

강윤은 테이블에 있던 물을 마시고는 그녀에게 말했다.

"수고했어요. 잠깐 쉬었다 다시 해볼까요?"

정유리는 괜찮다며 고개를 흔들었다.

"아니에요. 바로 할게요."

"괜찮겠어요?"

"네!"

정유리는 이제야 몸이 풀렸다는 듯, 어깨를 몇 번 흔들었다. 그리고는 안경을 벗어 엄마에게 주고는 바로 자세를 바로 했다.

"잘해."

엄마는 딸을 한 번 안아주고는 뒤로 물러났다.

"그럼 다시 해볼까요?"

이혁찬 안무가는 바로 오디오의 재생 버튼을 눌렀다.

음악이 흐르자 정유리는 머리를 찰랑이며 다시 비트에 몸을 맡겼다. 어깨를 으쓱이며 몸으로 웨이브를 탄 후, 가볍게 점프를 뛰는 안무가 이어졌다.

안경을 바로 벗어 얼굴에 찍힌 안경자국이 거슬렸지만 그보다 더 중요한 것이 있었다.

'안경 하나에 이미지가 확 변했어. 캐릭터가 강해.'

안경에 가려진 커다랗고 치켜 올라간 눈이 드러나며 강윤과 이혁찬을 강하게 사로잡았다. 조금 전의 학생회 발표회하는 이미지는 완전히 사라지고, 다른 포스를 내뿜었다.

이혁찬 안무가도 완전히 탈바꿈한 이미지에 놀랐는지 강윤에게 속삭였다.

"완전히 달라졌습니다. 여자는 안경 하나로 사람이 확연히 바뀐다고 듣기는 했습니다. 그래도 이렇게 변하는 케이스는 드문데……."

"짐작이 맞았군요."

두 사람의 감탄 속에 포인트 안무를 할 타이밍이 왔다.

얼굴과 허리가 도드라지는 포인트 안무에서, 정유리는 강윤과 이혁찬 안무가를 향해 윙크를 했다.

'무대 기질은 타고났군.'

천부적으로 무대 체질이었다. 머리를 가볍게 뒤로 젖히자 가볍게 땀방울이 빛에 반사되며 빛무리가 번져갔다.

강윤은 확실히 무대에 대한 뭔가가 있는 소녀라고 그녀를 정의했다.

3분이 조금 넘는 안무가 끝이 나자 정유리는 거칠어진 숨을 내뱉었다.

"후우, 후우."

"수고했어요, 유리 양."

"감사합니다."

조금 전의 적극적인 소녀는 거짓말같이 사라졌다. 다시 안경을 쓴 정유리는 쭈뼛대는 얌전한 소녀로 돌아와 있었다.

함께 있던 직원이 정유리와 그녀의 어머니에게 의자를 가져다주었다.

"잠시 쉬고 계십시오. 30분 후에 오겠습니다. 하나 씨. 필요하면 회사 구경을 시켜주시고요."

"네, 사장님."

강윤은 이혁찬 안무가와 함께 사무실로 향했다.

소파에 앉은 두 사람은 서로가 정유리에 대해 평가한 내용을 비교했다.

이혁찬 안무가는 외모부터 분위기, 안무를 점수별로 체크한 것을 가리켰다.

"타고난 춤꾼입니다. 하지만 아직은 많이 투박합니다. 정식으로 배운 티는 나지 않지만, 리듬을 타는 감각, 무대 위에서 더더욱 불타오르는…… 그, 그…….”

“무대매너라고 하지요.”

“네, 그거. 70을 연습하면 무대에서 100을 할 수 있을 재목입니다. 걸리는 건 평범한 외모겠지만, 그건 꾸준히 관리를 해주면서 가꿔주면…….”

이혁찬 안무가는 모처럼 키워볼 만한 재목을 찾은 기쁨 때문인지, 잔뜩 상기된 얼굴로 강윤에게 계속 어필을 했다.

‘하여간.’

강윤은 자신이 평가한 테스트지를 덮었다. 직원이 이런 의욕을 가지고 있다면 밀어주는 게 사장된 도리라고 생각했다. 직원들이 자유롭게 의견들을 제시하고 실행할 수 있는 월드 엔터테인먼트의 분위기 형성에는 강윤의 이런 생각이 결정적인 영향을 미치고 있었다.

“직접적으로 묻겠습니다. 혁찬 트레이너.”

“네, 말씀하십시오.”

강윤은 여전히 미소를 짓고 있었지만, 이혁찬 안무가는 긴장하며 허리를 꼿꼿이 세웠다.

이제부터가 중요한 이야기였다.

“지난번에 영상을 보며 포스트 민아를 이야기했지요?”

“……네. 그렇습니다.”

“지금도 그 생각엔 변함이 없습니까?”

강윤의 물음에 이혁찬 안무가의 목소리가 가늘게 떨렸다. 마지막으로 의견을 물을 때의 강윤이 무섭다는 건 직원들에게 정평이 나 있었다.

순간 그는 긴장감에 침을 꿀꺽 삼키며 강하게 고개를 끄덕였다.

"물론입니다, 사장님. 맡겨주십시오."

잠시 그를 지긋이 바라보던 강윤은 차분하게 답했다.

"좋습니다. 정유리라는 지망생과 계약을 하게 되면 이후, 이혁찬 안무가에게 맡기겠습니다."

"사장님."

"가수로서 필요한 연습을 시키려면 15살 이후. 지금 나이가 13살. 2년이군요. 그동안 포스트 민아로 만들 기반을 철저히 닦아주십시오. 2년. 가능하겠습니까?"

길다면 길고 짧다면 짧은 시간이었다.

정민아는 웬만한 남자들도 따라 하기 힘든 춤을 소화하는 춤 실력자. 그런 정민아의 자리를 노리는 여성 춤꾼이라면 결코 쉽지 않을 터.

하지만 이혁찬 안무가는 강윤의 믿음에 답하겠다는 듯, 강한 어조로 답했다.

"맡겨주십시오."

"알겠습니다. 이제 우리 식구가 될 녀석을 만나러 가볼까요?"

확답을 받은 강윤은 이혁찬 안무가의 어깨를 가볍게 두드린 후 스튜디오로 향했다.

스케줄이 있는 일본으로 출국하기 하루 전.

이한서 이사의 카페에서 주아는 이현지와 약속을 잡았다.

"역시, 이사님이 타 준 커피가 최고예요."

아직 도착하지 않은 이현지를 기다리며 주아는 진한 향이 감도는 검은 커피를 유리빨대로 마셨다. 그런 그녀의 곁에 서서 걸레질을 하고 있던 이한서 이사는 짧게 한숨을 쉬었다.

"오늘은 커피 말고 보이차 한 잔 마셔보라니까."

"항상 말하지만 차는 별로예요."

"중국에서 좋은 물건이 들어왔는데……."

취향이 확실한 주아는 단호하게 커피를 예찬하며 빨대를 빙빙 돌렸다.

얼마 지나지 않아 문을 두드리는 소리가 들렸다.

이한서 이사가 나가서 문을 열어주었다.

"어서 와요, 현지 이사님."

"안녕하세요, 사장님?"

"하하하. 자꾸 들어도 어색하네요."

이한서 이사는 이현지의 인사에 허허롭게 웃고는 그녀를 주아에게 안내해 주었다.

주아는 고개를 까딱이며 이현지를 맞아주었다.

"늦으셨네요."

"미안. 늙다리들이 쉽게 놔주질 않아서."

"으, 술 냄새."

주아는 가볍게 코를 막았다.

시계는 밤 11시를 가리키고 있었다.

이현지는 MG 이사들과 술자리에 있다 온 것이었다. 주아도 그걸 알았는지 크게 그녀를 타박하지는 않았다.

"그런 재미없는 자리에 뭘 그리 오래 있어요."

"일이니 어쩌겠어. 우리 사장님이라도 데리고 갈 걸 그랬나. 아, 감사합니다."

이현지는 이한서 이사가 가져다 준 따뜻한 차를 조금씩 마시며 술기운을 날렸다.

시간이 조금 흘러 술기운이 잦아들자, 주아는 눈꼬리를 내리며 진지한 표정으로 물었다.

"언니. 오늘 만나자고 한 이유는요?"

"뭐긴. 스타타워 때문이지."

스타타워라는 말에 주아의 눈이 도끼눈이 되었다.

"그…… 으. 아, 진짜 기름이라도 부어버리고 싶네. 왜요? 제가 도울 일이라도 있나요?"

주아는 매우 적극적이었다. 그만큼 스타타워라는 그녀에게 원수와도 같은 존재였다.

그녀의 솔직한 모습에도 이현지는 머뭇거렸다.

"그거는 맞지만…… 에이. 아니다."

"왜요, 언니?"

"아니야. 막상 말하려니 쉽지가 않네. 미안. 이건 아닌 것 같네. 미안. 나중에 이야기하자."

이현지는 용건을 끝내려는지 바로 자리에서 일어났다.

그러자 주아가 쌍심지를 켜고는 이현지의 팔목을 붙잡았다.

"뭐예요? 사람을 불러놓고 그냥 가는 게 어디 있어요?"

"그게⋯⋯."

"어렵고 자시고. 일단 말이라도 해봐요. 언니 원래 그런 사람 아니잖아요. 우리 회사 사장같이 허수아비도 아니고."

주아는 MG엔터테인먼트의 허수아비 사장의 모습을 본 것 같아 순간적으로 짜증이 일었다.

그러나 이현지는 쉽게 입을 열지 않고 머뭇거렸다. 주아는 계속 말을 해보라고 종용했고, 이현지는 몇 번이나 입을 달싹댔다.

그러다가, 이현지는 결국 입을 열었다.

"스타타워를 빨리 인수하려면 MG의 돈 버는 통로를 줄여야 해."

"⋯⋯그래서요?"

"그러려면⋯⋯."

이현지는 눈을 강하게 빛내며 주아와 눈을 마주쳤다.

"MG에 너, 연주아라는 존재가 없어야 해."

"⋯⋯네?"

주아의 표정이 황당함으로 물들어갔다. 그녀가 어이없어 입술을 달싹였지만 이현지는 어깨를 한 번 들어 올리고는 말을 이어갔다.

"넌, MG엔터테인먼트의 숨구멍이니까. 그걸 막아야 스타타워를 날려 버릴 수 있거든. 도와줄 수 있겠어?"

스타타워를 날려 버린다.

'하지만, 그러기 위해서는 내가 MG를 나가야 한다?'

"하…… 하하……."

날벼락을 맞은 주아는 쉽게 입을 다물지 못했다.

♩♪♩♩♪♩♪♩♪♩♪

"선생님."

"……."

"선생님."

강윤의 집 앞.

사이드 브레이크를 건 민진서는 옆 좌석에서 잠이 든 강윤을 가볍게 흔들었다.

그러나 잠이 깊게 들었는지 강윤은 쉽게 깨어날 기미를 보이지 않았다.

"하여간."

민진서는 몸을 살짝 들어 강윤의 볼에 입을 맞췄다. 천인공노(?)할 일이 벌어졌지만 강윤은 몸을 뒤척이며 깨어날 줄을 몰랐다.

"어어? 진짜. 이래도 안 일어날 거예요?"

약이 올랐는지 민진서는 강윤의 입술에 자신의 입술을 포갰다.

그러나 강윤은 눈을 살짝 떨 뿐, 뜰 기색을 보이지 않았다.

'훗.'

그러자 민진서는 강윤의 입술을 비집고 깊숙이 프렌치 키스를 했다.

그제야 눈이 휘둥그레진 강윤의 눈이 번쩍 뜨였다.

"일어났어요?"

눈웃음을 지으며, 민진서는 가볍게 입술을 닦았다.

조금은 아쉬운 기색을 하는 그녀에게 강윤은 멋쩍은 표정을 지었다.

"으, 응. 하하하."

"많이 피곤했나 봐요."

"그, 그렇지."

"엉큼하긴. 역시 남자는 다 똑같다니까."

강윤은 크게 웃으며 민진서의 머리를 매만져 주었다.

그는 차에서 내려 그녀를 보낸 후, 차가 사라질 때까지 지켜보고는 집안으로 들어갔다.

'음?'

현관으로 들어가니 기타와 피아노 소리가 강윤의 귀를 간질였다. 남자의 감미로운 저음과 피아노 소리가 거실의 낮은 천장과 벽에 반사되어 묘한 효과를 연출하고 있었다.

"널 추억하며~ 기억하는 건~"

"잠깐만요."

그때 감미로운 목소리가 멈추며 여성의 목소리가 흘러나왔다.

"여긴 G 말고 F로 낮추는 게 어때요? 이렇게."

여성이 피아노를 누르며 페달을 밟자 진한 울림이 거실을 울렸다.

그에 맞춰 남자는 다시 노래를 해나갔다.

"그땐 추억이 될 거라~ 생각하지 못했지~"

피아노 소리에 기타와 남자의 목소리가 얹히며 음악이 만들어지고 있었다.

거실에 들어선 강윤은 혹여 방해가 될까 까치발을 들고 조용히 방안으로 가려고 했다.

"어? 형."

그러나 기타에서 손을 뗀 남자, 김재훈이 강윤을 향해 손을 들었다. 그 말에 피아노를 연주하던 여인, 희윤도 고개를 돌렸다.

"오빠. 이제 왔어?"

그녀는 자리에서 일어나 강윤의 손을 잡았다.

"조금 늦었어. 둘이 작업하고 있었구나?"

김재훈이 멋쩍은 표정으로 답했다.

"TV를 보다 뭔가가 문득 떠올라서요. 형도 같이, 어때요?"

"그럴까?"

디제잉을 제외하면 곡 작업에서 손을 뗀 지가 조금 되었다.

김재훈의 제안에 강윤은 기뻐하며 방에서 기타와 피크를 들고 나왔다.

"널 그리며~ 눈을 감던 그 시간들~"

강윤은 김재훈이 즉흥적으로 부르는 목소리에 맞춰 멜로디를 연주했고, 희윤은 코드를 연주했다.

하얀빛에 회색이 섞여 나오는 가운데, 김재훈이 고개를 갸웃했다.

"널 그리워하며~ 잠깐, 널 그리워하며~ 너를 그리며~ 형, 여기 가사가 이상하지 않아요?"

노래를 멈추고, 김재훈이 묻자 강윤은 같은 멜로디를 반복하며 답했다.

"그리며~ 그리며~ 박자에는 맞는 것 같은데. 말하고자 하는 게 뭐야?"

"추억이죠. 이 부분은 그리움이 점점 올라가는 부분이에요."

"그렇다면 말을 조금 줄여보자. 그리워하며를 그리며~ 이렇게 가는 건 어떨까?"

"오. 심플해지네요."

김재훈은 강윤의 조언을 듣고 가사를 수정했다.

이번에는 희윤이 강윤에게 물었다.

"오빠. 분위기가 점점 고조된다면 여기 멜로디나 키를 올리는 게 더 낫지 않을까?"

"그래? 그럼 한 번 해볼까? 가사 수정을 해보고 음도 올려본 걸로 해보고 원음대로 한번 해보고."

"오케이."

강윤이 오니 작업의 효율이 배로 올랐다.

빛을 보는 능력이 도움이 되는 것도 있었다.

그러나 진짜 도움이 되는 부분은 강윤이 김재훈의 의도와 희윤의 의도를 빨리 캐치하고 소통할 수 있게 해준다는 것에 있었다.

그 때문인지 작업속도는 몇 배나 빨라져 순식간에 1절이 완성되었다.

"한 사람을 사랑했고~ 그려온 시간~ 하지만~ 이젠 웃고 싶어~ 널 추억하며~"

하얀빛이 거실을 가득 메우며 김재훈의 목소리가 은은히 흘러갔다.

기타를 몇 번이나 스트로크하며 강윤은 눈웃음을 지었다.

"좋아. 잘했어!"

"오오."

희윤도 신이 나서 박수를 쳤다.

김재훈은 지금의 느낌을 잊을세라 서둘러 노트에 기록했고, 희윤도 자신의 노트에 코드와 필요한 것들을 적었다.

그들이 모두 정리를 마치자 강윤은 하품을 했다.

"후아암…… 오빠는 이제 씻어야겠다."

시계를 보니 어느덧 새벽 4시였다. 작업에 빠져 있다 보니 시간이 순식간에 흘러가 버렸다.

김재훈은 강윤에게 미안함을 감추지 못했다.

"형, 죄송해요. 괜히……."

"아냐. 모처럼 재미있었어. 너희도 얼른 자."

"네."

강윤은 방으로 들어가려다 다시 고개를 돌렸다.

"편곡은 누구한테 맡길 생각이야?"

강윤의 물음에 김재훈이 짧게 한숨을 내쉬었다.

"아직 잘 모르겠어요. 형한테 맡기고 싶지만 너무 바쁘신 것 같고. 아무래도 소영이에게 맡겨야 할 것 같아요."

방송에도 출연하면서 박소영은 전문편곡가로서 조금씩 입지를 다지고 있었다. 정확히는 월드엔터테인먼트의 전속 편곡가라는 이름 덕을 많이 보고 있었지만, 실력도 차근차근 쌓여가고 있었다. 음악에 까다로운 김재훈도 약간은 인정하고 있었으니까.

하지만 불안함도 함께했다.

희윤이 씻는다고 욕실에 들어간 후, 강윤은 김재훈에게 가까이 다가왔다.

"아직 소영이에게 단독으로 편곡을 맡기기는 조금 불안하지?"

"그게…… 네. 옛날 곡을 편곡하는 건 잘하는 것 같은데……."

"흠."

강윤도 난처했다.

김지민은 전혀 불안해하지 않았지만, 음악에 까다로운 김재훈의 경우는 이야기가 달랐다. 그는 은연중에 강윤이 편곡해 주기를 바라고 있었다.

"일단 곡이 완성되고 생각해 보자."

"알았어요."

강윤은 바로 답을 주지는 않았다. 음악에 대해 민감해하는 가수에게 강압적으로 나가는 것도 웃기는 일이니까.

방으로 돌아온 강윤은 바로 침대에 벌러덩 누워버렸다.

'소영이가 재훈이를 만족시킬 수 있을까? 진짜 문제는 이건데.'

박소영에 대한 고민을 이어가다가 강윤은 불도 끄지 않고 그 자리에서 잠이 들어버렸다.

다음 날.

2시간 만에 일어난 강윤은 힘겹게 아침도 먹는 둥 마는 둥 하고는 현관문을 나섰다.

"늦겠군, 늦겠어."

현관에서 신발을 신으려는데, 뒤에서 인기척이 났다.

눈을 비비며 뛰쳐나온 희윤이었다.

"……오빠, 아침은?"

밤샘 작업 탓에 피곤했는지 희윤의 눈은 벌게져 있었다.

강윤은 피곤해 보이는 동생의 모습이 안쓰러워 머리를 매만져 주었다.

"회사에서 샌드위치 먹으려고."

"또? 그런 것만 먹으면 배나와."

"아직은 괜찮아."

강윤은 매끈하다며 슬림한 복부를 동생에게 내밀었다.

가벼운 장난에 희윤은 이상한 장난치지 말라며 얼굴을 가볍게 찌푸렸고, 강윤은 웃으며 회사로 출근했다.

회사에 도착해 사무실로 올라가니 몇몇 직원들이 샌드위치와 커피를 마시며 담소를 나누고 있었다.

"사장님, 나오셨습니까."

"사장님. 안녕하세요."

동그란 뱃살과 얇은 팔다리가 돋보이는 남자가 강윤에게 고개를 숙였다. 이번에 새로 들어온 정호진 과장이었다.

그와 함께 대화하고 있던 늘씬한 몸매의 신입사원, 진혜리 사원도 강윤에게 꾸벅 인사했다.

강윤도 가볍게 손을 들었다.

"좋은 아침입니다. 어젠 잘 쉬었습니까?"

"그게…… 마누라쟁이가 너무 바가지를 긁어대서 말입니다."

"저런. 여자들은 결혼하면 돌변한다더니……."

"사장님. 다 그런 것은 아니에요."

사장, 과장, 신입사원이 고루 어울려 담소를 나눈다.

다른 회사에서는 보기 힘든 모습이었다. 직원들에게 강윤은 어렵지만, 또한 편안하기도 한 사장이었다.

시간이 흐르며 사원들이 하나둘씩 출근해 샌드위치를 물고 이야기꽃을 피워갔다.

"자네, 애는 괜찮아?"

"……마누라가 월차 내고 돌보고 있습니다."

"오늘 반차였지?"

"네, 부인도 몸이 좋지 않아서. 일찍 가봐야 할 것 같습니다. 죄송합니다."

"괜찮아. 애 일인데……."

자유로운 분위기 속에 여러 가지 이야기들이 오갔다.

사장인 강윤이 있었지만 직원들은 자유롭게 대화를 나누었고, 사생활도 편안하게 오픈했다. 월드엔터테인먼트 직원들은 자유롭고 편안했다.

그러다가…….

"안녕하십니까."

직원들 모두를 깊이 고개 숙이게 만드는 여인, 이현지가 등장했다. 편안한 분위기의 강윤과는 사뭇 다른, 묵직한 분위기였다.

직원들의 긴장을 헤치고 이현지는 강윤에게 다가왔다.

"안녕하세요. 어젠 잘 들어가셨군요."

"네. 오늘은 조금 늦으셨군요."

"그러게요. 아, 오늘은 샌드위치군요."

이현지는 샌드위치와 커피를 들고는 자신의 자리로 돌아갔다.

그제야 직원들은 어깨를 추욱 내리고는 짧게 한숨을 쉬었다.

"이사님은 정말……."

이현지의 강한 카리스마는 직원들 모두를 긴장하게 만들었다. 그 모습에 강윤은 부드럽게 웃으며 박수를 쳤다.

"곧 업무 시작이군요. 기획팀은 안건들 들고 내 자리로 오고, 다른 분들도 업무 준비해 주세요."

"네!"

곧 월드엔터테인먼트는 분주하게 돌아가기 시작했다.

사무실 소파에 앉은 기획팀원들은 커피를 마시며 정식으로 회의에 들어갔다.

"……그러니까 현재 시스템으로는 회사에 필요한 연습생을 제대로 충당할 수 없다, 이 말이군요."

1개월 차 신입사원, 진혜리 사원의 말을 들은 강윤은 턱에 손을 올렸다.

그녀는 들고 있는 두꺼운 서류들을 넘기며 당차게 이야기를 풀어갔다.

"가수 은하, 유리 이후로 월드엔터테인먼트에는 제대로 된 연습생이 없습니다. 저는 이 시스템의 단점이 원인이라고 생각합니다. 현재 한국 가요를 이끌어가는 건 아이돌인데, 이런 시스템에서는 아이돌을 육성하기가 쉽지 않습니다."

신입다운 당찬 패기에 강윤은 부드럽게 웃으며 이유를 답해주었다.

"혜리 씨 이야기도 맞습니다. 하지만 월드엔터테인먼트의 연습생 선발에는 분명한 지향점이 있습니다. '저 연습생 정도면 월드에 들어갈 만하구나' 한 사람을 받습니다. 그렇기에 지금과 같은 문제가 생겼겠죠. 많으면 확 많아지고, 적으면 확 적어진. 지금은 확 적은 때겠군요. 연영넷 같은 곳에서 비난을 받기도 하고 말이죠."

다른 직원들도 강윤의 이야기에 동의했다.

쉽게 뽑지 않지만, 연습생이 된 이상 반드시 책임진다.

월드엔터테인먼트의 직원들은 모두 강윤의 생각에 동의하고 있었다.

진혜리 사원은 고개를 끄덕이며 자신의 의견을 계속 이야기했다.

"사장님. 전 월드의 방식이 훌륭하다고 생각합니다. 하지만 지금 이대로라면 연습생을 선발하는 데 시간이 오래 걸립니다. 전 이 시스템의 단점을 보완하고자 합니다."

"어떻게?"

강윤이 흥미로운 눈길로 묻자 진혜리 사원은 순간 압박을 느꼈는지 살며시 몸을 뒤로 물렸다. 편안한 표정이었지만, 묵직한 뭔가가 있었다.

그녀의 망설임을 알았는지 강윤은 편안한 얼굴로 이야기했다.

"괜찮으니 편안하게 말해 보세요."

"그게, 스카우터입니다."

"스카우터?"

그녀의 이야기에 직원들은 보고서의 다음 장을 넘겨보았

다. 거기에는 다른 소속사들이 스카우터를 통해 얻은 연예인들의 목록과 재미있는 캐스팅 비화 등이 세세하게 적혀 있었다.

그런데 직원 한 명이 익숙한 이름을 발견하고는 눈을 동그랗게 떴다.

"어라? 이건…… 사장님 이야기 아닙니까?"

「이강윤 캐스팅 – 황민영」

"……카페에서 아르바이트하던 여대생, 황민영을 화장실까지 쫓아가서 캐스팅. 화장실 앞에서 명함을 받은 황민영은 이런 난감하고 황당한 상황은 처음이라며 사기인 줄 알고는 물을 끼얹었…… 풉."

직원들은 황민영의 솔직한 입담을 그대로 붙여 넣은 인터뷰 기사에 웃음이 나와 버렸다.

강윤도 어깨를 으쓱했다.

"매니저 시절 이야기군요. 그때 물벼락이 참 시원했죠. 그 애는 성격이 유별났거든요."

"아……."

"데뷔하고 3년간은 배우로서 정점을 찍었죠. 뭐, 그때 바로 시집을 가버려서 이후에는 잊혀졌지만……."

강윤의 말에 직원들 모두가 격하게 고개를 끄덕였다.

꽤 지난 과거의 이야기였지만 모두가 비슷한 나이여서인

지 공감할 수 있었다.

잠시 직원들과 과거 이야기로 즐거움을 나눈 후, 강윤은 진혜리 사원에게로 눈을 돌렸다.

"스카우터라. 우리 시스템의 단점을 보완할 수 있는 좋은 생각입니다. 하지만 스카우터라는 게 만만한 건 아닙니다. 스타를 보는 눈도 있어야 하고, 그 스카우터를 돌릴 예산도 있어야 하죠. 이에 따른 계획은 어떻게 됩니까?"

진혜리 사원은 지금부터가 진짜 중요한 순간이라고 느꼈다.

강윤은 직원들이 하고 싶은 걸 마음껏 하게 해주지만, 그만큼 철저하게 사전에 검토를 하는 편이었다.

그녀는 침을 꿀꺽 삼키고는 승부수를 걸었다.

"당장 회사에서 스카우터로 뺄 인력은 부족합니다. 당분간은 제가 직접 서울 각지를 돌면서 필요한 재목들을 살펴볼 생각입니다."

진혜리 사원이 직접 스카우터를 자원하자, 든든한 뱃살을 가진 남성이 고개를 흔들었다.

"혜리 씨, 기획팀은 어떡하려고? 우리 다국적 아이돌 준비하고 있었잖아."

"그런 만큼 제가 직접 나가야 한다고 생각해요. 기획하는 팀에 맞는 비주얼이나 이미지를 잘 알고 있으니까요."

"하지만 기획팀에서 한 명이 빠지는 건…… 타격이 커."

한 달밖에 안된 직원이었지만, 진혜리 사원의 능력이 매우 좋았는지 적잖은 직원들이 그녀를 만류했다.

그때, 강윤이 박수를 치며 교통정리에 나섰다.

"기획팀은 혜리 씨가 없으면 당장 일을 하기 힘든 수준입니까?"

"그건 아닙니다만……."

과장 직책을 가진 사원 하나가 안경을 고쳐 쓰며 조심스럽게 답했다.

그러자 강윤은 다시 진혜리 사원 쪽으로 눈을 돌렸다.

"난 혜리 씨 말이 맞는 것 같군요. 가수가 있어야 기획도 하니까요. 기획팀에게는 미안하지만 당분간 힘들어도 참아주세요. 대신 이사님께 요청해서 팀원을 채워달라고 할 테니."

"그럼……."

"알겠습니다. 혜리 씨. 해보세요."

"네! 알겠습니다."

진혜리 사원은 힘찬 목소리로 답했다. 그 소리가 마음에 들었는지 강윤은 부드럽게 웃었다.

"좋습니다. 그러면 짐 싸서 준비하세요."

"네?"

진혜리가 의아한 표정을 짓자, 강윤은 장난기 어린 표정으로 답했다.

"일하러 가야지요. 신입에게 바로 일을 맡길 회사는 없습니다. 가르쳐 줄 사수가 옆에 있어야 하지 않겠어요? 20분 뒤에 입구에서 보지요. 오늘 회의는 여기까지."

강윤이 자리에서 일어나자 직원들 모두가 진혜리 사원의

어깨를 가볍게 툭툭 두드려 주었다.

"사장님과 데이트라니. 힘내."

"스캔들 조심하고. 아니, 사장님이 조심해야 하나. 하하하."

"희윤 작곡가님 조심해. 오빠 말만 들으면 도끼눈 뜨고 다닌다더라."

"……."

직원들은 깔깔대며 진혜리 사원의 어깨를 툭툭 두드렸다.

자신이 제안했지만, 이상하게 손해 본 것 같은 기분이 들어 진혜리 사원은 순간 멍해졌다.

"내리죠."

강윤은 연남동 인근의 공터에 차를 주차하고는 천천히 홍대 방향으로 걸어갔다.

진혜리 사원은 긴장한 얼굴로 강윤을 뒤따랐다.

한낮이었지만 곳곳에서 음악소리가 들리고, 수많은 사람들이 분주히 돌아다녔다.

"옆에 서요."

강윤은 조금 뒤에서 걸어오는 진혜리 사원을 자신 옆에 서게 했다. 그녀는 긴장된 얼굴로 강윤의 옆에 섰고, 가볍게 고개를 숙였다. 선선한 가을바람이 불어 그녀와 강윤의 머리를 시원하게 쓸어 넘기자, 강윤이 차분히 물었다.

"이번 기획팀 첫 작품이 다국적 아이돌이라고 했지요?"

"네? 네."

"혜리 씨 생각은 어떤 연습생이 필요할 것 같나요?"

진혜리 사원은 잠시 생각에 잠겼다가 조심스럽게 답했다.

"이번 걸그룹 기획을 한마디로 표현하면 '글로벌'입니다. 글로벌을 다른 말로 하면 다양함입니다. 어디에서나 한눈에 들어오고, 누구에게나 사랑받을 수 있는 그런 멤버들을 섭외하는 것이 목표입니다."

"한눈에……. 스타성이 가장 중요하다는 말이군요."

"네. 누구나 좋아할 법한 소녀. 이겁니다."

거리를 걷다 보니 음악소리가 점차 가까워졌다.

두 사람은 자연스럽게 음악소리가 들리는 곳으로 걸어갔다.

소리의 진원지는 작은 광장이었다. 그곳에서 여자의 기타소리에 맞춰 남자가 노래를 부르고 있었다.

'음? 저 애들은?'

강윤은 낯익은 얼굴에 의아한 생각을 하며 좀 더 가까이 다가갔다.

아니나 다를까.

"노래 좋다. 아는 사람이세요?"

진혜리 사원은 강윤에게 조심스럽게 물었다.

분위기는 확연히 달랐지만 외모가 비슷한 묘한 분위기의 남녀였다.

"내 입술로~ 그대를 깨우네~ 넌 따뜻했던~"

남자의 미성이 은은히 흘렀다. 감미로운 목소리와 어쿠스

틱 사운드가 묘한 분위기를 이루었지만 강윤은 점점 인상을 쓰며 뒷걸음질을 쳤다.

'큭.'

"사장님?"

강윤의 안색이 흐려지자, 진혜리 사원은 놀라 강윤을 붙잡았다.

그러나 강윤은 괜찮다며 그녀를 만류한 후, 다시 남녀에게 눈을 돌렸다.

"……괜찮습니다. 꽤 오래전에 만난 인연들이라서…… 마침 잘됐군요."

"네?"

진혜리 사원은 의문이 들어 강윤에게 계속 물었다.

그러나 강윤은 뭔가 말을 하려다 잠시 기다리라는 듯 손을 들고는 사람들 틈을 파고들며 뒤로 물러났다.

회색의 음악이 강윤의 민감한 감각을 깊이 파고든 탓이었다. 앞 열에서 뒤로 물러난 강윤은 음악이 작아지자 그제야 한숨을 돌렸다.

영문을 알 수 없던 진혜리 사원은 강윤을 따라 뒤로 물러났다.

"사장님, 괜찮으세요?"

"네. 후우……."

강윤은 걱정스럽게 자신을 바라보는 진혜리 사원에게 안심하라며 입가에 호선을 그리고는 화제를 돌렸다.

"저 남녀의 노래가 어떤가요?"

"네? 그게……."

진혜리 사원은 갑작스럽게 질문이 날아들었지만 침착하게 답했다.

"실력은 좋아 보이는데, 소리가 난잡한…… 느낌이네요. 사람들도 집중을 하지 못하고 금방 가버리는 모습이……."

"그게 아니라, 글로벌 프로젝트에 적합한지 묻고 있는 겁니다."

"여자를 말씀하시는 거지요?"

강윤이 고개를 끄덕이자, 진혜리 사원은 잠시 생각하다 단호하게 고개를 저었다.

"청순하고, 눈에도 띄는…… 좋은 재목이라고 생각합니다."

"그래요?"

"그렇습니다. 하지만 음악적 색깔이 확실해서 아이돌로 키운다면 아까울 것 같아요. 하고 싶은 음악을 하게 한다는 월드엔터테인먼트의 색깔에도 맞지 않을 것 같고……. 아이돌들이 부르는 노래가 저 아이가 하고 싶은 노래일지는 의문이 듭니다."

일리가 있는 말이었다. 신입사원이었지만 진혜리라는 직원은 자신감이 있었고 전체를 보는 시야도 있었다.

그걸 알았는지 강윤은 웃으며 진혜리 사원과 눈을 맞췄다.

"알겠습니다. 좋아요, 혜리 씨. 그렇다면 여기서 다른 사람은 발견했나요?"

"아직…… 계속 살피고 있습니다."

강윤의 말에 진혜리 사원은 아차 싶어 열심히 주위를 두리번거렸다.

오늘 나온 목적은 스카우트다. 쪼이는 기분에 그녀는 긴장하며 주변을 더 열심히 두리번거렸다.

그러나 강윤은 피식 웃으며 그녀의 등을 두드리고는 손가락으로 오른쪽을 가리켰다.

"저기는 어떻습니까?"

"저기라면…… 벤치군요. 누구 말씀이십니까?"

나무 밑, 벤치에는 3명의 교복을 입은 소녀가 앉아 꺄르르 웃고 있었다. 머리에 핀을 꽂은 화장이 짙은 소녀와 옅은 눈 화장을 한 표정이 밝은 소녀, 그리고 다른 소녀들과는 달리 교복 바지를 입은 숏컷의 소녀였다.

소녀들의 옥 굴러 가는 소리 때문일까?

남자들뿐만 아니라 여자들, 아니 누구 할 것 없이 몇 번이나 돌아보며 지나치고 있었다.

"자, 혜리 씨라면 저들 중 누가 프로젝트에 적합할 것 같습니까?"

진혜리 사원에게 아주 어려운 난제가 떨어졌다.

소녀들 모두 어디에 내놓아도 떨어지지 않을 만큼, 밝은 매력이 피어나고 있었으니까.

'으…….'

강윤의 입술에서 엷은 미소가 피어나는 가운데, 진혜리 사원은 가슴을 졸이며 소녀들과 강윤을 번갈아 바라보았다.

'분명 한 명은 있다는 말인데……'

진혜리 사원은 선뜻 누구를 택해야 할지 쉽게 선택하지 못했다. 누구는 활기차면서 싱그럽고, 하나는 고혹적이며, 다른 한 사람은 보이시한, 다양한 매력을 가지고 있었다.

모두가 다양한 매력을 지니고 있으니 놓치고 싶지 않았다.

소녀들의 대화가 작게 들리는 가운데, 시간만 흘러갔다.

"쉽지 않죠?"

쉽게 누구 하나를 고르지 못하니 강윤이 나서서 물었다.

진혜리 사원은 민망한 얼굴로 고개를 숙였다.

"그게…… 네. 죄송합니다."

"아니에요. 앞으로 이런 경우를 많이 겪을 겁니다. 해결방법을 찾아보죠. 글로벌 프로젝트에서 가장 중요하게 생각하는 건 무엇인가요?"

그녀는 잠시 생각하다 바로 답했다.

"글로벌이니까, 색깔. 즉 다양성입니다."

"좋습니다. 그렇다면 저 소녀들은 그 조건에 맞나요?"

진혜리 사원은 당연하다며 고개를 끄덕였다.

"네. 모두가 각자의 매력으로 사람들의 시선을 끌어당기고 있습니다. 외모에서 풍겨 나오는 분위기, 표정. 각자의 매력이 있습니다."

"좋아요. 1차는 모두 통과. 다음 조건은 뭐지요?"

"음…… 실력?"

그녀가 망설이며 내놓은 답에 강윤은 고개를 흔들었다.

"실력도 중요합니다. 그런데 저들은 일반인일 가능성이 높죠. 실력을 갖추고 있을 가능성이 별로 없지요."

"그렇다면 어떻게 해야 할까요? 지금까지 월드는 다 어느 정도 갖춘 사람들만 모집했는데……."

회사의 색깔과 맞지 않을까, 진혜리 사원은 걱정했다.

그러나 강윤은 손가락을 들며 걱정 말라는 듯 말했다.

"아이돌을 키우는 건 무에서 유를 창조하는 과정과 같죠. 모든 연습생들이 그렇지만, 원석을 다듬는 과정과 같아요. 하지만 그 과정이 오래 걸리니 무엇보다도 중요한 게 있지요."

"실력보다 더 중요한…… 것?"

"그걸 확인하러 가보죠."

말릴 틈도 없이 강윤은 소녀들이 있는 곳으로 걸어갔다.

"사장님!"

진혜리 사원은 놀라며 강윤의 뒤에 따라붙었다.

그늘진 벤치에 앉은 교복을 입은 세 소녀는 낭랑한 톤으로 최근 화제로 떠오르는 연예인 이야기를 하고 있었다.

"수진이가 일욜에 가로수길 갔는데 거기서 스카우트 제의 받았대!"

"진짜? 어디어디? 월드? MG? 윤슬? 그래서 그래서?!"

"피셔블이었나? 처음 들어본 곳이었어."

"뭐야. 피셔블은 또 어디래? 수술해야 한다고 돈 내놓으라고는 안 했대?"

"푸하하하!"

대화로 옥구슬이 굴러가고 있을 때 인기척을 느낀 짧은 숏컷의 소녀, 윤다영이 고개를 들었다.

"잠깐 실례해도 될까요?"

강윤은 정중하게 양해를 구했지만, 그의 넓은 어깨와 큰 키에 경계심을 느꼈는지 화장을 짙게 한 소녀, 감효민은 입술을 다물며 거부의사를 표했다.

"죄송한데 전 종교 안 믿어요. 헌팅도 안 받고. 게다가 그쪽은 제 스타일도 아니……."

그때, 옅게 눈화장을 한 소녀, 양채영이 감효민의 옆구리를 가볍게 찔렀다.

그러자 감효민이 민감하게 반응하며 귓속말로 속삭였다.

"아씨. 왜 그래? 저 남자 맘에 드냐?"

"멍청아. 이강윤이잖아."

"뭐? 그게 누구…… 잠깐. 뭐라고?"

날선 반응을 보였던 감효민은 순간 눈이 휘둥그레졌다.

히트곡 제조기, 뮤즈의 작곡가이자 실패 한 번 한 적 없는 월드엔터테인먼트의 대표.

연예인을 동경하는 청소년들에게도 강윤의 존재는 꽤 유명했다.

"아, 아……."

소녀들의 솔직한 반응에 강윤은 계속 웃음이 나왔다.

시시각각 변해가는 소녀들의 표정은 확실히 다른 매력이

있었다.

짧은 숏 컷을 한 소녀, 윤다영이 나섰다.

"저기, 저희한테 무슨 볼일 있으세요?"

그녀는 직설적으로 물었다.

그러자 강윤은 자신을 뒤따라온 진혜리 사원을 자신 앞에
세웠다.

"사장님."

"자. 이제 혜리 씨 차례군요."

졸지에 앞에 나서게 된 진혜리 사원은 당황스러웠다.

그러나 곧 강윤의 의도를 알아채고는 입을 열었다.

"갑자기 미안해요. 난 월드엔터테인먼트의 스카우터, 진
혜리라고 해요."

"안녕하세요."

경계심을 보였지만, 소녀들은 고개를 숙이며 인사를 했다.

아직은 뚱한 소녀들에게 진혜리 사원은 자신의 명함을 건
네며 소녀들에게 용건을 이야기했다.

"이번에 월드엔터테인먼트에서 새로운 아이돌 그룹을 기
획하고 있어요. 그래서 거기에 필요한 연습생들을 선발하는
중이에요."

명함을 받은 세 여학생의 표정이 순간 멍해졌다. 이강윤
을 만난 것도 놀라운데 월드엔터테인먼트의 스카우트 제의
라니.

감효민이 몇 번이나 눈을 껌뻑이며 물었다.

"자, 잠깐만요. 이거 진, 진짜예요? 우릴 스카우트하겠……?"

"물론이죠. 연예인에 관심 있어요?"

저 눈앞에 있는 이강윤이 가짜일 수는 없었다. 게다가 월드엔터테인먼트는 실패 한번 한 적 없고, 가수들 간의 유대도 끈끈하다고 알려졌기에 연예인을 꿈꾸는 지망생들에겐 꿈의 회사였다.

문제는 연습생을 뽑는지 안 뽑는지조차 알기 힘들다는 건데, 기회가 왔다.

"이, 이 번호로 연락드리면 되나요?"

관심이 많았는지 감효민은 호기심을 강하게 드러냈다. 양채영도 흥미가 동했는지 명함을 소중하게 매만졌지만, 윤다영은 알쏭달쏭했는지 고개를 흔들었다.

"……월드는 연습생 거의 잘 안 뽑지 않나요?"

"그렇죠. 지금도 연습생은 2명밖에 없어요. 들어온 지 한 달도 되지 않았죠. 여러분이 들어온다면 5명이 될 거예요."

진혜리 사원의 설명에도 윤다영은 알쏭달쏭했는지 별다른 반응을 보이지 않았다.

반면, 감효민은 적극적이었고 양채영은 흥미는 있어 보였지만 망설이는 모습이었다.

"그럼 생각해 보고 명함에 있는 번호로 연락 줘요."

"어?"

강윤은 바로 진혜리 사원을 데리고 소녀들에게서 돌아섰다. 그녀는 뭔가 어필을 더 해야 할 것 같아 몸을 돌리려 했지만, 강윤은 고개를 절레절레 흔들며 빠른 걸음으로 거리를 걸어갔다.

강윤 옆에 선 그녀는 조심스럽게 물었다.

"저, 사장님. 뭔가 더 설명을 해야 하지 않았을까요?"

그러자 강윤은 고개를 흔들었다.

"이 정도면 충분합니다."

"그런가요. 괜찮은 애들이었는데…….'"

진혜리 사원이 아직 부족한 것 같다며 아쉬움을 토로했지만, 강윤은 고개를 흔들었다.

"이미 월드엔터테인먼트에 대해 아는 애들입니다. 더 이상 구구절절 설명할 필요는 없지요."

"그래도 어떤 역할을 하게 될지 설명은 해줘야 하지 않을까요?"

"혜리 씨."

발걸음을 늦추며 강윤은 답을 이어갔다.

"월드의 기본 정신이 뭐지요?"

"그건…… 하고 싶은 걸 하게 해준다? 노래든, 연기든…….'"

"맞습니다. 그러기 위해서는 본인의 의지가 무엇보다도 중요하지요. 우린 기회를 줄 뿐입니다. 대신 그 제안을 잘 해야겠지만."

진혜리 사원은 그제야 강윤의 의도를 이해할 수 있었다.

재능의 여부를 찾고, 그 사람에게 의지를 묻는다.

이게 스카우터의 정의였다.

차에 올라 두 사람은 홍대를 떠났다.

"다음은 J대학이군요. 계속 돌아봅시다."

"네. 알겠습니다."

"그리고……."

두 사람이 탄 차의 속도가 올라가며 주변의 배경이 순식간에 스쳐지나갔다.

액셀러레이터를 밟아가며 강윤은 계속 말을 이어갔다.

"조만간 일본, 중국에도 가야 할 테니 철저히 준비해 주세요."

진혜리 사원은 뭔가 엄청난 일을 맡게 된 것 같아 긴장하면서도, 기대감에 손을 가볍게 떨었다.

며칠이 지났다.

가을비가 촉촉이 내리는 아침, 강윤은 글로벌 프로젝트를 준비하는 팀원들을 불러 중간보고를 듣고 있었다.

"……감효민, 이시이 아키나, 윤다영, 정유리, 양채영. 이상 5명의 후보가 모였습니다. 정유리와 이시이 아키나는 홈페이지를 통한 오디션, 정유리, 양채영, 감효민은 길거리 캐스팅에 이은 오디션을 통한……."

염한성 부장은 테 없는 안경을 고쳐 쓰며 보고를 이어갔다. 펑퍼짐한 정장은 그의 마른 체격을 볼품없이 만들었지만, 그의 굵직한 목소리는 이를 커버하고도 남았다.

현재 5명의 연습생이 선발되었다는 이야기를 들은 강윤은 턱에 손을 올리며 물었다.

"5명이 모였군요. 모두가 개성이 있어서 다양성이라면 충족될 것 같지만…… 한국인 4명에 일본인 한 명. 글로벌이라고 칭하기에는 아직 부족하군요. 앞으로 몇 명 남았습니까?"

"멤버는 6명에서 7명까지 생각하고 있습니다. 에디오스의 동생 격이니까 멤버 수에서도 크게 차이를 두지 않는 게 어떨까 생각하고 있습니다."

염한성 부장의 말에 강윤은 고개를 절레절레 흔들었다.

"차라리 10명까지 늘려보는 게 어떻습니까?"

"여, 열 명 말씀이십니까?"

모두의 눈이 휘둥그레졌다.

숫자가 너무 늘어나면 개인 간의 개성을 중시하기 어려워진다. 아니, 오히려 난잡해질 수 있었다.

하지만 강윤은 차분히 설명했다.

"글로벌 프로젝트의 핵심은 다양성이잖습니까. 그 다양함이 많아지는데 문제가 될 게 있을까요?"

이번에는 비교적 젊은 대리가 답했다.

"그렇긴 하지만 이 많은 멤버들을 키우고 소화하려면 많은 자금이 들어갑니다. 지금 저희는 최대 7명 정도로 생각하고 예산을 올렸는데, 10명이라면 예산부터가 완전히 달라집니다."

"예산은 다시 올리면 됩니다."

돈에 있어서 강윤은 쿨했다. 오히려 직원들이 그의 그런 태도에 식겁할 정도였으니.

이번에는 여자 직원이 조심스럽게 나섰다.

"사, 사장님. 자금문제도 있지만 저희 회사의 인력과 규모도 생각해 봐야 합니다. 작은 기획사들처럼 10명 이상을 들인 후, 한 명씩 내보내는 시스템으로 간다면 가능하겠……."

"그건 허락할 수 없습니다."

강윤은 단호하게 반대했다.

간혹 부족한 연습생들을 모아 조기에 데뷔시키는 회사들도 있었다. 이후 실전에서 단련된 강골들을 따로 모으고, 부족한 사람들은 자동적으로 도태되는, 잔인한 시스템이었다.

"저희도 그런 시스템은 월드와 맞지 않다고 생각합니다. 하지만 10명을 모두 확실하게 육성하기에는 시간과 자금…… 아니, 무엇보다 이 건물에서는 절대 불가능하다고 여기고 있습니다."

직원들 모두가 같은 생각이었다.

강윤도 그들의 생각이 일리가 있다고 여겼다. 현재 루나스와 사무실 건물 모두를 합쳐도 간신히 돌아갈 정도니까.

'빨리 결론이 났으면 좋겠군.'

강윤은 비어 있는 이현지의 자리로 눈을 돌렸다. 요새 이현지는 자리를 비우는 경우가 매우 많았다. 이전에는 강윤이 자리를 비우고 이현지가 자리를 지켰다면, 지금은 완전히 반대가 되었다.

강윤은 무작정 자신의 이야기를 밀어붙이지 않았다.

"좋습니다. 그래도 2명이나 3명은 가능할거라 생각하는데."

이번에는 강윤과 함께 스카우트로 나섰던 사원, 진혜리가 나섰다.

"네. 그래서 현재 홈페이지를 비롯해 연영넷 등 여러 곳을 탐색하고 있습니다. 중국인 2명, 일본인 1명이면 균형이 맞을 거라 생각합니다."

"한국인 4명, 외국인 4명이라……. 아예 대놓고 한중일을 노리기에 딱 좋군요. 알겠습니다."

보고를 모두 들은 강윤은 보고서를 덮었다.

"잘 들었습니다. 이번 프로젝트는 시간이 매우 오래 걸리는 프로젝트가 될 겁니다. 아마 가수 은하나 유리 이후로 최장기 프로젝트가 될 겁니다. 참여하는 인원도 많고요. 염 부장."

"네, 사장님."

염한성 부장은 허리를 꼿꼿이 세웠다.

"이번 달 안으로 프로젝트를 시작해 봅시다. 그러기 위해서는 팀원들과 온전히 연습생들에게 집중할 트레이너들이 필요하겠죠. 한꺼번에 여자 후배들이 많이 들어오니 사소한 충돌도 잦아질 겁니다. 직원들 모두가 신경 써서 케어해야 할 겁니다."

"네, 사장님."

"대현 매니저 팀장."

강윤은 중간 정도에 앉아 있던 김대현 매니저를 불렀다.

"연습생들을 담당할 매니저 남자 1명, 여자 1명을 뽑아주세요."

"네, 사장님."

"혹시 군기 잡는다며 이상한 일이 발생하면 안 됩니다. 지금 질서를 확실히 잡아야 하니 매니저팀에서 많이 신경 써주세요."

"걱정 마십시오."

이제는 베테랑이 된 김대현 팀장은 강한 목소리로 답했다.

회의가 끝나고 팀원들이 모두 흩어진 후, 강윤도 자리로 돌아왔다.

"후아암. 뻐근하군. 응?"

의자에 몸을 묻고 잠시 쉬고 있는데, 책상 위에 올려놓은 핸드폰이 지잉거렸다.

액정을 보니 한주연이었다.

"그래, 주연아. 무슨 일……."

—사장님! 크, 크, 큰일 났어요!

한주연의 떨리는 목소리에 강윤은 차분히 그녀를 진정시켰다.

"주연아. 일단 차분하게 상황을……."

—지금 그게 문제가 아니에요! 빠, 빨리…… 여기 루나스거든요! 빨리 와주세요!

강윤은 의아해하며 전화를 끊었다.

"저 루나스에 다녀오겠습니다."

이현지가 없어 다른 직원들에게 말을 해놓고 강윤은 루나스로 출발했다.

'주연이가 왜 그러지? 그 차분한 녀석이?'

기는 세지만 차분한 한주연이 아닌가.

강윤은 서둘러 차를 몰았다.

루나스 앞에 주차를 한 강윤은 직원들의 인사를 받는 둥 마는 둥 하고는 바로 에디오스가 연습하는 연습실로 들어갔다.

"사장님."

"사장님!"

강윤이 서둘러 연습실에 들어가니 크리스티 안과 한주연이 강윤을 보고는 크게 외쳤다. 이삼순은 멍한 얼굴로 눈만 껌뻑이고 있었고, 에일리 정은 놀랐는지 울먹이는 얼굴로 한 곳을 바라보고 있었다.

그 순간, 에일리 정의 시선이 간 곳으로 강윤도 눈을 돌렸다.

"사장님. 왔어요?"

"민아야. 이제…… 잠깐. 정민아 너……!"

정민아의 캐주얼한 모습을 본 강윤의 목소리가 파르르 떨렸다.

"저 어울리지 않아요? 기분 전환도 할 겸 시원하게 확……."

"정민아. 너 그걸 지금 말이라고 하는 거니?"

천진하게 이야기하는 정민아를 바라보며 강윤은 입술을 꾹 깨물었다.

휴가 전과는 달리 어깨 아래로 내려오던 정민아의 머리가 귀 위로 화끈하게 잘려 있었다. 아이돌은 외모, 특히 머리카락의 경우는 소속사의 허락 없이 함부로 바꿀 수 없다.

이런 경우 심하면 위약금까지 물게 되어 있건만, 정민아는 아무렇지도 않게 웃고 있었다.

"왜요? 어울릴 것 같았는데…… 이상한가?"

아무렇지도 않게 웃고 있는 정민아를 보며 강윤의 눈에는 불이 화르륵 타오르고 있었다.

"주연이, 너 미쳤어? 사장님을 왜 불러?!"

"너 같으면 이 사태를 그냥 넘어가리? 민아가 매니저 오빠 말 들을 애야? 어차피 다 알게 될 거 아냐?"

점점 살벌해지는 분위기에 크리스티 안은 괜히 애꿎은 한주연을 타박했다. 이삼순도 강윤의 살벌한 눈길에 어떻게 반응을 해야 할지 몰라 몸을 떨었다.

그러나 정작 원인제공자인 정민아는 입꼬리를 올렸다.

"내 머리 별론가? 사장님. 별로예요?"

"……."

"어? 어……."

강윤은 정민아의 팔목을 거칠게 잡고는 밖으로 끌고 나갔다. 곧 연습실 문이 쾅 닫히자 그제야 숨 막히는 공기에서 해방된 여인들은 안도의 한숨을 쉬었다.

"민아 쟤, 여행 갔다 오더니 겉멋 제대로 들어서 왔네."

"내 말이."

이삼순조차 정민아를 변호하지 않았다. 한주연도 한심하다는 눈으로 문을 바라보았지만 크리스티 안은 조금 달랐다.

"일탈하고 싶을 때도 있지 않겠어? 그 뭐냐, 머리에 껌이 붙었을 수도 있고."

"아세톤은 폼으로 두냐."

한주연은 고개를 설레설레 흔들었다.

크리스티 안의 말은 씨알도 먹히지 않았다.

쾅!

강윤은 옥상 문을 거칠게 닫고는 정민아를 옥상 한가운데로 내팽개쳤다. 그러자 정민아는 씩씩대며 강윤에게 눈을 부라렸다.

"아, 아파요!"

"지금 이게 뭐하는 거야? 너 정도 되는 애가 이런 행동을 모르고 했을 리도 없고."

"언제부터 신경이나 썼다고."

"정민아."

강윤은 눈을 감았다 뜨며 마음을 가라앉혔다.

"아무리 내가 미워도…… 공과 사는 구별해야지."

"뭐가 공이고, 뭐가 사인데요?"

"계약서 어디에 외모 관련 조항이 있다는 것도 이야기해야 해? 몇 조 몇 항까지 말해줄까? 네 외모가 너만의 것이 아니잖아."

강윤이 하나하나 지적하기 시작하자 정민아는 눈을 부라리며 입을 다물었다.

귀가 보일 정도로 짧아진 머리. 활기차고 당찬 대학생과도 같았던 이미지가 헤어스타일의 변화로 순식간에 보이시한 이미지로 변해 버렸다.

"그냥 가발 쓰고 다니면 되는 것 가지고."

"정민아."

"네네네."

정민아의 입꼬리가 점점 올라가고 있었다. 도무지 대화를 하고 싶어 하지 않는 것 같았다.

'이대로는 안 되겠다.'

강윤은 짧게 한숨을 쉬고는 단호하게 말했다.

"여기까지 하자."

"뭘요?"

"나나 회사를 신뢰하지 않는다면, 이 계약을 더 가지고 갈 이유가 없지."

정민아의 눈이 휘둥그레졌다.

'머리 한 번 마음대로 잘랐다고 계약까지!'

하지만 정민아는 배를 들이밀며 배짱을 부렸다.

"흥. 해봐요, 해봐! 머리스타일 한 번 바꿨다고 멤버를 잘라요? 언론이 알면 가만히 있을 것 같아요?"

"타격이 있겠지. 하지만 계약사항도 제대로 지키지 않는 멤버를 데리고 있는 것보다는 나아."

"이이……."

정민아의 눈에 점점 독기가 어렸다.

"이런 반항쯤은 애교로 봐줄 수 있는 것 아니에요?! 무슨 사람이 이렇게 꽉 막혔어?!"

"그렇게 말해도 할 수 없어. 저녁에 계약서 들고 올 테니까 준비해."

강윤이 정민아에게서 돌아서자, 그녀는 눈에 불을 켜며 강윤의 팔을 붙잡았다.

"그럼 이현아나 민진서는요?! 그 사람들은 이렇게 안할 거잖아요!"

강윤은 단호하게 고개를 흔들었다.

"아니."

"거짓말! 사기꾼!"

"후우."

강윤은 정민아가 거칠게 붙잡은 손을 떼고는 차분히 말을 이었다.

"네가 아니라 다른 사람들 누가 그랬어도 내 행동은 같을 거야."

"……."

"에디오스나 진서, 하얀달빛……. 아니 내가 소속 연예인 누구를 더 좋아하거나 싫어하며 차별적인 행동을 한 적이 있어?"

순간 정민아는 말문이 막혔다.

누구에게나 귀를 열고 원하는 노래를 내주려고 노력했으며, 보다 좋은 환경에서 활동하게 해주려고 노력한 강윤의 모습을 부정할 수는 없었다.

강윤은 차분히 말을 이어갔다.

"네 행동은 단순한 반항일지 몰라. 하지만 회사 전체의 입장에서 보면 작다고 생각할 수 없어. 앞으로 들어올 연습생, 에디오스 멤버들, 지민이…… 다들 자기들 취향이 있고, 원하는 대로 가꾸고 싶어 할 거야. 하지만 회사의 전략 때문에 그런 마음을 누르고 있어. 그런데 네 이런 치기를 내가 용납할 수 있을까?"

"……"

설복되어 가는지, 정민아의 기세가 조금 꺾였다.

"경고야. 이런 식의 반항은 더 이상 용납하지 않아. 개인적으로 품은 감정은 개인적으로 풀어. 얼마든지 받아줄 테니까. 하지만 이런 식의 반항은 용납할 수 없어. 월드엔터테인먼트의 이강윤과 한 사람으로서의 이강윤은 다르다고 생각해."

이야기를 마친 강윤은 정민아에게서 돌아섰다.

이번에는 정민아도 강윤을 붙잡지 않았다. 저벅거리는 소리가 점차 멀어져갈 때, 정민아는 작게 투덜거렸다.

"……저러니까 쉽게 놓기가 힘들지. 쳇."

가을바람이 짧아진 그녀의 머리칼을 시원하게 날려주었다.

최종합격 이야기를 듣고, 정유리는 엄마의 동의를 얻어 연습생 계약서에 도장을 찍었다.

"월드라면 전속이라는 거, 평생해도 괜찮은데…….'

정유리가 작게 투덜거리자, 계약을 담당한 이현지가 단호하게 고개를 흔들었다.

"유리 양. 전속기간을 평생으로 정하는 건 법적으로 무효예요."

"법적으로 무효? 안 된다는 거죠?"

이현지는 계약서를 넘겨 '전속기간'에 대해 적힌 것을 설명해 주었다.

"10년, 20년. 이렇게 시간을 정할 수는 있어요. 나중에 유리 양이 월드가 아니라 다른 곳과 계약을 해도 이건 마찬가지예요. 미국에서는 캘리포니아 원칙이라고 해서 계약기간을 7년 이하로 제한하고 있지만, 한국은 계약기간에 대한 법적인 조항은 없어요. 어머님도 이건 확실히 알아두시는 게 좋아요."

이현지의 친절한 설명에 정유리의 어머니는 근심스러운 표정으로 물었다.

"그래요? 그런데 여기 보니까 7년이라고 적혀 있는데, 그 캘…… 뭐하는 원칙을 따른 건가요?"

"맞습니다. 7년 뒤면 스무 살. 연습생으로서는 위태로울 나이지요. 혹시 월드와 뜻이 맞지 않다고 느낄 때는 언제든 나가도 괜찮습니다. 연습생은 위약금도 없으니까요."

"그렇게 되면 월드로서도 손해일 텐데……."

한창 키우던 연습생이 중도에 이탈한다면 회사로서는 손해가 이만저만이 아닐 터. 그런데 이런 자신감을 보이니 정유리의 어머니는 미심쩍었다.

하지만 이현지는 자신 있는 표정으로 답했다.

"저희가 처음으로 발굴한 유리 양이 다른 곳에서라도 가수가 된다면 손해만은 아닐 겁니다. 또……."

"또?"

"저희는 끝까지 함께 갈 자신이 있으니까요."

정유리와 어머니가 이현지의 자신감에 탄복할 때, 사무실 계단을 오르는 발소리가 들려왔다.

얼마 있지 않아 문이 열리며 안무가 이혁찬이 들어섰다.

"오셨군요."

"안녕하십니까. 유리야, 안녕?"

이혁찬 안무가는 기대감 어린 얼굴로 정유리에게 손을 흔들었다. 면접 때와는 다르게 밝은 얼굴로 인사하는 이혁찬 안무가가 어색했던 정유리는 작게 손을 들었다.

이현지는 이혁찬 안무가를 정유리와 어머니에게 소개해 주었다.

"앞으로 유리 양을 주로 담당할 이혁찬 안무가입니다. 혁찬 선생님."

이현지는 이야기를 나누라며 손짓했고, 이혁찬 안무가는 두 사람을 이끌고 스튜디오로 향했다.

"휴우."

연습생들과의 계약이 어느 정도 마무리되자, 이현지는 짧게 한숨을 내쉬었다. 자리로 돌아가니 소파에 앉아 있던 강윤이 그녀를 맞아주었다.

"수고하셨습니다."

"네. 감사해요."

강윤은 미리 준비해 놓은 커피를 그녀의 자리에 손수 놓아주었다.

이현지는 진한 블랙커피를 마시며 눈썹을 꿈틀댔다.

"큽. 많이 쓰네요."

"이런. 오늘 원두 조절에 실패했군요."

"그러게요. 그래도 잠은 확 달아났네요."

강윤은 얼음을 빙빙 돌리며 책상에 걸터앉아 계약에 대해 물었다.

"현재까지 구한 연습생들 계약들은 이로써 다 마무리군요."

"네. 연습생 계약이니 크게 어려울 건 없죠. 가수 계약도 아니고……. 문제는 이후 관리죠."

"그렇죠. 중간에 나가면 피곤해지니까."

"위약금 항목을 넣었어야 한다니까요."

이현지가 투덜대자 강윤은 짧게 한숨을 내쉬었다.

연습생을 오랜 기간 육성한다는 건 회사로서도 리스크를 지는 것이었다. 이성적으로 보면 이현지의 말이 맞았다.

하지만 강윤은 고개를 흔들었다.

"연습생의 마음이 떠났는데 억지로 붙잡고 있을 수는 없잖습니까."

"하여간, 사장님은 이해 못 할 구석이 있어요. 자선사업가도 아닌 것 같은데."

"자신 있습니다. 다른 곳에 못 가게 할 자신이. 만약에 간다면 땅을 치고 후회하게 만들 겁니다."

"……허세는. 어떻게요?"

이현지가 장난스럽게 투덜대자 강윤은 씨익 웃었다.

"연습생으로 들어오면 무조건 가수로 만드는 것입니다. 무조건."

"……꿈의 무조건적인 현실화. 이건가요?"

"네."

"말 그대로 꿈이네요. 꿈. 하지만 그렇게만 된다면……."

"그래서 이번이 중요합니다. 이번 기획이. 반드시 모두를 가수로 만들 겁니다."

강윤의 강한 의지가 담긴 말에 이현지도 고개를 끄덕였다.

이후, 강윤은 자리로 돌아와 서류들에 도장을 찍고는 이현지에게 넘겼다.

공연팀과 배우팀 등 여러 곳에서 온 서류들이 강윤의 결재를 기다리고 있었다.

'공연팀은 추 사장과 이야기를 많이 진행하고 있고, 진서는 스케줄이 미어터지는군. 그리고 연습생이라……. 여기도 문제군.'

팀장들에게 권한을 많이 줬지만, 강윤의 결재가 필요한 경우도 많았다. 며칠간 외근을 다녔기에 책상 위에는 강윤의 도장을 기다리는 서류들이 정말 많았다.

이현지가 정리가 안 된 강윤의 자리를 보고는 한마디 했다.

"사장님. 비서라도 한 명 쓰는 게 어때요?"

"비서 말입니까?"

강윤이 반문하자, 이현지는 자리에서 일어나 강윤에게 다가왔다.

"네. 비서요. 아무래도 시간을 관리해 줄 비서가 필요할 것 같네요. 거기 서류도 그렇고."

"에이, 아닙니다. 시중 받는 느낌이 영 어색할 것 같습니다."

시녀를 쓴다는 느낌?

하지만 이현지는 전혀 그렇지 않다며 강윤을 설득했다.

"비서는 시녀가 아닙니다, 사장님. 설마 그런 고리짝 사고를 가지고 계신 거예요?"

"고리짝? 이사님. 그런 건 아니고……."

"어머어?"

이현지의 장난에 강윤은 헛기침을 늘어놓았다.

강윤의 반응이 재미있었는지 그녀는 웃으며 강윤을 놀려 댔다.

"쿡쿡. 하긴, 혼자인 사장님이면 비서들이야 달려들려고…….."

"진짜 이사님도. 자꾸 이러시면 저도 할 말이 있습니다?"

"하하하하. 알았어요, 알았어. 아무튼 요지는 이래요. 저늘어진 서류들을 정리해 주고, 바쁜 스케줄도 정리해 줄 비서. 저나 사장님이나 앞으로는 시간을 더더욱 쪼개서 써야 할 테니까요. 이제는 돈보다 시간이 더 비싸질 거예요."

"돈보다 시간…….."

"각 팀들이 점점 커지고 있어요. 앞으로 들어올 서류들의 양도 상상을 초월할 거예요. 저기 예랑의 경우 비서만 3명이에요. 강시명 사장이 사장님만큼 바쁘다고 생각하지는 않은데…… 그 사람이 왜 비서를 3명이나 쓰겠어요?"

강윤은 할 말이 없었다.

시간의 중요성.

이현지는 강윤에게 현실적인 조언을 하고 있었다.

"그럼 바로 올릴게요. 월드엔터테인먼트 사장 비서 모집. 곧 회장님 되실 분 비서 모집이라면 경쟁률도 만만치 않겠네요."

"이사님. 진짜…….."

"하하하!"

이현지는 계속 장난을 치며 자리로 돌아갔다.

강윤도 언제나처럼 어깨를 으쓱이고는 자리로 돌아와 다시 서류를 잡았다.

그날 저녁.

밀린 일을 하느라 밤 9시가 돼서야 강윤은 자리에서 일어날 수 있었다. 그때 막 핸드폰이 울렸다.

"네, 이강윤입니다."

―사장님, 진혜리입니다.

"네, 혜리 씨."

스카우터 활동을 위해 며칠 전 일본으로 간 진혜리였다. 늦은 시간이었지만 강윤은 타박하지 않고 용건을 물었다.

"하루 보고입니까?"

―네, 보고도 있고, 바꿔드리고 싶은 분도 있어서 연락드렸습니다.

"그래요? 일단 보고부터 들어볼까요?"

진혜리는 며칠 동안 그녀가 만난 후보들에 대해 이야기했다. 주로 도쿄의 여자 고등학교를 돌아다녔고, 그곳에서도 특히 교복이 잘 어울리는 학생들에게 명함을 돌렸다고 이야기했다.

그 활동내역을 듣다가 강윤이 물었다.

"연락이 온 곳은 있습니까?"

―네, 두 명에게 연락이 왔습니다. 내일 둘 다 만나보고 최종의사를 물어보려 합니다.

"알겠습니다. 그러면 바꿔준다는 사람 얘기를 들어볼까요?"

강윤의 말에 전화기에서 작은 소음이 들려왔다. 그러다가 곧 낭랑한 목소리가 들려왔다.

–사장님! 잘 지내셨어요?!

"문희? 문희구나! 이야, 어떻게 된 거야?"

생각지도 못한 목소리였다.

인문희가 활동하는 소속사 A-Trust와 진혜리의 조합이
라니.

강윤의 멍한 목소리에 인문희가 웃음을 흘렸다.

–우연? 파인스톡 덕이죠. 회사 내부 소식은 누구보다 빠
릿하게 듣고 있었어요.

"그래?"

–후후후. 아, 사장님. 보고 싶어요. 여기 한 번 오세요. 제
가 가고 싶은데 스케줄이 너무 빡빡해요.

"유리 짱이 어디 가겠어?"

–아, 사장니임!

강윤에게 예명을 듣는 건 싫었는지 인문희는 엄살을 부
렸다.

그는 크게 웃으며 인문희를 다독였다.

"하하하. 좋은 일이네. 알았어. 한 번 갈게."

–네. 꼭 오세요. 아까 말한 두 명 중 한 명은 제가 권한 사
람이거든요.

"그래?"

강윤의 톤이 호기심에 점점 올라가고 있었다.

–이시하라 유이라는 앤데요. 이번에 공연을 하다가 만난
아이에요. 춤을 워낙 잘 춰서 몇 마디 주고받다가 친해졌어

요. 아이돌 지망생이었다고 해서 노래까지 들어봤는데, 노래도 잘하고, 생각도 괜찮은 아이 같았어요. 그러다가 혜리 언니한테 이야기를 듣고 추천하게 됐어요.

"아이돌 지망생이 댄서라, 경험 때문인가? 아니면……."

강윤은 의문이 들었다.

아이돌 지망생이 댄서를 하고 있다?

이런 경우는 둘 중 하나였다. 소속사에서 경험을 위해 무대 경험을 쌓게 해주고 있거나 아니면 다른 문제가 있다거나.

─말하면 조금 긴데요. 이시아라가…….

인문희가 말하기 어려워하는 걸 보니 사정을 대강 짐작할 수 있었다.

"회사에 문제가 있는 모양이네."

─아무래도 그런 것 같아요. 바로 아시네요?

"한국이나 일본이나 회사가 엎어지는 경우는 흔하니까. 사기도 많고. 어디서나 돈이 문제지."

경험치가 어디로 가는 게 아니었다.

인문희가 놀라는 가운데, 강윤은 할 말을 이어갔다.

"혜리 씨도 별다른 말이 없었다면 괜찮다는 말이겠지. 일단 한 번 보고 이야기해야겠네. 비디오 자료 좀 보내줄 수 있을까?"

─네. 그렇잖아도 다 준비해 놨어요. 이시하라가 월드에 관심이 많았거든요.

"우리도 유명해진 걸까? 네 덕분이네."

−그럴지도요? 하하하.

인문희는 낭랑하게 웃으며 자신감을 드러냈다.

더 질질 끌 필요 없이 강윤은 바로 비디오를 보내라고 한 후, 보고 바로 이야기를 해주겠다고 이야기를 마쳤다.

10분 후.

강윤의 메일에 '石原 優衣'(이시하라 유이)라는 이름의 메일이 전송되었다.

"어디 보자."

파일을 열어보니 늘씬한 키의 여자 한 명이 카메라를 보고 잔뜩 긴장하며 팔을 가늘게 떨고 있었다.

−저, 문희 상. 여기에 서면 돼요?

−응. 긴장하지 말고…….

화면 중앙에 선 여자는 잔뜩 긴장하더니, 곧 흘러나오는 음악에 눈을 감고 춤을 추기 시작했다.

흩날리는 머리, 긴 속눈썹, 그리고 가느다란 허리 라인을 드러내며 그녀는 일본 아이돌 가수의 춤을 유려하게 추기 시작했다.

'허리와 골반…… 일본인 치고는 무척 길군. 비주얼은 말 할 것도 없어. 배우 느낌도 조금 나는 것 같고.'

그녀의 춤에는 발랄한 느낌보다 우아한 느낌이 물씬 풍겨났다. 실력도 괜찮았지만 비주얼이 돋보이는 것이 어디에서나 주목받을 만한 재목이었다.

하지만 한 번 보고 이 사람이 어떤 사람인지 판단하기는 힘든 노릇.

강윤은 몇 번이고 영상을 돌려보았다.

'확실히 비주얼은 좋은데, 확실한 실력이 있는지는…… 감이 안 오는군.'

눈에 확연히 들어오는 지망생이었지만, 뭔가 안개에 낀 듯한 느낌이었다.

'아무래도 이혁찬 안무가와 직접 보고 판단해야 할 것 같군.'

그래도 원석이 이 정도라면 무척 좋았다.

강윤은 생각을 굳히고는 진혜리에게로 전화를 걸었다.

-네, 사장님.

"혜리 씨. 그 이시하라라는 지망생 말입니다. 한국에서 한번 보고 싶은데, 가능할까요?"

-알겠습니다. 언제가 괜찮을까요?

"다음 주 중으로 일정을 잡았으면 좋겠네요. 시간이…….'

달력을 보기 위해 강윤은 다이어리를 찾았다. 가방을 뒤적이다가 문득 이현지의 말이 떠올랐다.

'비서 문제도 있고, 연습생 문제도…… 이거 처리해야 할 일들이 늘어만 가는군.'

진혜리와의 통화를 마치고, 강윤은 잊어버리지 않기 위해 방금 있었던 일들을 메모했다.

대충 일을 정리하고 자리에서 일어나려는데, 염한성 부장이 강윤에게 다가왔다.

"염 부장."

"사장님. 보고 드릴 것이 있어서 왔습니다."

염한성 부장은 급히 작성한 보고서를 강윤에게 건넸다.

강윤은 펜을 들고 보고서를 체크하며 염한성 부장에게 물었다.

"중국 후보생을 벌써 찾았다? 생각보다 시간이 많이 걸릴 거라 생각했습니다만."

보고서에 붙어 있는 얼굴이 비슷한 쌍둥이의 사진을 보며 강윤은 고개를 갸웃했다.

"신 차오(XIn Zaho), 신 루리(Xin Ruli)? 잠깐. 어디서 많이 본 애들인데. 이 아이들, 재훈이 스케줄마다 따라다닌다는 그 애들 중 하나 같은데……."

"맞습니다."

"아이고."

강윤은 헛웃음이 나왔다.

김재훈이 간혹 스케줄마다 자신을 쫓아다니는 팬들에 대해 이야기한 적이 있었다.

집안까지 들락거리는 소위 사생팬은 없었으나, 자신의 모든 것을 벗어던지고 뒤를 졸졸 따라다니는 골수팬이 있어서 곤혹스러워서 어찌해야 할지 고민스럽다는 이야기였다.

일상생활을 내팽개치는 건 강윤도 원하는 바가 아닌지라 홈페이지에 공지까지 하는 등 여러 가지 작업을 하고 있었지만, 골수팬은 어디에나 있었다.

염한성 부장은 강윤의 표정에 당황했는지 말을 늘어놓았다.

"사, 사장님. 그렇게 안 좋게 보실 일만은 아닙니다. 보시 다시피 비주얼이 떨어지는 편도 아니고……."

"안 좋게 본 게 아닙니다. 오해를 하게 만들었군요. 미안 합니다."

강윤이 괜찮다며 손을 흔들자 염한성 부장은 그제야 제 페 이스를 찾고는 조금은 편하게 말을 이어갔다.

"아무튼 쌍둥이라는 점과 중국에서 왔다는 점, 그리고 보 시다시피 비주얼적인 면에서 탁월합니다. 게다가 재훈이의 팬이라는 점에서 저희 월드에 대해 호감을 많이 가지고 있었 습니다."

"확실히 그런 면에서는 강점이 있군요. 그 아이들 의사는 어떻습니까?"

"긍정적입니다. 언니 쪽은 특히 적극적이고 동생 쪽은 언 니가 하면 해보겠다고 합니다."

"흠……."

그 말에 강윤은 가볍게 표정을 일그러뜨렸다.

"하고 싶다는 것보다 새로운 것에 대한 호기심이 강한 쪽 이라고 봐야겠군요. 이쪽 지망생이라고 보기는 무리도 있어 보이니 실력도 그리 갖추어져 있지도 않을 것 같고."

"사장님. 하지만 스타성은 확실해 보였습니다. 어디에서 나 눈에 확 들어오는 모습이……."

염한성 부장은 계속해서 쌍둥이 자매를 강하게 어필했다.

처음부터 의지를 가지고 뛰어드는 지망생도 있지만, 팬으로서 따라다니다가 이 바닥에 뛰어드는 스타들도 적지 않다며, 그는 이들을 놓치고 싶지 않다고 강윤을 설득했다.

10분 정도 그의 이야기를 들은 강윤은 팔짱을 끼었다.

"자신 있습니까?"

"……네?"

"그 쌍둥이에 대한 확신."

순간 염한성 부장은 말문이 턱 막혔다. 평소 부드러웠던 강윤의 눈에서 마치 레이저가 쏘아지는 듯했다.

그는 떨리는 마음을 다잡기 위해 주먹을 꼭 쥐었다.

"네. 이번에 필이 왔습니다. 믿고 맡겨 주십시오."

"알겠습니다."

강윤은 웃으며 팔짱을 풀었다.

"제가 특별히 오디션을 또 보지는 않겠습니다."

"사장님. 그건……."

지금까지와는 완전히 다른 파격이었다.

그러나 강윤의 말은 거기서 끝이 아니었다.

"염 부장의 눈을 믿겠습니다. 부장과 사원의 눈이 같을 수는 없겠죠."

"……."

"대신 자리에는 책임이 따른다는 것, 잘 알고 계시리라 생각합니다."

"물론입니다."

"잘 부탁합니다."

어려운 이야기를 마치고, 강윤은 옥상으로 올라갔다.

홀로 남은 염한성 부장은 긴 한숨을 내쉬며 어깨를 늘어뜨렸다.

"사장님은 정말 어려워. 후우. 모가지 걸어야겠네. 진짜."

긴장이 풀려 소파에 주저앉은 그는 한참 동안 자리로 돌아가지 못했다.

♪ ♩♪♩ ♪♩♩♩ ♪

찬바람이 부는 11월.

월드엔터테인먼트는 에디오스의 후속 걸그룹 프로젝트로 분주하게 돌아가고 있었다. 그 일환으로 지하 스튜디오에서는 선발된 8명의 소녀와 강윤, 그리고 최근 회사에 발붙이고 있지 못하는 이현지에, 트레이너까지 모여 침묵의 공기를 마시고 있었다.

"모두 반갑습니다."

마지막으로 문을 열고 들어온 강윤은 낭랑한 목소리로 모두의 이목을 집중시켰다.

"안녕하세요?"

8명의 소녀들, 한국인 4명과 일본인 2명, 그리고 중국인 쌍둥이 자매는 강윤의 인사에 화답했다.

나이, 키, 외모까지 한눈에 봐도 8명의 소녀들에게서는 공통점을 찾아보기 힘들 만큼 개성이 뚜렷했다.

"월드엔터테인먼트에 오신 것을 환영합니다. 저를 만난 사람도 있을 것이고, 처음 본 사람도 있네요. 거기 유이 양과 챠오 양은 처음이죠? 루리 양은 지나가면서 봤고."

한눈에 들어오는 훤칠한 키의 소녀, 이시하라 유이는 강윤의 말에 고개를 끄덕였고 얼굴에 장난기가 넘치는 소녀, 신챠오는 동생 루리를 바라보며 눈을 동그랗게 떴다.

신 챠오가 신 루리에게 작은 목소리로 속삭였다.

"너 저 사람 봤다고? 언제?"

"계약서 쓸 때. 그때 말했는데, 언니 또 까먹었지?"

"말 안했거든?"

"……우기지 말고."

순간 언니는 말도 안 된다며 자신과 비슷한 외모의 동생에게 쌍심지를 켜려고 했다.

그러나 강윤은 사담은 안 된다는 듯, 손뼉을 치며 다시 이목을 집중시켰다.

"자기소개는 곧 할 거니까 나중에. 한국말이 되는 사람도 있을 거고, 안 되는 사람도 있을 거지만 당분간은 통역을 붙여줄 거니 걱정은 안 해도 됩니다."

과연 강윤의 말대로 외국인 소녀들에게는 일본어, 중국어가 되는 매니저들이 붙어 강윤의 말을 통역해 주었다.

소녀들이 자신의 말을 잘 이해하는 듯하자 강윤은 편안하게 앞으로의 일들을 이야기했다.

"유리 양."

"네?"

모인 소녀들 중 가장 어린 한국인 소녀, 정유리가 강윤의 부름에 얼른 손을 들었다.

"지금 나이가 몇 살이지요?"

"여, 열 셋입니다!"

그녀의 씩씩한 답에 강윤은 만족한 듯 씨익 웃었다.

"좋은 나이군요. 그럼 4년 뒤면 몇 살이 되지요?"

"열일곱이요."

"그 나이를 기억하세요. 그때 데뷔하게 될 거니까."

강윤의 이야기에 정유리의 눈이 휘둥그레졌다. 아니 그녀 뿐만이 아니었다. 다른 소녀들 모두가 경악했다.

그러나 강윤은 담담한 눈으로 말을 이어갔다.

"다른 소속사들은 시장에 연습생을 뽑았다가, 넣었다가 합니다. 하지만 우리는 한 번 뽑으면 절대 버리지 않습니다. 믿고 함께 갑시다. 모두와 함께 갔으면 좋겠습니다."

"네!"

"이상입니다."

강윤이 뒤로 물러나자 소녀들은 가볍게 몸을 떨었다.

월드엔터테인먼트의 연습생이 된 마음가짐은 각자 달랐다. 누구는 진짜 가수가 되고 싶어서, 누구는 가볍게, 또 누구는 호기심에.

강윤의 말을 받아들이는 수준 역시 달랐다.

다음으로 나선 건 이현지였다.

"사장님이 필요한 말씀은 다 하셔서 내가 특별히 할 말은 없네요. 그냥……."

이현지는 잠시 생각하다 차분히 말했다.

"그냥 버티면 가수가 될 겁니다. 우린 그만큼의 힘이 있으니까. 믿고 따라오세요. 이상."

이현지가 뒤로 물러나자 소녀들은 모두 침묵에 빠져들었다.

여자에게 무서운 건 여자였던가.

자신 옆에 서는 이현지에게 강윤은 어깨를 으쓱해 보였다.

"애들 겁먹겠습니다."

"사장님이 너무 부드럽게 이야기하니까 겁 좀 준 것 뿐이에요."

"하여간."

곧이어 트레이너와 염한성 부장 등이 구체적인 일정과 숙소, 지원 등을 이야기했다.

숙소와 연습실에 대해 이야기하는데 쌍둥이 중 언니, 신챠오가 물었다.

"그럼 우리 8명이 진짜 다 한 숙소에서 사는 것?"

중국인답지 않게 그녀는 한국말이 유창했다.

그러나 그 뜻은 전혀 반갑게 들려오지 않아 염한성 부장은 짧게 한숨지었다.

"그렇죠. 그게 원칙이고……."

"원칙? 왜 좋은 곳 놔두고 8명이 불편하게 자야 해요? 나 돈 마나요. 아주 마나요."

"……."

염한성 부장은 순간 말문이 막혀버렸다.

그때, 동생 신 루리가 언니의 팔을 강하게 붙잡으며 중국 말로 속삭였다.

"아, 언니. 진짜."

"왜? 또 뭐?"

"그런 이야기하지 말랬잖아. 오빠가 싫어한다고."

"아, 씨……."

동생의 귓속말이 통했는지 신 챠오는 잠시 머뭇대다 입술만 씰룩였다.

그때, 강윤이 나섰다.

"챠오 양."

"네?"

"숙소생활을 하는 이유는 모두가 함께 생활하면서 불편함을 견디고, 더더욱 가까워지며 가족같이 친해지기 위한 데 목적이 있어요."

"그러면 굳이 작은 숙소에서 살아야 할 이유가 없는데. 오빠한테 말해서……."

챠오라는 소녀는 철없는 10대 부자 소녀의 전형이었다.

주변의 눈살을 찌푸리게 하기에 충분했지만 강윤은 웃으며 답해주었다.

"힘든 일을 함께 견딘 사람들은 더 강하게 뭉치게 되죠. 끈끈한 인연이 형성되게 마련이니까요. 오빠가 그런 이야기를 해주지 않던가요?"

"그, 그건⋯⋯."

"편안하게 하는 일도 좋지만, 함께 어려운 일을 넘어보면 더 끈끈한 사이가 됩니다. 그게 친구라는 것이죠. 우리가 하는 일은 그런 겁니다."

"⋯⋯."

신 챠오는 강윤을 올려다봤다.

보통은 자신이 이런 고집을 부리면 거의 들어주려고만 했지, 이렇게 설득을 해오는 사람은 없었다.

끈끈한 인연이라는 말이 그녀의 마음을 묘하게 움직였다.

"⋯⋯알았어요."

강윤은 그녀의 어깨를 가볍게 두드리고는 모두에게 말했다.

"이제 우리는 팀입니다. 잘해봅시다."

"네!"

월드엔터테인먼트의 미래를 이끌 차세대 걸그룹.

에이블린은 그렇게 시작되었다.

4화
에디오스, 그리고 후배들

"막내는 잘 있어?"

침대에 누워 뒹굴거리던 크리스티 안은 몸을 돌려 컴퓨터로 파인스톡을 하는 이삼순 쪽으로 향했다.

"힘들대. 스승이라는 사람이 맨날 옐로우 몽키라고 무시한다나 봐."

막 창을 닫은 이삼순이 짧게 한숨 지으며 고개를 흔들자, 크리스티 안은 얼굴을 찌푸렸다.

"시대가 어느 땐데 아직도 그런 말을 해? 사장님도 알아?"

크리스티 안이 침대에서 벌떡 일어나며 역정을 냈다. 이삼순도 기분이 좋지 않았는지 눈썹을 일그러뜨리며 양반다리를 했다.

"그래도 사장님 앞에서는 안 그랬다더라. 그 칼 뭐라는 사람이 사장님한테는 잘하는 것 같아. IMF 때문인가?"

"JMF야."

조용히 잡지를 읽고 있던 한주연이 끼어들었다. 그녀는 자신이 좋아하는 장르인 EDM에 대해 술술 풀어놓으며 JMF에 대해서도 함께 설명했다.

"칼 크랙이 성격 안 좋기로는 소문났지만, 인정하는 사람들에게는 무척 잘한데. 그러니까 사장님도 주연이를 보내지 않았을까? 작곡팀이라면 배울 것도 많을 거고……."

"그래도 몽키 소리까지 들으면서…… 에이. 난 모르겠다."

크리스티 안은 머리가 아프다는 듯, 이불을 덮어썼다.

한주연도 막내를 걱정하는 그녀의 마음이 이해가 간다며 어깨를 으쓱했고, 이삼순도 고개를 휘휘 젓고는 다시 컴퓨터로 몸을 돌렸다.

그렇게 모두가 각자의 일을 하고 있을 때, 거실에서 에일리 정의 큰 목소리가 들려왔다.

"사, 사, 사장니임!"

갑자기 거실에서 분주한 소리가 들려오자 멤버들 모두가 자리에서 벌떡 일어났다.

"사장니임?!"

"사장님? 말도 없이 웬일?!"

강윤이 갑자기 쳐들어오는 경우는 거의 없었다.

이렇게 갑작스럽게 온 경우라면 정말 중요한 일이었다. 프라이버시고 뭐고 모두의 머리에 빨간불이 켜져 서둘러 옷을 갈아입고는 거실로 뛰쳐나갔다.

"안녕하세요?!"

거실에는 긴장 어린 표정의 에일리 정과 머리를 단발로 잘라 버린 정민아가 강윤과 이야기를 나누고 있었다.

"모처럼 휴일인데 미안."

에디오스 멤버들에게 손을 흔들며 강윤은 미안함을 표했다.

그리고 보니 오늘은 연습 일정도 안 잡은 휴일이었다. 고된 연습에 나갈 생각도 못하고 쉬고 있는데, 이런 방문을 하게 돼서 강윤은 미안했다.

"무슨 일 있나요? 혹시……."

한주연이 멤버들을 대표해서 물었다. 평소라면 정민아가 나섰겠지만, 오늘따라 그녀는 조용했다.

"평소에 못한 이야기나 할까…… 싶지만, 그것보다 중요한 일이 있어서. 후배도 들어왔고, 곧 있을 중국 이야기도 있어서. 아무래도 너희 정도면 매니저를 통하는 것보다 내가 직접 이야기하는 게 더 나을 것 같아서. 앉자."

강윤은 모두에게 자리에 앉으라고 손짓했다.

아무래도 사장이 직접 이야기한다면 무게도 있고 신뢰도 줄 수 있다.

모두가 자리에 앉자 강윤은 차분하게 본론을 이야기했다.

"새롭게 연습생들이 들어온 것은 알고 있을 거야."

"네, 들었어요. 중국 애들에 일본 애들까지…… 놀랐어요."

크리스티 안의 이야기에 강윤은 고개를 끄덕였다.

"맞아. 다국적 프로젝트라고 기획팀에서 너희 후배 가수를 양성하기 시작했어. 한국, 일본, 중국. 모두를 노릴 수 있는 그룹으로."

"아아."

"앞으로 더더욱 시대가 빠르게 변할 거야. 지금부터는 아예 처음부터 한국, 중국, 일본 모두를 동시에 노리는 그룹이 나올 거야. 여기에 뒤처지지 않게 에디오스도 빠르게 대응을 해줬으면 좋겠어. 그래서 내가 직접 온 거야."

후배들에 뒤지지 말고 앞서가라는 격려. 아니, 압박.

에디오스 멤버들은 강윤이 주는 무게를 알고 무겁게 고개를 끄덕였다.

"네."

"그렇다고 후배들 괴롭히면 안 된다? 특히……."

강윤은 정민아 쪽을 바라보다가 옆에서 멍하니 눈을 껌뻑이고 있는 에일리 정을 가리켰다.

"릴리. 너."

"네?! 제가 왜요?!"

"큭큭큭."

강윤의 장난에 에디오스 멤버들이 킥킥댔고, 거기에 크리스티 안이 한마디를 보냈다.

"하긴. 릴리가 징징대면 후배들이 어떻게 당하겠어요."

"맞아."

"인정."

"야! 아니거든!"

에일리 정의 외침 속에 에디오스 멤버들 사이에 웃음꽃이 피었다.

그러나 정민아는 평소와 다르게 쉽게 웃지 못했다.

'……쉽진 않군.'

표정이 없어진 정민아는 강윤에게도 어려웠다.

하지만 어쩔 수 없는 일이었다.

공은 공, 사는 사였다.

"자자. 정리하자."

강윤이 다시 시선을 모았다.

"한유가 돌아오면 본격적으로 중국 데뷔 준비에 들어갈 거야. 대현 매니저님이 전달했겠지만, 중국 첫 무대는 한유가 먼저 준비할 거고, 너희는 나중에 넘어가게 될 거라는 건 알고 있지?"

"네."

"좋아. 그리고 후배들하고도 곧 만나게 될 거야. 좋은 선배가 돼 줘. 릴리는 징징대면 안 된다?"

"안 그래요!"

에일리 정이 울상을 짓자 다시 모두에게서 웃음꽃이 터졌다.

강윤은 그 외 중국에 관한 이야기를 마치고 에디오스의 숙소를 나섰다.

강윤이 나간 후, 에디오스 멤버들은 후배들에 대한 이야기를 나누었다.

"이번에 들어온 애들 이야기 들은 거 있어?"

서한유의 물음에 정민아는 고개를 흔들었다.

"별로. 관심이 없어서."

"네가 그렇지 뭐. 리스는?"

크리스티 안은 잠시 생각하다가 답했다.

"중국 애들이 조금 까칠하데. 일본 애들은 어리버리하고. 한국 애들이 개성이 넘친다고 들었어."

"그래? 까칠한 성격에 어리버리…… 개성파라. 얘들아. 군기 한번 잡아볼까?"

크리스티 안의 말에 한주연이 손사래를 쳤다.

"난 빼줘. 사장님이 직접 온 거 보면 모르겠어? 찍히면 큰일 나. 난 싫어."

"나도 패스."

이삼순도 고개를 절레절레 흔들자, 크리스티 안은 어깨를 늘어뜨렸다.

"재미없게. 릴리, 우리끼리 할까?"

"……응?"

에일리 정은 '아무것도 몰라요'라는 눈빛을 보내며 어깨를 으쓱했다.

대한민국에서 가장 아름다운 도로라고 불리는 곳 중 하나인 태안의 해안도로.

그 도로에 가수 은하의 얼굴이 그려진 버스 한 대가 음악을 싣고 달리고 있었다.

커튼 사이로 조금씩 내비치는 햇살.

버스 안에서 조용히 흐르는 어쿠스틱 기타의 사운드와 가수 은하의 목소리는 버스 안 팬들의 귀를 즐겁게 간질이고 있었다.

"바다를 보면~ 지난날들이 떠올라~ 왜 내 맘은 그리도 아픈 걸까~"

좁은 버스 안.

가수 은하, 김지민은 눈을 감고 기타 현을 뜯으며 감정을 끌어올리고 있었다.

연인, 또는 가족과 함께 온 팬들은 손을 잡고, 서로를 끌어안으며 그녀의 목소리에 점점 빠져들어 갔다.

"떠나버린 기억~ 흩어진 나의 추억~ 내가 사랑했던~"

창밖의 굽이치는 파도와 김지민의 목소리는 팬들에게 최고의 순간을 선물했다. 버스를 운전하는 기사도 최대한 조심스럽게 운전하며, 음악을 감상하는 팬들이나 김지민이 음악에 몰입할 수 있도록 최선을 다했다.

"감사합니다."

"와아아아~!"

버스 맨 앞에서 사운드 조절에 신경 쓰던 강윤과 버스 팬미팅을 기획한 직원들은 김지민의 노래 하나하나에 좋은 반응을 보이는 사람들을 보며 크게 기뻐했다.

"사장님. 아아……."

"좋군요."

사장 앞이라는 것도 잊고, 버스 콘서트를 기획한 직원이 기쁨을 주체하지 못하는 모습을 보였지만 강윤은 그의 등을 다독이며 공을 돌렸다.

강윤은 민감하게 사운드를 조절하며 하얀빛을 은빛으로 돌리기 위해, 사람들이 점점 더 김지민의 음악에 몰입하도록 만들기 위해 애를 썼다.

'후우.'

그 노력이 빛을 발한 걸까.

콘서트 시간 50분이 넘어가자 드디어 김지민의 노래에서 은빛이 흐르기 시작했다. 아름다운 파도, 버스라는 특이한 분위기에 강윤의 미세한 사운드 조절 등 모든 것이 만들어낸 결과물이었다.

"In the end……."

"와아아아아아~! 은하! 은하!"

"감사합니다."

김지민이 기타를 세워두고 자리에서 일어나 인사하자 사람들 모두가 박수를 쳤다. 앵콜을 외쳤지만, 버스 시간이 있어 더 이상 부를 수 없어 아쉬웠다.

대신 김지민은 사람들과 일일이 포옹과 악수를 해주며 사인까지 곁들여 팬서비스를 해주었다.

"웅웅, 웅웅."

"어어? 어어?"

애교를 원하는 사람들의 몸짓도 가볍게 응해주며 김지민은 팬서비스를 마무리했다. 그렇게 모두에게 최고의 서비스를 제공하고 나니 3시간에 걸친 버스 버스킹 이벤트는 끝이 났다.

"수고했어."

강윤은 김지민의 어깨를 가볍게 두드렸다.

"수고하셨습니다! 모두 수고하셨어요!"

김지민은 예의 바르게 버스기사를 비롯해 자신을 도와준 스태프 모두에게 일일이 고개를 숙였다.

그 모습이 강윤은 흐뭇했다.

"고생했어. 사람은 적어도 오늘 이벤트는 매우 핫할 거야."

"그럴까요?"

김지민이 의아해하자 강윤 옆에 있던 직원이 대신 답했다.

"물론이죠. 이번 건으로 지민 양이 하는 '팬 서비스가 이만큼이다' 이 정도로 홍보할 거고, 우리 스타는 이만큼 특별하다는 걸 알릴 겁니다. 그리고……."

"우으, 화끈거려……."

김지민이 부끄러운 듯 얼굴을 감싸자 강윤은 화통하게 웃었다.

"하하하. 스타는 이미지 장사잖아. 새삼스럽게."

"그래도 부끄럽네요. 특별하다니……."

"가식도 아니면서. 널 이렇게 찾아주는 사람들이 고맙지 않아?"

"⋯⋯고맙죠."

"넌 그 마음을 있는 그대로 표현하면 돼. 포장은 우리가 잘할 거니까. 그렇죠?"

"네!"

강윤의 말에 직원들이 당연하다는 듯 크게 외쳤다.

김지민은 얼굴이 조금 붉어진 채 고개를 살며시 숙였다. 부끄러웠지만, 자신의 뒤에 버티고 있는 월드엔터테인먼트가 매우 든든했다.

이후 스케줄을 위해 김지민은 매니저와 함께 지방으로 향하고, 강윤은 따로 차를 몰아 월드엔터테인먼트로 향했다.

'내가 다 긴장되는군. 첫 만남인데.'

오늘은 에디오스와 새로 들어온 연습생들이 처음으로 만나는 날이었다. 에디오스에게 직접 가서 신신당부하기는 했지만, 워낙 기가 센 그녀들인지라 걱정이 안 될 수가 없었다.

하지만 강윤의 걱정되는 마음과는 다르게 산업도로에서 차는 움직일 기미를 보이지 않았다.

"국도로 갈 걸 그랬나."

강윤은 하는 수 없이 이현지에게 전화를 걸었다.

―어떡하죠? 저도 급하게 MG 쪽에 나와야 해서 거기 못 갈 것 같은데⋯⋯.

하지만 믿었던 이현지조차 난색을 표하고 있었다.

"할 수 없죠. MG와 이야기는 잘 진행되고 있습니까?"

–어렵기는 한데, 생각보다는 진척이 있네요. 조만간 다이너마이트가 하나 터질 거예요.

"다이너마이트?"

–사장님도 놀랄 만한 다이너마이트예요. 예고하자면……주아? 아무튼 기대하세요.

이현지는 통화가 어렵다며 곧 전화를 끊었다.

"이사님도 없다면…… 그래도 말은 해놨으니까."

강윤은 최대한 긍정적으로 생각하며 길이 뚫리길 기다렸다.

하지만 막힌 도로는 2시간이 넘어서야 간신히 뚫렸고, 서울에 도착하니 약속시간은 1시간이나 경과해 버렸다.

"늦었네."

거의 지각을 하지 않는 강윤은 미안함에 양손에 먹을 것을 잔뜩 사들고 약속장소인 스튜디오 안으로 들어섰다.

"미안. 내가 좀 늦……."

스튜디오 문을 열고 들어서는데 어색한 기류가 흐르고 있었다.

"……."

"……."

에디오스 멤버들과 새로 들어온 8명의 연습생이 갈라져 대화도 없이 침묵의 기류가 흐르고 있었다.

연습생들도 서로 친해지지 않았는지 서로 어려워하고 있

었고, 에디오스 멤버들은 서로간의 수다도 멈춘 채 연습생들을 살피는데 바빴다. 에디오스를 관리하는 매니저들과 연습생들을 위한 매니저들이 있었지만, 전체를 통합할 만한 구심점이 없어 어색한 난기류가 흐르고 있었다.

'이런.'

강윤은 어색한 분위기를 환기시키기 위해 손뼉을 치며 시선을 모았다.

"다들 모였구나. 양 매니저. 서로 인사는 했습니까?"

매니저들 중 가장 베테랑이라 할 수 있는 에디오스의 매니저에게 묻자 양 매니저라고 불린 남자는 고개를 끄덕였다.

"일단 서로 소개는 했고, 회사에 대해 이야기를 하고 있었습니다."

강윤은 고개를 끄덕이고는 모두에게로 눈을 돌렸다.

"서로 소개를 마쳤다니 다음 이야기로 진행하면 되겠군."

강윤은 미리 준비해 온 서류들을 모두에게 건넸다.

연습생들이 한국어, 중국어, 일본어로 준비된 서류들을 읽어 내려갈 때, 강윤은 본론을 차분히 이야기했다.

"에디오스의 민아와 연습생 정유리의 스케줄이 월, 수, 금요일마다 겹칠 겁니다. 그리고 이삼순과 신 챠오, 루리의 스케줄도 마찬가지. 다른 연습생들도……."

연습생들마다 에디오스 멤버들과 스케줄이 겹치는 부분이 있었다. 에디오스 멤버들도, 연습생들도 눈이 휘둥그레졌다. 특히 한주연의 눈이 동그래졌다.

"사장님. 저희와 연습생이 연습을 같이 하라고요? 저흰 중국 연습도 해야 하고……."

"2시간. 그리고 난이도는 너희에게 맞출 거야."

"아……!"

강윤의 말에 한주연은 금방 수그러들었다.

하지만 연습생이라고 가만히 있는 건 아니었다.

"사장니임. 내가 저 에디스 언니랑 연습해야 한다고요? 재훈 오빠가 아니고?"

중국인 연습생, 신 챠오는 싫은 감정을 진하게 담아 강윤을 바라봤다. 그 눈빛에 함께 연습하게 된 이삼순이 어이가 없어 헛웃음을 지었다.

그러자 강윤은 피식 웃으며 신 챠오를 타일렀다.

"재훈 오빠랑 연습하려면 단계를 밟아 올라가야 한다고 했지?"

"그랬죠?"

"이게 그 시작이야. 할 수 있지?"

"……네. 잘해 볼게요!"

황당한 캐릭터의 등장에 에디오스 멤버들도, 연습생들도 어이없어 눈을 껌뻑였다.

그러나 강윤은 익숙하게 신 챠오를 다독이고는 다시 에디오스 멤버들에게로 눈을 돌렸다.

"민아, 그리고 유리. 두 사람은 이혁찬 트레이너님과 함께 연습하면 돼."

"……."

강윤의 말에 정민아는 차가운 눈으로 정유리를 쏘아 보았다.

'이 언니가…… 민아구나. 우와…….'

정유리는 차가운 눈을 하고 있는 정민아를 오히려 우러러 보았다.

현 여자 아이돌 최고의 댄싱머신.

최고의 댄서라 불리는 주아와 함께 최고의 춤 실력을 가졌다고 하는 여인. 함께 연습할 것을 생각하니 오히려 기대감에 가슴이 부풀어 올랐다.

"곧 트레이너 선생님들도 오실 거니까, 그 전에 제대로 인사해."

강윤의 말이 끝나자 정민아와 정유리를 비롯해 함께 연습하게 된 연습생과 에디오스 멤버들은 손을 맞잡으며 제대로 된 인사를 했다.

"안녕하세요, 선배님. 정유리예요."

"안녕."

정민아와 정유리를 시작으로 에디오스 멤버들과 연습생들은 손을 맞잡았다.

말이 통하지 않는 일본인부터 이상하게 한국말을 잘하는 중국인 후배들까지. 개성 넘치고 요상한 후배들을 맞이한 에디오스 멤버들은 얼떨떨하면서도 묘한 기분이 함께 들었다.

"저기, 사장님요."

중국인 후배, 신 챠오와 신 루리와 함께 연습하게 된 이삼순은 강윤의 옆에 다가와 귓속말을 했다.

"왜 그래?"

"저 애들요, 제가 감당하기 힘들 것 같은디유……."

요새 잘 쓰지 않는 사투리까지 쓰는 것이 마음에 들지 않는 게 분명했다.

하지만 강윤은 아무것도 모른다는 표정을 하고 있는 신 챠오와 조마조마한 얼굴로 이마를 잡고 있는 신 루리를 한번 보고는 다시 이삼순에게로 눈을 돌렸다.

"그럼 저 애들을 민아하고 연습하게 할까?"

"잠깐만요. 요새 민아 까칠한데……. 그건 더 아닌 것 같은데요?"

"그렇지? 챠오가 특이한 애이긴 하지만 루리는 착해. 루리가 챠오를 잡아줄 거야. 그래도 정말 힘들 것 같으면……."

강윤은 스스로 생각해도 어이가 없는지 피식 웃음을 흘렸다.

"재훈이한테 연락해. 다 해결될 테니까."

"네에?"

'나한테 이야기해' 등의 말을 기대했던 이삼순의 눈이 휘둥그레졌다.

그렇게 모두가 인사를 마치고 간단한 사담을 나눌 때, 문이 열리며 트레이너들이 들어섰다. 안무를 담당하는 이혁찬 안무가를 비롯해 보컬 트레이닝을 담당할 안시진 트레이너,

한국어를 비롯해 언어를 담당할 트레이너들도 함께했다.

강윤은 트레이너들이 들어오자 박수를 치며 다시 시선을 모았다.

"선생님들도 오셨네. 이제 선생님들 소개하고 앞으로의 트레이닝 계획을 이야기해 보자."

강윤은 이혁찬 안무가를 비롯해 모두를 앞으로 내세웠다.

"이혁찬입니다! 오, 유진이, 안녕?"

"……이스예요."

이혁찬 안무가와 안시진 트레이너를 시작으로 월드엔터테인먼트의 모두가 정식으로 인사를 하고 앞으로의 계획에 대해 얘기를 나누었다.

찬바람이 불어오는 가을날의 오후.

홍대에서 제법 떨어진 골목에 위치한 작은 카페에는 때 아닌 사람들로 북적이고 있었다.

"야, 김재훈이야, 김재훈!"

"미쳤어, 미쳤어! 인터뷰하나?!"

카페 안팎의 수많은 사람들로 부담스러울 법도 했지만, 김재훈은 여유 있는 얼굴로 기자의 질문을 받고 있었다.

"죄송합니다. 인터뷰 사실이 사전에 노출이 되는 바람에……."

동그란 안경을 쓴 여기자는 민망했는지 고개를 들지 못했다. 김재훈이 연신 괜찮다고 했지만, 뒤에서 상황을 지켜보던 최혁진 매니저는 생각이 달랐는지 인상을 잔뜩 찌푸렸다.

"이래서 이런 공개적인 장소는 안 된다고 하지 않았습니까. 사고 위험도……."

"괜찮아요. 기자님이 장소를 정하신 것도 아니고."

"하지만……."

안전을 우려하는 최혁진 매니저를 제지하며 김재훈이 웃자, 그는 짧게 한숨을 내쉬었다.

"하여간……."

최혁진 매니저는 팬들을 통제해야 한다며 밖으로 잠시 나갔고, 카페에는 김재훈과 여기자, 두 사람만 남았다.

"미안해요. 저희 매니저가 고집 때문에 날이 많이 섰네요. 요새 스케줄도 많아서 조금 날카로워져 있거든요."

"아닙니다. 저희 측 실수도 있는걸요. 매니저님이 저러시는 거야 당연하죠. 아, 계속해도 될까요?"

프로들이 모인 세계니 이런 일들은 다반사였다.

여기자도 베테랑이었는지 최혁진 매니저를 금방 이해하고는 크게 탓하지 않았다. 그녀는 다시 펜과 녹음기를 들고는 본업으로 돌아왔다.

"평소 스케줄이 없는 날은 어떻게 지내시나요?"

"스케줄이 없는 날이라……."

김재훈은 고심되는지 펜대를 휘휘 돌리며 신중히 답했다.

"스케줄이 없는 날은 주로 음악을 들으며 시간을 보내요. 트로이스 아이반, 아야크 같은 블루스 장르나 포크송도 매우 좋아하죠. 이런 음악들을 듣고, 카피하다 보면 하루가 금방 가버리네요."

"카피? 악보에 옮겨 적는 일을 말씀하시는 거죠?"

"네. 카피한 음악을 편곡도 해보고, 여러 가지로 음악에 흠뻑 빠져 사네요. 만약 편곡한 느낌이 좋다면 저희 작곡가님에게 가져갑니다."

"작곡가님이라면 뮤즈? 혹시 이강윤 사장님 쪽인가요?"

여기자는 강윤 쪽에 관심이 많았는지 눈빛이 반짝였다.

여론도 월드엔터테인먼트를 일군 사장, 이강윤을 크게 주목하고 있었다.

김재훈도 그걸 읽었는지 목소리를 가다듬었다.

"뭐랄까요. 형님, 그러니까 강윤 작곡가님과 이야기하면 정말 좋겠지만 계속 눈코 뜰 새 없이 바쁘셔서……. 주로 이야기하는 쪽은 동생인 희윤 작곡가님입니다. 아무튼 이런 편곡작업들이 기반이 되면 새로운 악상이 떠오르고, 힘이 되죠."

"아아. 희윤 작곡가님……."

여기자는 수첩에 필요한 사항들을 열심히 적어나갔다.

힘들었던 시기를 어떻게 극복했는지, 마음에 드는 여자는 없는지 등 개인적인 질문도 많았고, 앞으로 앨범 활동을 언제 할 건지에 대한 가수로서의 질문도 있었다.

1시간에 걸친 인터뷰가 거의 끝나갈 무렵, 밖에 나갔던 최혁진 매니저가 돌아왔다.

"시간 다 됐습니다."

"아, 기자님. 이만 일어나야 할 것 같네요."

김재훈은 여기자에게 양해를 구했다.

바쁜 와중에도 힘들게 시간을 내준 거라 여기자는 오히려 감사했다.

"감사합니다, 재훈 씨. 즐거웠습니다. 힘들게 시간 내주셔서."

"아닙니다. 저도 여러 가지를 생각하는 시간이었습니다. 그럼."

"아, 마지막으로 한 가지 더 물어도 될까요?"

"말씀하세요."

여기자는 수첩을 덮으며 눈웃음을 지었다.

"재훈 씨가 강윤 사장님과 한 집에 사는 건 공공연히 도는 소문인데요."

"사실입니다. 사장님이 불편하실 텐데 많이 배려해 주셨어요. 그게 왜……?"

김재훈이 너무나도 덤덤하게 답하자 오히려 여기자는 당황스러웠다.

"그거, 이야기해도 되는 건가요?"

"뭐, 팬들은 다 아는 사실인걸요. 굳이 기사화될 것도 없을 겁니다."

"하하하. 쿨하시네요. 하긴. 이제 정말 질문할게요."

"네."

"원래 사장님 집에서 사신 이유가 금전적인 이유가 컸다고 들었어요."

"그렇습니다."

"그럼 지금 나오지 않는 이유를 물어도 될까요? 너무 실례되는 질문이었다면 인터뷰에 싣지 않을 테니 편안하게 답해주세요."

여기자는 조심스러웠지만 김재훈은 괜찮다는 듯, 바로 편안하게 답을 주었다.

"사장님 집은 음악을 위한 유토피아와 같습니다. 음악을 하기 위한 최고의 환경이 갖추어져 있죠."

"최고의…… 환경?"

"뮤즈와 같은 집에 산다. 언제나 내가 원하면 음악적인 이야기를 나눌 수 있다. 그래서 사장님이 제발 나가라고 해도 문어 빨판처럼 붙어 있을 생각입니다."

"품. 문어 빨판이요?"

김재훈의 당당한 발언을 여기자는 빠르게 적어나갔다.

"……문어 빨판은 무슨. 거머리다, 거머리."

며칠 후.

포털 사이트 세이스의 특집란에 올라온 김재훈의 인터뷰

를 본 강윤은 황당함에 눈썹을 꿈틀거렸다.

"풉……."

"이사님. 웃을 일이 아닙니다."

막 서류들을 정리하고 있던 이현지는 강윤의 중얼거림에 실소를 터뜨렸다.

"왜요? 사장님 댁에 입주 경쟁이 치열해졌나요?"

"하아, 그게……."

"우리 집도 입주민 좀 받아들여 볼까요? 진서만 데리고 살기도 외로운데……."

강윤은 이현지의 말을 부정하지 못한 채 이마만 부여잡았다. 그들 앞에는 차를 마시며 먼 산만 바라보는 김재훈이 있었다.

"형, 제가 혹시 곤란하게 만든 건가요?"

"그런 건 아니고. 에휴. 말해서 뭐하겠니."

사실을 말한 걸 죄라고 해야 할까.

강윤은 한숨 지을 뿐이었다. 강윤이 당혹스러워하는 모습이 재미있었는지 이현지는 킥킥대며 웃었다.

"안 봐도 비디오죠. 노래 욕심 많은 지민이가 가만히 있을 리 없고, 소영 씨도 이런저런 이유를 들어 은근히 나섰겠죠. 현아 씨야…… 욕심은 낼 것 같지만 혼자 하는 스타일 같고. 아무래도 몇몇은 나섰을 것 같은데."

"정답입니다."

점쟁이 문어가 된 이현지는 기뻤는지 활짝 웃었다.

"우리 연예인들은 참 알기 쉽다니까. 그래서 어떻게 하실 건가요?"

"자리 까신 분께서 조언을 해주시면 감사히 듣겠습니다."

"안타깝게도 전 촉만 좋지 대책은 모르겠네요. 다른 여자들과 다르게 하나만 생각할 줄 알아서요."

이현지는 얄밉게 약만 올린 채 짐을 챙겼다.

"오늘도 MG에 가십니까?"

"아니요. 그 인간들 오늘도 보면 답답해서 죽어버릴 거예요. 오늘은 변호사 만나러 가요."

"……조만간 보고를 받겠군요."

강윤은 뭔가가 일어나고 있다는 걸 느끼고 표정을 굳혔다.

그러자 이현지는 자신의 어깨를 가볍게 두드리며 말했다.

"네. 조만간 크게 뭔가가 터질 거예요. 사장님이 제 뒤에서 잘 버텨주셔야 할 거예요"

"알겠습니다. 기대하지요."

"네. 전 사장님만 믿고 진행할게요."

이현지는 손가락을 흔들며 사무실을 나섰다.

"이사 누님이 요새 아주 바쁘시군요. 형님은 계속 사무실에만 계시고……."

"그러게."

"이건 마치…… 부인과 남편의 역할이 바뀐 것 같네요."

김재훈의 무심한 말에 강윤은 어깨를 으쓱였다.

"됐다, 됐어. 다음 스케줄 몇 시야?"

"8시입니다."

"시간 안 됐어도 가라."

"하하하하. 그러고 싶지만, 오늘은 형님께 물어보고 싶은 게 많아서 안 되겠네요."

김재훈은 가벼운 장난을 치며 들고 온 노트를 펼쳤다.

강윤은 음악노트에 어지럽게 필기된 악보들을 보더니 자리에서 일어나 그와 함께 소파에 앉았다.

"기타가 있어야겠군. 언제 또 만든 거야?"

"인터뷰하고 차에서 생각난 거예요. 한 번 해볼게요."

김재훈은 사무실 구석에 놓인 기타를 들고 와서 앉았다.

아무리 일이 바빠도 강윤은 음악에 대해 묻는 가수들을 거부하는 일이 없었다.

기타 스트링에 얹은 손을 부드럽게 뜯으며, 김재훈은 허밍을 하기 시작했다.

"음음~ 으으음~"

묵직한 김재훈의 저음과 함께 부드러운 스트링이 사무실에 잔잔하게 울렸다. 사무실 직원들도 김재훈이 주는 노래의 호사에 미소 지으며 일에 힘을 더해갔다.

'흠……'

기타의 악보와 김재훈의 목소리가 하얀빛을 뿜어내자 강윤은 악보를 보며 생각에 잠겼다.

'가사가 붙어봐야 더 잘 알 수 있겠지만…… 여긴 Sinapes? Motimp? enf 중 하나로 살려보면 괜찮을 것 같군. 목소리와

함께…….'

강윤도 떠오르는 악상들을 따로 필기하며 노래에 대해 여러 가지로 이야기를 나누었다.

그때, 쾅하는 소리와 함께 난데없이 사무실 문이 열리며 두 사람의 공간에 누군가가 난입해 들어왔다.

"재훈 오바, 재훈 오빠!"

그 누군가는 김재훈을 외치며 김재훈의 옆자리에 덥석 앉아버렸다. 갑작스러운 난입에 김재훈이 놀라 소파 맨 끝으로 이동했고, 그에 맞춰 사무실에 또 다른 누군가가 뛰어 들어왔다.

"챠오! 이러면 안 된다고 했잖아! 뭐하는 거야?!"

두 번째로 들어온 그녀는 신 루리였다.

핏이 딱 들어맞는 교복을 입은 그녀는 김재훈의 곁에서 떨어지려고 하지 않는 언니, 신 챠오의 손을 거세게 잡고 끌어내리려고 했다.

김재훈이 놀라 당황스러움을 감추지 못하고 있을 때, 강윤이 나섰다.

"챠오. 학교 끝난 거야?"

"응. 아니, 네. 근데…… 재훈이 있길래……."

신 챠오는 뛰어 들어온 기색은 온데간데없이 사라지고, 소파 맨 끝에 붙어 몸을 베베 꼬았다. 열성팬 출신이라는 건 어디 가지 않듯, 신 챠오는 김재훈 옆에서 떨어지려고 하지 않았다.

하지만 이미 악상이 깨져 버려 기타를 내려놓은 김재훈은 한숨 지으며 고개를 흔들었다.

"아, 좋았는데. 여기까진 것 같네요. 먼저 가볼게요."

"그래. 집에서 보자."

"네. 나중에 이야기해요."

김재훈이 자리에서 일어나자 신 챠오는 언제 부끄러워했냐는 듯, 바람같이 김재훈을 잡으려 했다.

그러나 신 루리가 그녀를 제지했다.

"진짜. 적당히 해."

동생이 직접 손까지 잡고 나서자 신 챠오는 얼굴을 일그러뜨린 채 꿍얼거렸다.

김재훈이 계단을 내려갈 때도 신 챠오는 그를 따라 나서려 했다.

그때, 강윤이 소녀들을 붙잡았다.

"챠오, 루리. 우리 이야기 좀 할까?"

강윤은 두 소녀를 소파에 앉혔다.

"챠오. 사무실에 갑자기 왜 뛰어 들어 온 거야?"

"재훈 노래가 들려서. 나도 모르게……."

신 챠오는 쭈뼛대며 머리를 긁적였다. 너무 좋아서 주체를 하지 못했다는 뉘앙스였다.

하지만 강윤은 조금은 굳은 얼굴로 말했다.

"챠오. 조금 전에 재훈이 노래를 만들고 있을 때였어. 갑자기 그렇게 들어오면 놀라서 떠올랐던 것들을 잊어버린다고. 그러면 재훈이 좋아할까?"

"그, 그래?"

"챠오 오빠도 챠오가 일 못하게 하면 싫어한다고 하지 않았어?"

"그, 그랬지. 그랬지요. 재훈도 그래요?"

강윤이 고개를 끄덕이자 신 챠오도 격하게 고개를 끄덕였다.

"아아. 그, 그렇구나."

"재훈이 챠오 싫어하면 좋아, 싫어?"

"싫어…… 요."

챠오는 잔뜩 풀이 죽어 고개를 숙였다.

누군가가 보면 안쓰러워하며 위로를 해줬을 정도로 애처로운 모습이었지만, 강윤은 단호하게 말을 이어갔다.

"챠오 오빠도 챠오가 이렇게 행동하고 다니는 걸 알면 좋아하지 않겠지?"

"오빠는 안 된다! 아니, 안 돼요! 오빠는……."

오빠라는 존재는 절대적인 것인지, 신 챠오는 고개를 거세게 흔들었다. 옆의 신 루리조차 오빠 이야기를 할 때는 숨을 죽였으니.

"그러니까 앞으로 사무실에 들어올 때는 꼭! 노크하기. 알았지?"

"네! 네!"

강윤은 신 챠오의 어깨를 부드럽게 다독이고는 두 사람에게 나가보라며 손짓했다.

사무실을 나서며, 계단을 내려가던 신 루리가 언니에게 말했다.

"사장님 말이야, 우리 오빠랑 비슷한 것 같아."

그러자 신 챠오는 거세게 고개를 흔들었다.

"아, 몰라몰라! 오빠는 하나면 충분해. 몰라!"

신 챠오는 연습이 있는 지하 스튜디오로 뛰어 내려가 버렸다.

"하여간."

언니를 따라가며 신 루리는 괜스레 웃음 지었다.

"신 챠오? 저 연습생을 보면 너무 애 같습니다."

보고서를 제출하는 직원이 강윤에게 조심스럽게 말했다.

강윤은 보고서를 받아 들고는 어깨를 으쓱였다.

"챠오가 저렇게 보여도 엘리트 교육을 받은 애입니다. 사람들을 많이 만나보지 못해서 너무 아이 같아 보이는 것이겠죠."

"그렇습니까? 앞으로 저 연습생 때문에 트러블이 많지 않겠습니까? 재훈 씨와도 얽힌다면 문제가……."

직원이 문제를 제기하자 강윤은 괜찮다며 고개를 흔들었다.

"이제 우리 식구입니다. 식구가 되기 전에는 까칠해도 되지만, 식구가 된 이상 포용해야죠. 시간도 있으니 차근차근 가르쳐 나갑시다."

"네."

보고서를 돌려받은 직원은 강윤에게 고개를 숙이고는 자리로 돌아갔다.

월드엔터테인먼트, 스튜디오 옆에 있는 빈 방.

화려한 금발로 머리를 물들인 안시진 트레이너는 화이트보드를 매직으로 쾅 소리가 나도록 두드렸다.

"이상. 발성의 원리를 설명하면 이렇다. 질문 있나?"

"……."

사람의 얼굴과 목, 상체가 그려진 화이트보드를 바라보며 감효민과 양채영은 큰 눈만 껌뻑였다.

연습생들의 멍한 시선이 못마땅했는지 안시진 트레이너는 가볍게 인상을 찌푸렸다.

"뭐야? 몰라?"

"……."

"쓰읍. 이 정도는 한 번 말하면 알아들어야지. 선배들은 이런 것쯤이야 한 번 말하면 찰떡같이 알아먹었다고 이거……."

안시진 트레이너가 답답하다는 표정으로 윽박지르자 연습생들은 풀이 죽고 말았다. 그러거나 말거나 안시진 트레이너는 연습생들 뒤에서 조용히 듣고 있던 선배, 한주연을 가리켰다.

"주연아. 네가 말해봐. 사람이 어떻게 발성을 하게 되는 건지."

"공기가……."

한주연은 차분하게 성대가 움직이는 원리, 복부의 중요성, 머리가 울리면서 나는 소리 등 사람이 낼 수 있는 다양한 소리에 대해 설명했다.

그러자 연습생들은 저도 모르게 손을 들어 박수를 쳤다.

"우와……."

"그래도 눈치는 있네."

안시진 트레이너는 피식 웃고는 바로 이야기를 이어갔다.

연습생들은 한참 동안 이어진 발성에 대한 설명들을 필기하고 소리도 내고, 기초를 제대로 습득하려 애썼다.

그러다 보니 두 시간이 훌쩍 지나가 버렸다.

"아우. 재미없는 이야기 계속하려니 지겹다. 여기까지 할까? 리스?"

안시진 트레이너는 검은 얼룩으로 엉망이 된 화이트보드를 한 곳으로 밀어내며, 들으라는 듯 크게 외쳤다.

"하하……."

"뭐, 내가 여기까지 하겠다면 여기까지지. 그럼 다음에 봐. 안녕."

연습생들에게 큰 족적을 남긴 안시진 트레이너는 손을 흔들곤 방을 나섰다.

"후아⋯⋯."

그제야 공기가 트이는 기분을 느낀 감효민은 책상 위에 고개를 묻었다.

"수고했어."

친구 양채영은 그녀의 등을 다독이며 같이 한숨지었다.

그때, 리스가 그녀들 앞에 서자 두 소녀는 누가 먼저랄 것 없이 자리에서 벌떡 일어났다.

"선배님."

그 모습에 한주연은 됐다며 손을 저었다.

"됐어. 징그럽게 선배는. 그냥 언니라고 불러."

"그래도⋯⋯."

이 바닥은 선후배 서열이 확실한 곳이라고 들었다. 한 번 찍히면 난리가 난다는 걸, 소문으로 들어 익히 잘 알고 있었다.

그런데 현역 아이돌 가수, 그것도 최고의 팬덤을 보유한 에디오스에게 어떻게⋯⋯.

양채영은 망설였다.

"언니!"

⋯⋯물론 감효민은 조금 다른 듯했지만.

언니라고 했다고 바로 헤실거리는 후배의 어깨를 끌어안으며 한주연은 웃었다.

"그래그래. 에휴. 이스 언니가 많이 무서웠지?"

"⋯⋯네."

양채영도 우물쭈물하다가 한주연에게 안겼다.

귀여운 두 후배의 어깨를 다독이며, 한주연은 말했다.

"그래도 저 언니, 실력 하나는 알아줘. 알아주는 광년이라고 소문나기는 했지만. 그래서 나하고 같이 연습하라고 했는지 모르겠네. 너희끼리 이스 언니 트레이닝 받았으면 며칠이나 버텼을지……."

"하하……."

후배들이 어색한 웃음을 흘릴 때, 한주연은 주머니에서 뭔가를 자랑스럽게 꺼내들었다.

"자자. 재미없는 이야기는 여기까지. 밥 먹으러 가자. 사장님이 법카 줬어."

"카드으? 아싸아!"

한주연은 하얀 카드를 반짝이며 앞장섰고, 밥이라는 말에 눈을 빛내며 후배들은 즐겁게 따라나섰다.

'후배라는 거, 은근 귀엽네.'

한주연은 뒤를 힐끔 돌아보며 괜히 어깨를 으쓱였다.

"하나, 둘. 하나. 오, 그렇지!"

이혁찬 안무가는 바로바로 동작들을 소화하는 정유리를 보더니 어깨가 들썩였다.

"아주 좋았어! 박자도 완벽했고. 뭐 하나 모자라는 게 없네!"

지금 연습하는 곡은 정민아의 솔로곡, 'Hot Smile'이었다.

처음에는 가볍게 맛만 보여주려고 시작한 안무였다. 그런데, 정유리는 어려운 안무를 유연함과 뛰어난 박자 감각으로 수월하게 해내고 있었다.

'……별론데.'

연습실 뒤에서는 정민아가 뚱한 표정으로 정유리를 지켜보고 있었다. 그녀로선 자신의 노래인데, 모자라는 건 당연했다.

하지만 이혁찬 안무가는 뭐가 그리도 좋은지 모든 정신이 온통 정유리에게 쏠려 있었다.

"좋아! 'give it to…….' 이 부분에서는 허리를 가볍게 튕겨야 해. 묵직하게 튕기면 박자가 어그러질 수 있거든."

"네."

"그리고 허리를 튕기고 어깨를…….'"

뒤에 앉아 있는 정민아는 소외된 지 오래였다. 그러자 정민아는 연습시간엔 거의 꺼내지도 않던 핸드폰까지 꺼내들었다.

─미나? 연습 안 해? 웬일임??ㅋㅋㅋ

─몰래! 알아서 할…….

정민아가 입술을 삐죽거리며 핸드폰을 하고 있을 때였다.

연습실 문이 열리더니 누군가가 들어섰다. 그는 연습 삼매경에 빠져 고개도 돌리지 않는 이혁찬 안무가와 정유리를 힐끔 보더니 바로 정민아에게 다가갔다.

"……예상은 했지만."

그 순간 정민아는 어둡게 드리운 그림자에 고개를 들었다.

"갑자기 뭐……. 아."

갑작스러운 어둠에 고개를 들어보니 강윤이었다.

그녀는 손에 든 핸드폰을 살며시 옆에 내려놓았다.

"사장님. 갑자기 여긴……."

"잘 하나 보려고 왔지. 이런 감은 별로 맞추고 싶지 않았는데."

강윤은 어깨를 으쓱이고는 연습 삼매경에 빠져 있는 이혁찬 안무가에게 다가갔다. 그제야 인기척을 느낀 이혁찬 안무가는 강윤을 향해 고개를 숙였다.

"사장님, 오셨습니까."

"네. 선생님, 잠깐 이야기 좀 할까요?"

강윤의 말에 이혁찬 안무가는 그제야 홀로 뒤편에 앉아 있는 정민아가 눈에 들어왔다.

'아. 이런…….'

한 가지에 집중하면 다른 걸 보지 못하니…….

강윤이 무슨 말을 할지 바로 짐작이 갔다. 그는 강윤의 뒤를 따라가는 내내 얼굴이 펴지질 않았다.

연습실 문을 닫은 강윤은 차분한 어조로 말했다.

"연습에 들어가기 전, 민아와 유리, 둘 다 공평하게 신경써야 한다고 말했습니다."

"……그게. 하아."

"혁찬 트레이너가 유리를 잘 가르쳐 보고 싶어 하는 건 잘 알지만, 지금 이 시간도 무척 중요합니다. 이런 시간이 반복되면 민아가 혁찬 안무가를 따르겠습니까."

닫힌 문 너머를 가리키는 강윤의 표정이 점점 굳어졌다.

이혁찬 안무가도 할 말이 없어 고개를 숙일 수밖에 없었다.

"죄송합니다."

"잔소리가 되는 것 같아 짧게 줄이겠습니다. 유리, 중요합니다. 혁찬 트레이너의 욕심도 잘 압니다. 하지만 우린 모두에게 공평해야 합니다. 현 에이스든, 차세대 에이스든. 편애로 인해 둘 사이가 어긋나면 참 마음이 아프지 않겠습니까."

이혁찬 안무가는 얼굴을 굳히며 고개를 끄덕였다.

반박할 여지가 없었다.

"……알겠습니다. 죄송합니다. 작은 일이 아니네요."

"다음에는 이런 일이 없도록 해주십시오. 믿겠습니다."

강윤은 이혁찬 안무가의 어깨를 꽉 잡고는 사무실로 올라갔다.

연습실 문을 열고, 이혁찬 안무가는 정민아를 따로 불러냈다.

"왜요?"

이혁찬 안무가는 머리를 긁적이다 살며시 고개를 숙였다.

"미안해. 내가 정신이 팔려서 무심했네."

"뭐, 괜찮아요."

어른의 사과였지만 정민아의 반응은 뚱했다.

하지만 이혁찬 안무가는 정민아의 반응을 예상한 듯, 자연스럽게 대처했다.

"이해해 줘서 고마워. 민아야. Hot Smile 포인트 안무 말이야, 유리한테 한 번 보여줄 수 있을까? 오리지널을 따라갈 수 있는 사람이 어디 있겠어?"

"뭐. 알았어요. 그 전에 화장실 좀 갔다 올게요."

"그래. 알았어."

이혁찬 안무가가 연습실 안으로 들어가고, 정민아는 화장실로 향했다.

"쳇. 자꾸 이런 식으로 나오면 포기가 안 되잖아. 나쁜 놈아."

누구한테 하는 말인지, 아무도 없는 복도에서 정민아는 괜스레 중얼거렸다.

♪♩♪♩♪♩♪♪♬♪♪

"마음은 정했니?"

─……네.

"후회되면 지금이라도 말해. 네가 원한다면 다른……."

─아니에요. 필요 없어요.

"……알았어. 날 원망해도……."

─됐어요. 이게 가장 합리적인 방법이라는 거, 잘 아니까.

"……."

─이걸로 나도, 언니도…… 이제 돌이킬 수 없어요.

"……그래. 맞아."

─하하하…… 하하…….

"나쁘지 않군요."

글로벌 프로젝트의 책임자, 염한성 부장에게서 보고서를 받은 강윤은 찬찬히 보고서를 읽었다. 한참 동안 보고서를 검토하던 강윤의 눈가에 미소가 어렸다.

"합동연습 결과가 좋군요. 연습생들은 선배들을 보면서 많이 배우고, 에디오스 멤버들은 책임감과 자신감을 얻었습니다."

탑스타라서, 선배라서 에디오스에 대해 걱정했고, 다양한 국적의 연습생들이 겪을 문화적 차이 등 걸림돌도 상당했다.

하지만 트러블 없이 모두가 회사에 잘 적응하고 있으니 결과는 매우 만족스러웠다.

"고생하셨습니다."

보고서를 모두 읽은 강윤은 사인을 하고 다시 염한성 부장에게 건넸다.

"리스와 연습하는 다영이, 이시하라는 어떻습니까?"

"조금 되는 영어로 주로 의사소통을 하고 있었습니다. 그러나 쉽지 않으니 몸까지 써가며 의사소통을 하더군요. 그래도 마음은 잘 통하는 것 같습니다. 지난주에는 함께 쇼핑도 갔다고 하니…….”

“좋은 일이군요. 그리고 삼순이와 쌍둥이들도 조금씩 친해지고 있고. 아.”

강윤은 뭔가 생각나는 게 있는지 책상을 가볍게 치며 일어났다.

“그러고 보니 오늘 에디오스와 연습생들 합동연습을 하는 날 아닙니까?”

“네. 지금 한창 하고 있을 겁니다.”

“오늘은 한 번 가봐야겠군요.”

강윤은 외투를 걸치고 모두가 연습을 하고 있는 루나스로 향했다. 루나스를 지키고 있는 직원의 인사를 받고 계단을 올라가 연습실 앞에 이르니, 음악 소리가 작게 문틈으로 들려오고 있었다.

“단체 군무는 리듬이 생명이야. 거기! 군무를 못 따라 갈 것 같으면 차라리 동작을…….”

이혁찬 안무가의 날선 소리도 함께 들려오고 있었다.

강윤은 바로 문을 열고 연습실로 들어섰다.

겨울이 성큼 다가오고 있었지만, 20명에 가까운 인원이 내는 열기로 연습실은 후끈 달아올라 있었다.

“사장님.”

“어?”

음악이 흘러나오는 가운데, 강윤을 발견한 모두는 턴을 하는 자세 그대로 굳어 강윤에게로 눈을 돌렸다.

"방해할 생각은 없었는데……."

강윤은 이혁찬 안무가에게 미안한 얼굴로 손을 들었다.

이혁찬 안무가는 음악을 멈추고 모두를 강윤에게 모이게
했다.

"일단 간식."

"와아."

강윤은 양손 가득 들고 온 검은 봉투를 가장 먼저 달려온
에일리 정에게 건넸다.

"감사합니다!"

에일리 정은 강윤에게 받은 간식을 바닥에 풀어놓았다.

몸에서 뜨거운 김을 모락모락 피워내며 음료를 따라 마시
는 소녀들의 모습은 기괴하면서도 신비로웠다.

"선생님. 방해해서 미안합니다."

"아닙니다. 어차피 곧 쉬려고 했었습니다."

이혁찬 안무가는 거세게 손을 저었다.

순식간에 검은 봉지 안에 들어가는 빈 음료수병에 놀라며
강윤은 부드럽게 웃었다.

"모두가 잘해주고 있어서 기쁘네. 고맙고."

오래 있으면 모두에게 부담이 될 것 같다며 이혁찬 안무가
에게 잘하라는 말을 남기고, 강윤은 바로 연습실을 나섰다.

"전 회의가 있어서 먼저 돌아가 보겠습니다."

염한성 부장이 먼저 본사로 돌아간 후, 강윤은 루나스의

사무실로 향했다.

사무실에 들어서니 배우를 전담하는 강기준과 공연기획팀장 최경호가 강윤을 반갑게 맞아주었다.

"사장님. 어서 오십시오."

루나스의 사무실은 본사 사무실보다 좁았다. 회의실 겸 손님맞이용으로 쓰이는 소파도 더 낡았고, 작았다.

강윤은 뜯어진 소파 팔걸이를 만지작대며 한숨지었다.

"소파도 바꿔야겠군요."

"하하하. 외견을 많이 보는 손님들은 우리 월드에 오면 많이 당황합니다."

강윤의 말에 최경호는 웃으며 어깨를 으쓱였다.

강기준도 강윤의 한숨에 고개를 도리도리 흔들었다.

"괜찮습니다. 오히려 반전효과에 놀라는 분들도 많으니까요."

"반전이라……."

"네. 월드같이 성공가도를 달려오면 넘치는 자금이 있지 않습니까. 그런데 호화로운 뭔가가 없는 걸 보고 놀라는 거죠. 뭐, 역효과도 있지만 저는 만족합니다. 실속이 있으니까요."

강윤이 팀장들과 사담을 나누고 있는데, 주머니에 넣어놓은 핸드폰이 요란하게 진동했다.

"네, 이강윤입니다."

ㅡ사장님.

이현지의 전화였다. 강윤은 반가움에 목소리를 높였지만, 이현지는 시간이 없다며 빠르게 용건으로 넘어갔다.

─사장님. 지금부터 4시간 뒤, 그러니까 저녁 7시네요. 중대한 발표가 있을 겁니다.

"중대 발표? 무슨 일 있습니까?"

─저번에 제가 이야기한 것 있죠?

"이야기라면…… 책임져 주겠다고 한 것 말입니까?"

─네. 그래야 할 것 같아서요.

"무슨 일입니까? 무슨 사고를 쳤길래……."

강윤의 목소리가 조금씩 높아지기 시작했다.

하지만 전화기에서는 말이 없었다. 마음이 조급했지만, 강윤은 차분히 이현지의 말을 기다렸다.

이윽고 이현지가 무겁게 일을 열었다.

─……오늘부로 주아가 MG엔터테인먼트를 나올 거예요. 모든 게 틀어질 겁니다. 스타타워든 주아든……. 제가 할 수 있는 건 다 했어요. 이제…… 사장님이 나서실 차례예요.

전화기를 든 강윤의 눈이 무겁게 감겼다.

5화
위기와 기회

저녁 6시 40분.

서울 강남 테헤란로의 컨벤션 센터의 직원들은 퇴근 직전에 날벼락을 맞았다.

"쌍! 오늘 우리 애기 만나기로 했는데. 야근이라니⋯⋯."

직원 중 하나가 간이의자 여러 개를 한 번에 들며 구슬 같은 땀을 흘렸다. 함께 일을 하던 직원도 카트를 끌며 투덜거리기에 바빴다.

"퇴근 1시간 전에 VIP 예약을 왜 잡아 가지고선⋯⋯. 사장 시부럴 놈이 돈독은 더럽게 올랐어."

"선배. 저, 진짜 관둘랍니다. 못 해먹겠어요."

"너 그 말 저기 팀장 앞에 가서 해봐라."

"윽."

직원들이 난데없이 잡힌 스케줄에 고군분투하는 사이, 컨벤션 센터 안에는 노트북과 카메라를 점검하는 기자들로 북새통을 이루고 있었다.

"거기, 김 기자! 대갈통 좀 치워봐. 머리 때문에 안 보이잖아!"

"대갈통?! 야. 홍상태. 너 지금 뭐라고 했냐?"

"대갈통이라고 했다. 왜?"

라이벌 기자들 간의 신경전까지, 컨벤션 센터는 여러모로 분주했다.

오후 7시 04분.

─안내방송 드립니다. 곧 가수 주아 양의 기자회견이⋯⋯.

기자들이 카메라를 들고 준비를 하려는데, 뒤편에서 누군가가 구두 또각거리는 소리를 내며 강한 존재감을 드러냈다.

"주아!"

"주아다!"

기자회견 안내방송이 나오기도 전에 등장한 주아를 찍기 위해 여기저기서 플래시가 터져 나왔다. 테이블에 키보드를 올려놓은 기자들의 타이핑 소리도 시끄럽게 센터를 울렸다.

'후우.'

평소와 달리 짙은 화장과 치렁대는 머릿결을 휘날리며 카리스마를 뿌려대던 여인, 주아는 잠시 눈을 감았다 뜨며 가운데에 마련된 자신의 자리에 앉았다.

"갑자기 MG와 계약을 해지하신다는 이유가 무엇입니까?"

"그동안 이사들과 불화가 컸다는 이야기가 사실입니까?"

"새로운 소속사가……."

궁금한 걸 참지 못한 기자들의 입방정에 기자회견장은 순식간에 시장통으로 변해 버렸다.

진행자가 기자들을 제지했지만 이미 악다구니가 낀 기자들을 막기는 쉽지 않았다.

"짧게!"

그때 주아가 입을 열었다.

"짧게 이야기하죠. 모두 바쁜 분들이시잖아요?"

그녀의 눈에 호선이 그려졌다.

그제야 아귀 같던 기자들의 눈빛이 정상으로 돌아오고, 손에 들린 펜대도 제자리를 잡았다.

기자회견장이 안정을 찾자, 주아는 부드러운 미소를 지으며 이야기를 시작했다.

"가수 주아, 연주아는 이 시간부로 MG엔터테인먼트를 나옵니다. 현재 거취는 아직 미정입니다."

기자들은 타이핑, 메모 등 주아의 말을 열심히 적어갔다.

주아가 자리에서 일어나려 할 때, 맨 앞에 있던 기자 하나가 급히 질문을 던졌다.

"주아 씨! 월드엔터테인먼트의 이강윤 사장과 친분이 있다는 건 많이 알려져 있는데, 혹시……."

"나머지는 제 대리인과 이야기하시면 됩니다."

주아는 부드럽게 웃으며 기자의 말을 무 자르듯 잘라 버리고는 기자회견장을 벗어났다.

"주아 씨!"

"주아 씨! MG엔터테인먼트 이사들과……."

기자들이 진실을 알아야 한다며 거칠게 달려들 기세였지만, 주아는 검은 정장을 입은 가드의 안내를 받으며 무사히 기자회견장을 빠져나왔다.

그리고 5분 후.

[가수 주아, MG엔터테인먼트와 전속계약 해지. 차후 거취는 미정…….]

연예계 전체, 아니 나라를 들썩하게 만드는 거대한 사건은 그렇게 시작되었다.

"……너 진짜."

늦은 밤.

이현지의 연락을 받고 그녀의 집으로 간 강윤은 오늘의 대혼란을 만든 원흉을 보자마자 머리를 쥐어박아 버렸다.

"아얏! 왜 때려!"

"이런 사고를 쳐 놓고. 안 때릴 수가 있냐?"

"내가 뭐뭐뭐!? 이게 다 누구 때문인데! 그럼 저기 이사님부터 때려야 하는 거 아냐?!"

주아는 허리에 손을 올리며 눈에 불을 켰다.

그러자 이현지의 눈이 휘둥그레졌고, 강윤은 짧게 한숨을 쉬며 그녀에게로 눈을 돌렸다.

"……일단 오늘 일은 대화가 필요할 것 같군요. 충분한 설명이 필요할 겁니다."

이현지는 강윤의 가라앉은 눈을 피하며 다소곳하게 자리에 앉았다. 민진서가 냉장고에서 차를 내온 후, 네 남녀는 서로 마주앉아 심각한 이야기를 시작했다.

미리 계획을 짜고 실행했다지만, 주아가 MG엔터테인먼트를 나온 건 보통 일이 아니었다.

"주아가 MG엔터테인먼트를 나왔다! 이건 결코 가볍게 볼 사안이 아닙니다. MG 입장에서도 절대 가만히 있지 않을 테고 말이죠."

이현지도 강윤의 말에 동의했다.

"맞아요. 주아는 MG의 핵심이죠. 다른 연예인, 후배 모두를 잡아주는 핵심이자 수익을 가장 많이 벌어다주는 핵심. 분명히 MG에서 가만히 있을 리가 없겠죠."

"가만히 있지 않을 걸 알고도 일을 크게 벌인 이유는 무엇입니까?"

강윤의 눈이 차갑게 가라앉았다.

민진서도, 주아도 강윤의 매서운 기세에 쉽게 입을 열지 못했다. 무서울 게 없는 이현지마저 잠시 멈칫하며 애꿎은 커피 잔만 만져댔다.

한참 뒤에야 그녀는 입을 열었다.

"우리의 목적은 스타타워를 인수하는 것이죠. 내년, 유로스 쇼핑몰이 다시 문을 열기 전까지. 기간한정이라는 리스크를 짊어졌다. 이걸 우리만 아는 게 아니라, 이사들도 알고 있어요. 그들을 다급하게 만들 한방이 필요했죠."

"그래서, 주아를 끌어들인 겁니까?"

강윤의 목소리 톤이 올라가자 이번에는 주아가 나섰다.

"오빠, 잠깐만. 강요는 없었어. 내가 하겠다고 한 거야."

"연주아!"

주아는 강윤과 눈을 마주하며 말을 이어갔다.

"지금 경영진, 이사들은 스타타워를 유지할 능력이 없어. 들어보니까 유로스 쇼핑몰 리모델링 시기조차 제대로 몰랐다고 하더라고. 정말 무서운 건 능력도 없는데 주제넘은 욕심을 부리는 거야. 분명 스타타워가 있으면 앞으로도 허공에 돈을 뿌릴 거야."

"연주아."

"나나…… 후배들이나…… 더 이상 이런 더러운 꼴은 보고 싶지 않아. 그러니까……."

주아는 강윤의 손을 붙잡았다.

"주제에 맞는 사람이 어떻게든 해줘. 오빠라면 할 수 있잖아."

"……."

강윤은 입술을 깨물었다.

스타타워 문제가 주아의 문제로까지 확대되었다. 주아가 없는 MG엔터테인먼트는 자금의 압박이 더더욱 심해질 것이다. 거기에 'MG=주아'라는 상징성까지 잃었다. 앞으로 후배들이 흔들리는 건 말할 필요도 없다.

저들은 분명 더 지독하게 나올 터.

"……."

잠시 생각에 잠겼던 강윤은 힘겹게 입을 열었다.

"넌 앞으로 어떻게 할 생각이야?"

"이사님이 월드에 들어오는 게 어떻겠냐고 묻더라. 그런데, 그건 아닌 것 같아."

"……."

"그렇게 되면 진짜 배신을 하는 것 같거든. 뭐, 이미 배신자인가. 하하하."

주아의 고개가 처연하게 내려갔다.

강윤은 씁쓸한 표정으로 고개를 돌렸다.

"소속사가 있는 것과 없는 것의 차이는 커. 네 일에 집중을 못 하게 돼."

"알아. 그래도 뭐 할 수 없지."

"……."

강윤은 더 이상 아무 말도 하지 않았다. 다그치지도, 그렇다고 이렇게 하라고 해결책을 제시하지도 않았다.

그녀는 가장 소중한 것을 희생했다.

강윤은 한참이나 그녀의 가녀린 어깨를 다독이며 위로

했다.

2시간 후.

주아와 민진서가 졸린 눈을 부비며 잠자리에 들었다.

"애들 다 잠들었어요."

민진서의 방에서 막 나온 이현지는 가볍게 한숨을 쉬었다.
그녀의 눈에 베란다 없는 창가에 선 강윤의 넓은 등이 들어
왔다.

"이사님."

강윤의 부름에 이현지는 작게 답했다. 강윤의 시선은 여전
히 창밖 어둠을 응시하고 있었다.

"네, 강윤 씨."

"……이제 제가 나설 차례라고 하셨지요?"

이현지의 끄덕이는 모습이 흐릿하게 창가로 비쳤다. 괜히
사고치고 뒷수습을 부모님께 맡기는 어린아이가 된 듯한 기
분이었다.

그녀의 흐릿한 잔상에 손을 올리며, 강윤은 차분히 말했다.

"이렇게 된 거, 끝까지 가보지요."

"네? 끝?"

"네. 끝까지."

이현지는 그의 뜻을 이해하지 못했는지 고개를 갸웃거렸다.

"……언니."

"미안. 못난 꼴을 보이네."

민진서는 자신보다 작은 언니를 부드럽게 안아주었다.

"선생님이라면 어떻게든 해주실 거예요."

"그렇…… 지?"

"네. 선생님은 우리한테 마법사잖아요."

"풋. 표현력 봐라."

민진서의 따스한 품에서, 주아는 불안한 가슴을 조금씩 진정시켜갔다.

가수 주아의 MG엔터테인먼트와의 결별 기자회견 이후.

여론은 아주 시끌시끌했다.

MG엔터테인먼트에서 주아의 존재란 다른 가수들에 비할 바가 아니었다.

MG엔터테인먼트=주아.

이런 대중의 인식을 주아가 깨버렸다. 거기에 너무도 짧은 인터뷰와 그동안 돌았던 소속사와의 불화설로 여론은 몹시 술렁거렸다.

"네, 감사합니다. 하하하. 아닙니다. 아니지요. 조만간 제가 크게 모시겠습니다. 하하하. 네."

스타타워 상층에 위치한 리처드의 사무실은 드물게 분주했다.

특유의 듣기 좋은 저음으로 통화를 마친 리처드는 전화기를 거칠게 내려놓으며 입술을 깨물었다.

"머저리 같은 놈들! 연주아 하나 못 잡아서 일을 이 지경으로 만들어?!"

평소와 달리 영어로 마구잡이로 욕을 내뱉은 그는 김진호 이사를 호출했다.

곧 김진호 이사가 헐레벌떡 문을 열고 들어섰다.

"부르셨습니까."

"네. 앉으시죠."

리처드는 김진호 이사와 마주앉고는 비서가 내온 커피 잔을 들었다.

"오늘은 향이 그리 좋지 않군요. 원두를 너무 태웠는지."

"……."

김진호 이사는 웃는 얼굴 안에 감춘 그의 심사를 경계했다. 리처드가 자신을 부른 이유는 딱 하나일 터.

곧, 리처드는 쓴맛만 나는 커피를 내려놓고는 입꼬리를 올렸다.

"언론은 일단 꼭지를 틀었습니다. 내부는 어떻습니까?"

"어린애들이 동요하기는 했습니다만, 잘 진정시켰습니다. 이강윤과 주아의 그동안의 관계를 이야기하니 오히려 애들이 배신감을 느끼더군요. 애들이 뭐, 애들 아니겠습니까."

"그래도 안심하면 안 됩니다. 민진서의 전례도 있고, 주아와 경영진과의 사이가 좋지 않았다는 사실을 아는 사람들도 꽤 있으니까요."

"알겠습니다."

김진호 이사는 무겁게 고개를 끄덕이고는 그에게 서류를 건넸다.

서류를 검토하며 리처드는 턱에 손을 올렸다.

"흐음. 당장 자금에 문제가 생긴다라……."

"네. 아무래도 그동안 주아가 활동하면서 투자를 받았던 돈이나 벌어들였던 자금들이 상당해서……."

"자금은 내가 알아보지요."

"알겠습니다."

"아. 그리고…… 이건 어떻습니까?"

리처드의 이야기에 김진호 이사의 안색이 환하게 밝아졌다.

그렇게 두 사람의 이야기는 한참이나 계속되었다.

♪♩♪♩♪♪♩♪

–주아 이야기 들었음?

–○○핵잼. 개인사업 하고 싶은데 회사에서 반대하니 나간 거라며?

–레알? 돈 때문이었음?

기자회견 다음 날.

MG엔터테인먼트의 입장이 발표되었다.

[가수 주아, 개인사업 건으로 MG와 갈등 빚어……. 회사

는 가수 생활에 전념하길 원해]

    기자회견을 하고, 소속사와 결별한다고 큰 파장을 일으켰던 주아의 행보는 하루도 되지 않아 반전되었다. 이전에 대서특필했던 기사들이 모조리 쓸모없어진 것이다.

    "MG의 언플이란…… 확실히 깔끔하군요."

    인터넷 기사들을 뒤져보던 강윤은 마우스에서 손을 떼며 자리에서 일어났다. 강윤의 옆자리에서 함께 모니터링을 하던 이현지도 쓴웃음을 지었다.

    "확실히 MG는 MG군요. 예랑이나 윤슬과는 확실히 달라요. 사업이라……. 저 기사, 주아가 가구 모델 했을 때 일부 투자한 내용을 기사화한 것이군요. 맞죠?"

    "그럴 겁니다. 상황은 파악이 됐군요. 반박을 하자니 거기서도 주아를 걸고 늘어질 테고, 아무것도 안 하자니 인정하는 꼴이 되고. 역시, 여론전은 쉽지 않습니다."

    강윤이 책상에 걸터앉자, 이현지도 자리에서 일어나 기지개를 폈다.

    "저들도 주아를 크게 건드리지는 못할 거예요. 상징과도 같은 존재니까요."

    "그렇겠죠. 이런 반격도 매우 드문 케이스지요. 목적은 명확하다고 생각합니다."

    "제가 맞혀볼까요? 주아의 복귀. 아니, 정확하게는 '말 잘 듣는' 주아의 복귀."

강윤은 정답이라며 박수를 쳤다.

"맞습니다. 거기에 뒤에 누군가가 있다는 것도 알아채지 않았을까, 예상하고 있을 것 같습니다."

"흠…… 그럴까요? 거기 이사들 능력에?"

"이사들 말고, 그들을 조종하는 누군가는 가능하리라 생각합니다."

그제야 이현지도 강윤의 말에 동의했다.

"그 외국인 말하는 거죠?"

"제 생각은 그렇습니다. 그가 오고, MG는 아주 크게 변했으니까요. 좋든, 좋지 않든."

"뭐, 그것까지야 우리가 생각할 부분은 아니죠."

그녀의 말이 맞았다. 지금 중요한 것은 앞으로 어떻게 해야 할지였다.

'여론전을 하면 주아가 멍든다. MG도 심하게 주아를 건드리지는 않을 거야. 이 문제는 오히려 우리가 유리해. 오히려 진짜 문제는 여론전이 아닌, 법적 공방이야.'

강윤은 책상 위에 올려놓은 연습생들의 계약서를 보며 짧게 한숨지었다.

'주아는…… 명예이사였어. 그렇다고 가수로서의 계약이 없던 건 아니지. 복잡한 관계야. 명예이사가 된 건 계약기간이…… 잠깐.'

그 순간, 강윤의 눈이 강렬하게 빛났다.

"이사님."

"네."

"가수 주아의 계약기간이 얼마나 되지요?"

"계약기간, 계약기간이라면…… 아!"

이현지도 강윤과 같은 생각이 들었는지 손뼉을 쳤다.

"문제가 되는 건 자동연장 조항이죠. 맞지요?"

이현지의 말에 강윤은 고개를 끄덕였다

"맞습니다. 주아는 MG와 7년을 계약했습니다. 여기까지는 별문제가 없습니다. 하지만 자동 연장 조항, 이게 문제가 됩니다. '계약종료 1개월 전, 다른 의사표시가 없으면 계약이 이전과 동일한 조건으로 2년간 자동 연장된다.' 이 조항은 문제의 소지가 다분합니다."

강윤은 책상에서 일어나 서류를 꺼내 '계약기간'이라고 적힌 부분을 펼쳐들었다. 그가 꺼낸 서류를 보고, 이현지도 눈을 크게 떴다.

"사장님이 주아 계약서를 어떻게……?"

"이사님 뒤를 맡으려면 이 정도야 기본 아니겠습니까."

이현지가 감격 어린 눈으로 쳐다보는 가운데, 강윤은 미리 형광펜으로 체크해 놓은 부분을 이현지에게 보여주었다.

「계약 종료 1개월 전까지 서면에 의한 다른 의사 표시가 없으면 계약은 전 계약과 동일한 조건으로 본 계약은 2년간 자동 연장된다.」

강윤은 손가락으로 '이전과 동일한 조건' 부분을 동그라미 쳤다.

"이 부분과 뒤의 자동 연장이 법적인 논란이 됩니다. 재계약을 할 때, 주아 정도의 스타라면 추가 조항을 달아야 합니다. 하지만 원 회장님과 계약을 할 당시, 계약 외에도 특별히 신경을 써 주었던 부분들이 많았다고 들었습니다. 거기에 주식도 배분받았기에 주아는 이 계약을 수정할 필요성을 느끼지 못했죠."

"확실히…… 주아는 MG에서도 특별히 신경을 쓰던 아이였으니까요. 사실 그 애도 일이 이렇게 될 줄은 생각하지 못했을 거예요. 이래서 계약서는 꼼꼼히 봐야 하는 건데……."

이현지는 씁쓸했는지 입술을 꾹 붙였다.

강윤도 그녀와 같은 심정이었다.

"이번 언플에서 MG가 가구회사를 들먹인 이유도 여기에 있습니다. 본 소송으로 가봐야 불리하니까 다른 걸 자극해서 주아에 대한 지지를 빼놓은 것입니다. 사람은 대중이 되면 될수록 진실보다 자극을 찾게 마련이니까……."

"입맛이 쓰군요. 사장님은 이 일을 어떻게 해결할 생각인가요?"

강윤은 곰곰이 생각에 잠겼다.

주아의 일은 빠르고 명쾌하게 해결할 수 있는 문제가 아니었다. MG가 많이 위축되었다고 하지만, 인맥을 이용한 여론을 조장하는 힘이 있었고 그들 뒤에는 리처드라는 알 수 없는 자금을 가진 존재도 있었다.

법적으로 유리하다고 해도, 시간이 오래 걸리는 일. 그 시간 동안 주아는 피폐해질 것이고 월드도 원하는 바를 얻기가 힘들어질 것이다.

"무엇보다도 시간을 우리 편으로 만들어야 합니다. 일단 큰 한방이 필요할 것 같습니다."

"큰 한방?"

"네. 아주 큰 한방."

강윤의 말에 이현지는 미안해져 고개를 숙였다.

"……뒤를 부탁했지만, 생각해 보니 엄청난 사고를 터뜨린 것 같군요."

강윤은 괜찮다며 손을 흔들었다.

"하하하. 다 생각하고 저지르신 것 아닙니까?"

"들켰나요?"

"몇 년을 함께한 사이입니다. 이 정도야……. 이전에는 제가 사고치고, 이사님이 수습했잖습니까. 한 번쯤은 바뀌어도 괜찮겠지요."

"그렇군요. 그래서 그 한방이 뭐지요?"

강윤은 인터넷을 켜고는 한 곳에 있던 주식 프로그램을 열었다. 이현지가 강윤 옆에 서서 의아한 표정을 지었다.

"MG……? 이건 주식이잖아요."

"네. MG 지분, 아직 가지고 있지요?"

"일단은요. 그때 팔아버리려다 아직 타이밍이 맞지 않아서……. 그런데 우리가 가지고 있는 지분은 부족해서 경영권에 영향을 미칠 정도는 안 돼요.”

그렇게 모은 주식 수준은 이사회의에 참석할 수 있을 정도였다.

이한서 이사가 가지고 있는 우호지분까지 합쳐도 아직은 다른 이사들의 영향력에 그리 미치지 못하는 수준이었다.

하지만 강윤은 웃으며 말했다.

“일단 저들이 우리가 사 모은다는 걸 모른다는 걸로 알고 있습니다.”

“네. 일단은 제3자의 이름으로 주식을 샀으니까요. 그런데 왜…….”

“그 정도면 됐습니다. MG의 사장단과 힘을 합칩시다.”

“네?!”

적과 다름없는 사람들과 힘을 합친다?

생각지도 못한 강윤의 말에 이현지의 눈이 경악으로 물들어갔다.

♪ ♩♪♩ ♪♫ ♪

“……흐음.”

이츠파인의 총책임자, 전형택 부장으로부터 보고서를 받은 하세연 사장은 뭔가가 마음에 들지 않는지 인상을 가볍게 찌푸렸다.

"이용자들이 꾸준히 오르고 있기는 한데……. 역시, 거대 기획사들의 노래가 없는 게 크긴 크군요."

전형택 부장도 민망했는지 고개를 떨어뜨렸다.

"죄송합니다. MG나 예랑은 쉽지 않을 거라고 예상했지만 GNB도 이렇게까지 길게 불참대열에 동참할 줄은 예상하지 못했습니다."

"GNB가 줄타기를 제대로 하는군요. 한영숙 사장이 생각보다 여우같군요."

하세연 사장은 보고서를 책상 위에 내려놓고는 자리에서 일어났다.

"가요계의 구도는 월드와 윤슬, MG와 예랑 그리고 줄타기를 하는 GNB로 나누어졌다고 봐도 과언이 아니에요. 월드가 커졌다고 하지만 MG나 예랑이 구축해 놓은 인맥들을 따라가기는 쉽지 않겠죠."

전형택 부장은 잠시 망설이다가 자신의 의견을 이야기했다.

"하지만 이대로만 흘러가면 월드가 MG를 능가할 것이라는 의견이 지배적입니다. 그래서 여러 중소 기획사나 방송사들도 고심하고 있다고……."

"그러겠죠."

블라인드를 걷자 햇살이 눈부시게 사무실 안으로 들어왔다. 하세연 사장은 살짝 블라인드를 내려 약간의 그늘을 만들었다.

"하지만 쉽게 결단을 내리기도 어려울 겁니다. 그만큼 그들이 만들어 놓은 인맥은 강력하니까요."

"흠……."

전형택 부장은 입술을 꾹 다물었다. 그러다가 좋은 생각이 났는지 손가락을 튕겼다.

"결국 GNB를 설득하는 수밖에 없다는 말씀이시군요."

"그렇겠죠?"

"알겠습니다."

전형택 부장은 가볍게 고개를 숙여 목례를 하고는 사장실을 나섰다. 문이 닫히자 하세연 사장은 고개를 절레절레 흔들며 중얼거렸다.

"지난번에 강윤 사장이 한영숙 사장하고 만났다고 했었나. 하여간, 은근히 귀신같다니까."

블라인드를 다시 내리며 그녀는 피식 웃음을 터뜨렸다.

♪♪♩♪♩♪♩♪♩♪

이한서 이사의 찻집, '서향'은 평일 낮에도 많은 사람들로 붐볐다.

그러나 차 특유의 온기와 향, 그리고 은은한 분위기를 즐기려는 사람들 탓인지 사람이 많아도 수다스럽지 않았다. 그 덕분에 서향의 분위기는 부드럽고, 은은했다.

그 서향의 VIP들만이 머무르는 2층의 특실에서 강윤은 자신의 찻잔에 정성스레 차를 따라주는 여인에게 고개를 숙였다.

"불쑥 찾아와 죄송합니다."

여인, 이한서 이사의 부인은 부드럽게 웃었다. 그녀는 이강윤이라는 사람이 마음에 들었는지 표정이 매우 밝았다.

"아니에요. 그이에게 이야기 많이 듣고 궁금했었어요. 이야기도 나눠보고 싶었고."

"영광입니다."

"영광이라니요. 제가 영광이지. 그런데…… 바쁘신 것 같네요."

"하하하. 죄송합니다."

강윤이 멋쩍은 표정을 짓자, 그녀는 괜찮다며 부드럽게 미소 지었다.

"나중에 재미있는 이야기 많이 해주세요. 강윤 씨에게 들으면 더 재미있을 것 같네요. 그럼 말씀들 나누세요."

그녀는 이한서 이사에게 눈웃음을 짓고는 밖으로 나섰다.

"거 사람도, 참. 가끔 보면 애 같다니까."

"사모님이 정말 좋습니다. 차도 좋고……."

차의 온기를 즐기며 강윤은 눈을 감았다.

복잡한 이야기를 가지고 왔지만 잔에서 느껴지는 온기는 순간적으로 마음을 편안하게 해주는 듯한 느낌이었다.

강윤의 얼굴이 조금 풀어진 듯하자 이한서 이사가 용건을 꺼냈다.

"오늘은 무슨 일로 오셨습니까?"

"어려운 부탁을 하려고 왔습니다."

"어려운 부탁이라…… 걱정되는군요."

말과는 다르게 이한서 이사의 얼굴은 부드러웠다.

그 표정이 강윤을 더 미안하게 만들었다.

"항상 죄송합니다. 편의를 이렇게 봐주시고…… 주아 계약서도 그렇고."

"아닙니다. 항상 말하지만 이 일은 제 이익을 위한 것이기도 합니다. 잘못된 건 잡아야 하니까요. 그래서 부탁할 건 무엇입니까?"

강윤은 잠시 망설이다가 굳게 결심했는지 눈에 힘을 주었다.

"원진표 사장을 만나게 해주십시오."

강윤의 말이 의외였는지 이한서 이사는 눈을 동그랗게 떴다.

"원 사장님을 말입니까?"

"네. 만나서 할 이야기가 있습니다."

"……할 이야기라. 강윤 사장님. 지금 원 사장님이 월드를, 아니 강윤 사장님을 어떻게 생각하는지 알고 하시는 말씀인지요?"

강윤은 말없이 고개를 끄덕였다.

MG엔터테인먼트를 나간 이후, 월드엔터테인먼트를 만들어 어느새 버금가게 키워버린 남자였다.

창업주 원진문 회장의 아들인 자신에 비해 너무도 거대해져 버린 강윤에게, 원진표 사장이 어떤 감정을 느낄지는 군이 말하지 않아도 훤히 알 수 있었다.

간혹 이한서 이사가 원진표 사장에 대해 이야기 한 적이 있어 강윤도 충분히 알고 있었다.

"어떤 생각을 가지고 있더라도, 필요하다면 만나야겠죠."

"원 사장님은 자격지심이 심한 사람입니다."

"상관없습니다."

강윤이 두 번이나 강조하자 이한서 이사도 더 만류할 수가 없었다.

이럴 때의 강윤은 말리기 힘들다는 걸 이미 경험으로 알고 있었다.

그는 결국 잠시 망설이다가 알겠다며 손을 들었다.

"후우. 결국 저는 사장님께 또 지겠군요."

"죄송합니다. 어려운 부탁만 드려서……."

"주선이 어렵지는 않습니다. 다만, 강윤 사장님께 쉽지 않은 자리가 될 것 같아서 걱정이 될 뿐이죠."

"걱정해 주셔서 감사합니다."

이한서 이사의 따뜻한 마음에 강윤은 진심으로 고개를 숙였다.

"아닙니다. 그럼 일정을 잡아보겠습니다."

이한서 이사는 쇠뿔도 단김에 빼야 한다며 바로 MG엔터테인먼트의 원진표 사장에게 전화를 걸었다.

주아와 MG의 공방은 지지부진하게 계속되었다.

그녀의 소속사 이탈에 맞서 MG는 가구회사 건으로 맞불을 놓았고, 이어 주아도 연장계약에 대한 부당함으로 또 맞불을 놓았다.

며칠간 일진일퇴를 거듭하는 공방이 이어지니 여론도 팽팽했다.

–연예인이 노래에 집중하는 건 당연한 거 아님? 사업을 직접 하겠다고 나간다는 건 문제 아님?

–얼마나 대우를 안 해줬으면 직접 회사 지분을 샀겠음? 연장계약이 이상한 거야

–아, 몰라몰라. 이기는 편 우리 편!

–윗분 2222222222

–33333333333333

수많은 가십성 기사들이 쏟아졌고, 수많은 댓글들이 달렸다. 그만큼 탑스타, 주아에 대한 관심은 대단했다.

"오늘로 두 번째 뵙는 것 같군요. 원진표입니다."

신사동 근처의 한 고급 일식집 안.

먼저 도착한 강윤에게 원진표 사장은 손을 내밀었다.

"이강윤입니다. 앉으시죠. 기다리고 있었습니다."

강윤은 싱싱한 회와 각종 음식들로 화려한 식탁을 가리켰다.

원진표 사장이 도착하지 전, 강윤이 먼저 도착해 주문을 해놓은 음식들이었다. 일종의 배려였다.

하지만 원진표 사장은 입술을 삐죽이더니 턱에 손을 올리며 고개를 살며시 저었다.

"흠…… 이 집보다 맛있는 곳도 많은데."

"아, 그렇습니까?"

"조금 비싸긴 한데. 다음에는 그곳에서 제가 한번 모시지요. 이 팀장님도 처음 가보는 곳일 겁니다."

이제는 어엿한 사장이었지만 일부러 저러는 게 분명했다. 기선제압을 위한 것인지, 그의 표정에도 자신감을 넘은 오만이 가득했다.

'확실히 자격지심이 있는 것 같군.'

강윤은 한마디 하려다가 이한서 이사의 말을 떠올렸다.

자격지심이 있는 사람을 자극해 봐야 좋은 건 없었다.

부드럽게, 강윤은 한 가지를 잡기로 마음먹었다.

"기대하겠습니다, 원 사장님. 저도 사장이 되고 난 이후 정말 좋은 집은 못 가봐서 말입니다."

"그렇습니까? 하하하. 기대해도 좋습니다. 그럼, 드실까요?"

두 사람은 젓가락을 들고 식사를 시작했다.

회는 싱싱하니 부드럽게 술술 넘어갔다. 따뜻하게 데운 청

주도 함께하니 금상첨화였다.

술도 적당히 들어가고, 배도 불러오자 본격적으로 이야기
가 나오기 시작했다.

"자, 오늘 보자고 한 용건이 무엇입니까?"

양팔을 뒤로 뻗고는 여유 있는 미소를 짓는 원진표 사장에
게 강윤은 차분히 이야기를 꺼냈다.

"사장님께 힘이 되어드리고자 뵙자고 했습니다."

"힘?"

원진표 사장은 황당하다는 듯 코웃음을 쳤다.

"무슨 힘을 말씀하시는지 모르겠군요. 시답잖은 이야기를
하려고 이 자리에……."

"걸림돌, 이사들을 갈아치우고 싶지 않으십니까?"

순간 원진표 사장의 표정이 심하게 일그러졌다.

"걸림돌? 이사들이 어쩌고? 이 팀장. 이건 아닙니다. 지
금 그걸 말이라고 합니까? 헛소리 할 거면 들을 필요도 없
겠군요!"

원진표 사장은 거칠게 자리에서 일어나 미닫이문을 열었
다. 그 거친 모습에 당황할 법도 했지만 강윤은 동요하지 않
고 침착하게 말을 이어갔다.

"허수아비 사장에서 벗어날 수 있도록 힘이 되어드리겠습
니다."

"……!"

강윤의 확신 어린 목소리에 원진표 사장의 몸이 저도 모르

게 뒤로 돌아섰다.

"……이쪽이 치러야 할 대가는?"

강윤은 그와 눈을 마주하며 강한 어조로 이야기했다.

"주아를 놔주십시오."

to be continued

Wish Books

뜨겁게 던져라

세상S 장편소설

프로야구 역사상 최악의 먹튀 강동원.
은퇴 후 마지막 기회가 주어진다.

그러나.
트라이아웃에 참가하기 위해
서울로 향하던 강동원은
불의의 사고를 당하고 마는데……

눈을 떠보니 2015년 봉황기 준결승전?

꼬인 실타래를 바로잡고 오랜 꿈이던 메이저리그로!

'제2의 최동원이라고? 노노!
난 메이저리그 에이스 강동원이야!'

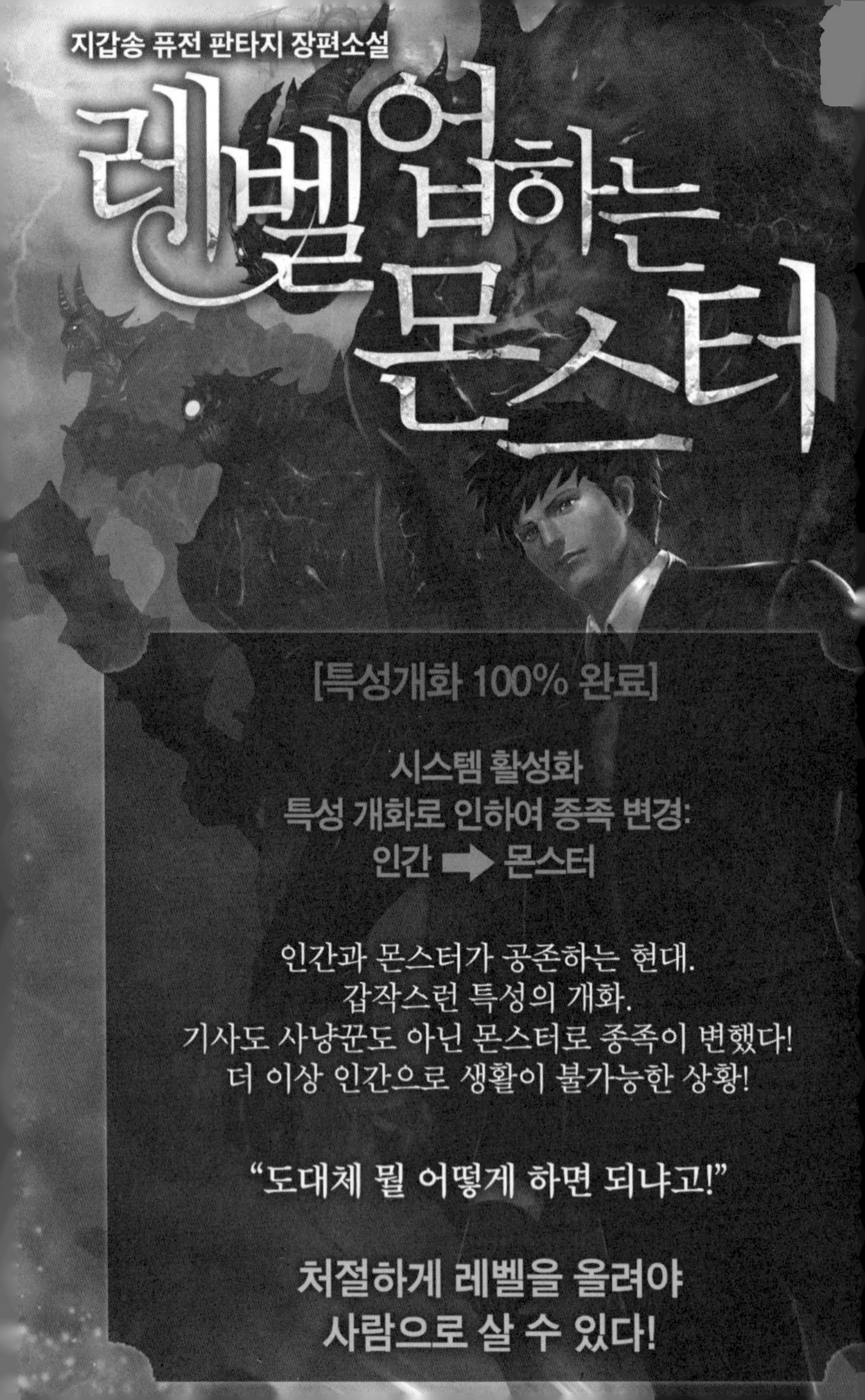
지갑송 퓨전 판타지 장편소설
레벨업하는 몬스터
[특성개화 100% 완료]
시스템 활성화
특성 개화로 인하여 종족 변경:
인간 ➡ 몬스터
인간과 몬스터가 공존하는 현대.
갑작스런 특성의 개화.
기사도 사냥꾼도 아닌 몬스터로 종족이 변했다!
더 이상 인간으로 생활이 불가능한 상황!
“도대체 뭘 어떻게 하면 되냐고!”
처절하게 레벨을 올려야
사람으로 살 수 있다!

SUPER ACE
슈퍼에이스

예성 장편소설

야구 선수의 프로 계약금이 내 꿈을 정했다.

"왜 야구가 하고 싶니?"

"돈을 벌고 싶어요!
집을 살 수 있을 만큼!"

시작은 돈을 벌기 위해서였다.
하지만 이제는 꿈의 그라운드를 위해서
메이저리그 명예의 전당을 노린다!

스킬의 제왕

이형석 퓨전 판타지 장편소설

인간군 검병2부대 소속, 강무열.
과거로 돌아오다.

검과 마법, 그리고 정령까지.
인류가 염원하는 그 힘을 얻을 방법이 내 기억 속에 남아 있다.
미래의 스킬을 아는 자.

후회의 전생을 딛고 신의 땅에서
인류의 멸망을 막기 위해
제왕이 되고자 일어서다!

"이제 내가 권좌에 오르겠다."